这是一场残酷的梦，这里有幻灭，这里有重生。

可是梦还在，我却醒了，但会想你。

因此，梦醒后再见你……

梦醒后再见你

SEE YOU AGAIN AFTER WAKING UP

李铮 著

北京日报出版社

序言 Preface

序　言

我和李铮老师认识多年，人们喜欢叫他“铮叔”，不是因为他年龄大，而是因为他长得早熟，内心成熟，每逢喝高，他总能说出点不一样的观点，令人大吃一惊。

就像那次喝酒，他忽然告诉我：尚龙，我要写本书。

我干了杯中酒，想起第一次做签售时，一位老太太坐在第一排看着我说的那句话：这年头，真是什么人都写书。

为了不犯和那位老太太同样的错误，我一直鼓励身边每一个有出书梦想的人先从微信公号开始写，然后一点点地提高文笔和影响力，后来，他们越写，我越发现老太太说的话是对的。

还真不是什么人都能出书的。

我和铮叔经常聊故事，因为他工作的原因，每次都要看很多很多故事，然后在酒后滔滔不绝地讲给我们听，许多故事在我买回家读的时候，惊奇地发现情节不一样。

不知道是他记错了，还是他无意间的艺术加工。

如果是前者说明他有写作天赋，如果是后者说明他有写作经验。

基于这些考虑，我对李铮老师说：“你要写的话，我给你作序。”

几个月后，他拿着书稿给我，说：“写完了，这是我第一本小说。”

我假装不经意地装了书稿，其实心里暗自佩服和惊讶，因为这个速度出来的作品，要么就是乱写，要么一定是积累多年的爆发之作。

他笔下的故事，属于后者。

当夜，我翻开了他这本小说，没想到的是，瞬间，我被里面的情节吸引了。

一夜，读完了，很畅快，也很值得深思。

在写序时，我曾一度想用一句话概括一下这个故事，但我不能，因为好的故事，三天三夜也说不完，更何况用一句话。

铮叔的这个故事，包含的东西很多，我不觉得只能用爱情或悬疑来简单概括，如果可以，我更喜欢说这是部不一样的作品。

就好比故事的主人公顾子轩和落落，每个年龄段的他们，都有着不同，每个章节的情节，都令他们变得不一样。

所以，我把这本书推荐给你，毕竟，好的故事是明灯，能照亮人生。对我来说，这个故事，在那天晚上，照亮了我。

这世界上总有些人，在所有人的质疑下脱颖而出，留下一部作品，吓人一跳。

就像有种人，永远会在“这年头，真是什么人都能出书”的魔咒中跳出，在星光下闪耀，在守望中发光。

哦，我说的不是我自己。

是铮叔。

是这部好作品。

希望你能和我一样，喜欢这些文字和这个故事。

是为序。

李尚龙

2017 年 10 月 12 日 于北京

目录

Contents

梦醒后再见你

See You Again After Waking up

第 1 章

一场车祸

天旋地转。

无数的玻璃碎片在空中飞舞，北半球 5 月上午九点多钟的阳光，在那些碎片中折射、闪耀，蓦然绽放，美丽至极。刺耳的撞击声和金属车皮的撕裂声，连同凄惨而惊恐的尖叫声一起被拉得缓慢而绵长。

被撞得翻滚在路上的墨绿色的轿车里，一个瘦弱的男孩被安全带死死地绑在后座上。他的脸上没有惊慌，没有害怕，而是有着一种难以形容的迷惘，或者惊奇?

他叫顾子轩，10 岁，在这之前，他从没有看见过这样缤纷的世界。

5 月 1 日的那天早上，顾子轩就有了不好的预感。吃早餐的时候，他的勺子一不小心掉在了地板上，他想离开椅子去捡勺子，但却莫名其妙的一个起身没站稳，跌坐到椅子的一边，椅子和人便不由控制地 向一旁倒下，慌乱中他“啊”的一声，扯住了桌布一角。哗啦啦，一桌东西——一碟红油榨菜丝、一笼小笼包、三碗粥，随着他倒下去的身子做了一次水平的滑行，砸落他一身，散落一地。坐在桌旁边看电视边吃饭的子轩爸爸的筷子突然停滞空中，而它们本应该落在那碟咸菜上的，但现在那碟咸菜已经扣在了顾子轩的身上。“怎么了？怎么了？”妈妈咋咋呼呼的，端着正煎着荷包蛋的平底锅就从厨房跑了出来，滚沸的热油还在锅里“滋啦滋啦”着。看到眼前的一幕，她顾不得新铺的地板，放下平底锅，和缓过神来的子轩爸一起冲向顾子轩。

“烫到没？烫到没？”妈妈一边抹掉他脸上的榨菜丝和小米粥，一边惊慌地问。爸爸也着急地问个不停。顾子轩虽然烦他们的小题大做，但没有挨骂，他还是大大地松了一口气，任由他们摆布。

因为收拾由他造成的麻烦，他们本来应该8:00出门的，却一直耽误到9:00。

顾子轩后来一直在想，如果他没有打翻那桌早餐是不是就能避免那场车祸，但这个世界上没有“如果”。

当那辆失去控制的重型卡车呼啸着冲向他们家那辆二手尼桑时，子轩的爸爸妈妈正在车上商量着一会儿到姑姑家，要给子轩那刚满周岁的小表妹路小希包多少钱的红包。坐在左后位的子轩则因为被安全带勒得有些喘不上气来，自己松了一下安全带。“500是不是少了点儿？要不给800吧，毕竟是小希的周岁，是子轩姑姑家的大事。小希那孩子长得也是实在可爱呢。”妈妈像是下了很大决心地说。这时路口的红灯闪烁着变成了绿灯。爸爸一只手握着方向盘，启动了车子，一只手腾出手来拍了拍妈妈的手，笑着说：“行，你说多少就多少。”他俩总是这样，妈妈很多事情看似在征询爸爸的意见，但最终还是会按照她的想法去实施，所谓的征询，在爸爸看来无非是非正式地宣告而已。爸爸对此心知肚明，但因为知道妈妈会处理得很好，所以每次仍会煞有其事地配合着，乐此不疲，似乎以此来给子轩表明：咱家是一个民主的家庭！

车子向前驶去。

左侧路口一辆超载的渣土车的司机发现交通灯已经变红，就去踩刹车，却发现没有任何效果。慌乱中，只好拼命按喇叭提醒前方的车辆避让。

刺耳的鸣笛声骤然响起。

当子轩爸爸看到冲过来的渣土车时已然来不及做出任何躲避动作。随后，顾子轩所乘坐的轿车被撞得飞起，在空中翻滚着，接着落到地面上，持续着翻滚的动作，直到被几十米外路边上栽植的一排碗口粗细的银杏树抵住才停止。在车身翻滚的过程中，顾子轩被从那支离破碎的车体里甩出来，头朝下地砸进绿化带的低矮灌木丛中，而他的爸爸妈妈则惨死在被撞击得面目全非的车里。

顾子轩不确定自己是什么时候失去的意识，可能是在车子第三次触地弹起之后，因为彼时似乎有什么东西扎进他的手臂，剧烈疼痛，同时有温热的液体流出来，当然也可能是在他被抛飞之后，或许是摔进绿化带的时候，他的脑袋撞到了坚硬的东西。

无论如何，上一秒的时候顾子轩还在惊心动魄的车祸之中，下一秒他突然发现自己眼前一片漆黑。他睁眼如盲，只能伸出手去摸索着。身体动了一下，立刻感觉到自己置身在齐腰深的水中，那水冰凉冰凉的，冰得他激灵灵地打了几个寒战。他不知道这是什么地方，也不明白自己为什么会突然出现在这里。

难道，这是一个噩梦吗？

他想要张口大喊，却惊恐地发现自己发不出任何声音，想要往前走，双脚却如同被两根粗重的铁钉钉在原地，无论他如何挣扎都无法挪动一丝一毫。就在他筋疲力尽决定放弃时，在他目之所及的远方突然出现了几团亮光。

那光亮荧荧如豆，在漆黑如墨的空间里便如同当空的一轮明月。

就在那亮光出现之时，顾子轩忽地发现自己能动了。他在心里欢呼一声，奔着那亮光跋涉而去。

踉踉跄跄地走了很久，那几团光的轮廓渐次放大，同时也疏离起来。起初看起来像是连成一片，但慢慢地就分散开，彼此间隔很远的样子。等顾子轩走得双腿发酸时，那五六团光已经变成参差不齐、形状不一的硕大光斑，毫无规则地散置在漆黑的背景上，酷似在一面没有边际的黑墙上，镶嵌了数扇诡异的窗子。

顾子轩停在原地，眼睛盯着前面溢满明亮白光的“窗子”，他在犹豫，不知道选哪一个才能走出这片古怪的区域。

如果片刻前的车祸是真实的，爸爸和妈妈怎么样了？受没受伤？伤得严不严重？找不到自己会不会很着急？

这么想着，顾子轩就急慌慌地胡乱选了一个出口，奔过去。无论如何，先出去再说。

愈是接近那出口，那“窗子”就变得越大，当顾子轩走到面前时，那原本看上去不过一团的荧光，竟然宽阔得仿若一条隧道的出口。隐约有声音从外面传过来。

顾子轩心中一松，果然是出路。

抬腿迈向那光与暗的交界处，前脚尚未落地，一股无法抵御的力量蓦然将他吸扯过去，身不由己地跌向光明之中。

顾子轩“啊”地惊呼一声，睁开眼睛，入目的是白色的天花板，浓重的消毒水味道充斥在鼻腔中，身上盖的被子像一块厚重的花岗岩压得他喘不过气来。这是什么地方？医院吗？看来并不是做梦，车祸真的发生了。妈妈在哪儿？爸爸呢？他转动头颅，一个陌生的中年妇女正坐在他的床边，以手支颌，瞌睡得摇摇欲坠。

女人大约 40 岁，肥硕，浓妆，头发烫过，呈波浪状，眼睛闭着，眉毛稀疏，若不是有眉笔的帮助，几乎淡不可见；塌鼻梁，厚唇，支着下颌的左手手指短粗，无名指上戴着一枚金戒指，似乎有些大，本应朝向掌心的一侧却转到外面来了。戒指裹着绵密的红线，应该时日不短了，那红线早已不复鲜艳的色泽，泛出肮脏的油黑色。

顾子轩绞尽脑汁地在脑海中搜寻着记忆，最终也没有找到哪怕一丝一毫能和面前这个近得几乎能听到轻微鼾声的女人产生联系的线索。他想要知道发生了什么，于是他伸手去摇那女人。

但当他的手触到那女人的胳膊时，才惊愕地发现那根本就不是一个 10 岁的孩子应该有的手——枯瘦，青色的血管在皮肤下狰狞地凸显着，暗褐色的老年斑遍布整条手臂。还未等他惊叫出声，那女人已经从瞌睡中睁开了眼睛，她看了他一眼，似乎还没彻底清醒，嘴角的涎水滴落下来，她吸了一下，吧唧了几下嘴，发出响亮的声音，接着翻转手背抹了一把。蓦地，惺忪的睡眼陡然睁圆，猛地揉了揉眼睛，似乎想要确定自己是否看错，下一刻，尖利的惊叫声冲出喉咙。

“啊，妈，你……你醒了？”她猛然立起，屁股下的椅子向后倒去，砸在地面上，“啪”的一声。转身，她扭着水桶一般粗壮的腰肢，向门外奔去：“大夫，大夫，我妈醒了，我妈醒了。”

一直到那女人粗哑的声音在走廊中轰然作响，顾子轩的脑子都没转过来。

她管他叫“妈”。这是什么情况啊？没有镜子，他看不到自己的面容，于是他颤抖着掀起被子，只看一眼便面目扭曲地闭上了眼睛。

这绝对是一个噩梦。

当他心中转过这个念头的时候，如同被一道闪电劈中，并不是比喻，而是的的确确好像被闪电劈中，巨大的电流似乎能够凶狠地钻进他的灵魂，那感觉非常痛苦——痉挛、抽搐，伴随着麻酥酥的感觉，还有噼啪的响声，像是被沾了水的皮鞭狠狠地抽打。随后，似乎有一根绳索一下套在他的脖子上，迅速提起，他被勒得几欲窒息，眼前发黑。那绳子却一直绷得紧紧的，毫不放松，一副不把他勒死决不罢休的样子。就在他将要失去意识的时候，变化发生了，他能清晰地感觉到，自己似乎猛地从那具身体中脱离开，就像一条鱼被扯离水面，“啵”的一声水响，身体周围的光彩迅速褪去。那情景就像一幅缤纷的水彩画，骤然被巨量的清水当头泼下，所有的颜色都被冲刷得一干二净，只是底色并不是白纸而是如墨的黑暗，黑暗晕开，以匪夷所思的速度扩散，染黑整片天地。他再次陷入最初的漆黑之中，但这次却不一样，因为有看不见的绳索在牵引着他，飞速向前，投入另一团亮光中。

“醒了，醒了。”

声音飘渺，遥远得仿若来自另一个世界。但即便如此还是能从中听出欢欣和喜悦来。眼前的景象渐次清晰，顾子轩看到好几个人围在他身边，穿着白色的衣服，戴着口罩。其中距离他最近的是一个男医生，正将两个熨斗样的东西放回旁边的仪器上。

“血压恢复正常，心率正常……”旁边有清脆的女人声音在一板一眼地汇报。

那男医生一边听着汇报一边从口袋里掏出一个小小的电筒，扒开顾子轩的眼睛，照向他的瞳孔。顾子轩感觉到刺眼的光线，但浑身无力，只能任其摆布。他的后脑处似乎裹着什么东西，沉甸甸的，右上臂有些轻微的疼痛，他无法确定自己是不是还在梦中，片刻前的那场遭遇令他惊魂未定。或许现在依然身处梦境中也未可知。那景象是那么的清晰，老迈松弛的皮肤，凸出的骨节，曲张的静脉，以及胸前那两坨软塌塌的肉……一想到这些他就心生厌恶，由此他更担心此刻他是不是又变成另外的样子。他感觉不到下半身，难道是个瘫子么，或者是个失去了双腿的残疾人？

他正自心中忐忑，却见那医生已将口罩摘下，摆了摆手：“好了，送到病房里吧！”

两个护士将安置在他身上的一些仪器除下，小心翼翼地将他抬起，放到另一张带有轮子的床上，推出去，出门时他看到门楣上显示“急救室”的灯熄灭了。

他一从急救室里被推出来，就听到一个熟悉的声音在喊着他的名字。

“子轩，子轩。”

他寻着声音望去，姑姑满面泪痕地奔到他身边，手扶着床的护栏，只喊了两声就哽咽地停止了，一手掩着嘴，泪水哗哗地流着。他松了一口气，终可确定这次不是做梦，但旋即心又悬了起来，车祸真的发生了，爸爸和妈妈呢？他想开口问，却觉得意识和思维都变得无比的迟缓，就连舌头都麻木僵硬得难以调动。

带轮子的床滚动着前进，轧过走廊的地面发出“卡啦啦”的声音，顶灯一盏盏滑过，明明暗暗的光线在他的脸上不断变幻。不知道为什么他的听觉忽然变得非常敏锐，他能听到姑父正向跟在后面的医生询问他的情况。那医生的声音不大，但他却听得非常清晰。

“总体来说，身上和手臂上的创伤都没什么大问题，麻烦的是后脑受到了重创，之前一直昏迷也可能与此有关。先观察一段时间吧！我们院吴教授是著名的脑科专家，到时候可以请他过来给孩子做一下诊断。”

“好，我知道了，”姑父叹了口气，“他还不知道他父母的事情。”

“真是够可怜的，”医生也说着，“太惨了，总之先别告诉他，等他状况稳定了之后再说吧！”

“是，我们晓得，可是要怎么瞒住他啊，那孩子聪明得很。”

听到这里，顾子轩又如何能猜不到事情的真相，想到爸爸妈妈就这样离他而去，把他孤零零地留在这个世界上，便不由得心生恐惧。他还记得昨天晚上妈妈坐在沙发上教他唱歌。妈妈的嗓子很好，歌声清脆动听，但那婉转动听的旋律一从他的喉咙里跑出来就会变得七扭八歪、怪异无比。他跑调如此严重，以至于妈妈一听到他的歌声就抱着他笑得上气不接下气，然后一边挠他的痒痒，一边咯咯地笑着说："我们家子轩看来没办法当歌唱家了。"

爸爸从书房中走出来，斜倚在门边的墙上看着他们母子俩嘻嘻哈哈地互相闹着，皱着眉头抱怨道："我说你们娘儿俩啊，还能不能让我安心看会儿书。"

"凡生快来，快来，你儿子欺负我，你也不帮帮我。"妈妈一边躲着顾子轩的手一边向父亲求助。顾子轩骑在妈妈的身上，把两只小手伸到她的腋下，不停地挠着。子轩爸无奈地看着滚成一团的他们，终于无奈地扔掉手上的书，加入他们中来。然后就变成顾子轩和爸爸两个人挠妈妈的痒。

那欢乐温馨的场景，如今顾子轩再也无法感受到了。心痛得像是被无数把刀子狠狠地剜着，嗓子如同堵了一团密实的棉絮，想要咳也咳不出，想要吐又无法吐，他能做的只是任凭泪水汹涌地流出。

姑姑原本就哭得难以言语，看到他无声地流泪，再也无法坚持，脚下一软坐在地上。医护人员推着他继续前行，顾子轩听到姑姑尖利的哭声骤然从后面爆发出来："子轩啊，别怕，姑姑在这里，姑姑会永远陪着你。"

"我不要你陪，我要妈妈，我要爸爸。不要带走他们，不要……"顾子轩在心里不停地大吼着哭求着，但这又有什么用呢，他终究已经失去他们了。如果可以，他真的想要他们带他一起走，这样一家三个人又能在一起了。只要能在一起，就算是死亡又能怎样呢？就算死，他也不想要和他们分开啊！

巨大的悲伤死死地攫住顾子轩的灵魂，走廊仿佛长得没有尽头，灯光明暗互换，突然一起熄灭。顾子轩再一次陷入无边的黑夜之中。

第 2 章

似梦非梦

又来了。

如同第一次那样，浓稠得化不开的漆黑，突然视野尽头出现了一片白光。

又开始做梦了吗？同一个梦境屡次出现是不是有些奇怪啊！但他却没有别的选择，只能不断地跋涉着奔向那投来白光的出口，可是，要选择哪一个呢？究竟哪一个出口才是正确的啊？面前的光团渐渐变大，顾子轩奔行的速度却慢了下来。难道真的只能凭借运气来选择了吗？像上次那样的梦境就算是死他都不想经历了。就在他犹豫着要选哪一个出口的时候，他突然隐约听到飘渺的歌声，空灵的嗓音如同天使在吟唱。

那声音就来自其中一个出口，他仔细地分辨着，最终确定是最左侧的那个，于是顾子轩一鼓作气向那光团中心奔去，欣喜地看着那光亮逐渐在眼前放大，放大……跃起，跳进去，终于被那光芒所包裹住。

“洋娃娃和小熊跳舞，跳呀跳呀，一二一；他们在跳圆圈舞呀，跳呀跳呀，一二一。小熊小熊点点头呀，点点头呀，一二一……”

这是一个不大的庭院，有高高的青灰色院墙，年深日久，墙头已经生出一丛丛的杂草，墙根处摆放着一些杂物：碎裂的瓦罐，一些砖头，锈迹斑驳的铁锹，最多的是一排排空空的酒瓶子。院外有几株生长得高大挺拔郁郁葱葱的梧桐。时值黄昏，夕光从梧桐的背后斜射过来，一个长得非常漂亮的小女孩就在那如梦似幻的夕光里一边唱着清脆的歌一边跳着欢快的舞。

女孩大约六七岁的样子，鹅蛋脸，鼻梁挺且直，眉疏且长，明眸善睐，唇红齿白，皮肤细腻白嫩，头发乌黑，扎的两个松松垮垮的小辫子随着她的蹦跳跃动着。更令人惊奇的是在她两只耳朵之下大约两三厘米的位置各有一个椭圆形的红色胎记，乍一望过去，就如同小巧晶莹的耳朵下各缀着一粒红色的玉珠。

顾子轩看直了眼，他从来没见过这么美丽的小女孩。

这时小女孩停了下来，转身看向顾子轩，然后雀跃地跑到他面前，拉着他的手开心地问道：“爷爷，爷爷，晓寒唱得好不好啊？”

直到这时顾子轩才猝然想到自己并非真正的自己，看来这个梦中自己变成了一个老头子。他有些啼笑皆非，上次是一个老太婆这次是一个老头子，倒是挺有趣，难道说他的梦只和这些风烛残年的老人比较契合吗？心中兀自转着这些思绪，却能感觉到小女孩的小手柔柔地攥住他的手指，温温的极为舒服。他怔了怔，不知道该如何应对，想起之前的那个梦境——他一动就把那个肥硕的女人吓得狼狈而逃，然后自己也惊醒过来。他想要从梦境中醒来吗？不，他不想。因为醒了之后他就要面对父母双亡的现实。

一想到这个世界上至亲至爱的两个人都离他而去，他就觉得浑身发冷，情绪低落。而此时此刻，恬静的庭院加上美丽至极的小女孩，仿若世外桃源一般为他提供了一处可供逃避之处。或许他应该安安静静地看着，不做任何举动，以免从梦中惊醒。

他这么想着，也这么做了。而面前这个叫晓寒的女孩松开牵着他的手，端起旁边小几上的一个装有一半水的搪瓷缸子，用一柄长长的勺子从里面舀出一点水来小心翼翼地喂给他喝。

“爷爷你渴了吧，爷爷喝水，妈妈说爷爷年纪大了已经不会喝水了，所以晓寒要照顾爷爷。”虽然已经很小心了，但还是有水从顾子轩的嘴角流出来，晓寒便又拿起旁边的手帕尽职尽责地为他擦拭，“爷爷，爷爷你知道吗？这首歌是妈妈教晓寒唱的。”说到这里，笑容倏地从她那小小的脸上敛去，可爱的眉头皱起，嘟着嘴巴，仰着小脸，眨着一双黑白分明的大眼睛看着顾子轩，“爷爷，爷爷，晓寒好想有个洋娃娃啊！兰兰有个好漂亮的娃娃，我也好想要，可是妈妈不给我买，她说爸爸把钱都买酒了，没有钱给晓寒买洋娃娃。爸爸一喝酒就好凶的。爷爷，爷爷你要管管他，你是他爸爸，他一定怕你的哦，你不要让他再打妈妈了，也不要让他骂晓寒，爷爷你要保护我哦。”

小女孩有些语无伦次，颠颠倒倒地说着，大大的眸子很快就溢满泪水。顾子轩被那小女孩扯着手指，看着她可怜兮兮的样子，有些无所适从。他不知道自己该不该回应她。回应的话怕从梦中惊醒，不回应的话又于心不忍。心里正自纠结，脑子却不知出现什么问题，贸贸然地就说出“我会保护你”这样的话。话说完他自己都是一惊，因为他听到了他自己的声音，沙哑粗粝，但却掷地有声。

小女孩显然没有预料到祖父真的会对她的请求有所回应，脸上出现惊愕的表情，瞬间转为喜悦，似乎在说什么，但顾子轩却无法听到她的声音，因为他发现眼前的景象荡起一层涟漪，随后形成一个飞速旋转的漩涡，光影画面皆被扭曲，只眨眼间，他就回到了医院的病房中。他大口大口地喘着气，就像刚刚从窒息中恢复过来，醒了，从那梦中回到了现实。可这并不是他想要的，他不想回来，他喜欢那个小女孩，想留在那个美好的梦境中。

还是那个医生，拿着两个熨斗一样的东西，站在床边，看那动作似乎是正要将那东西朝他胸口按过来的样子，见他醒来，这才吐了一口气，把那仪器放回去。摘下口罩，转身去问旁边的一位女护士，“相关数据都记清楚了吗？”得到肯定答复之后，点头道：“好，务必保证数据准确，这样吴教授过来的时候就能够很快了解病人的情况。”

那医生叮嘱了值班的护士几句就出去了，没过一会儿。顾子轩的姑姑和姑父就一前一后地走了进来。顾子轩在病床上躺着，看到姑姑脸上满是掩饰不住的悲伤。他知道对于父亲的死，姑姑或许比他更悲痛。

顾子轩的爷爷很早就不在了，奶奶去世的时候姑姑还未成年。彼时顾子轩的爸爸顾凡生刚刚大学毕业，为了能够抚养妹妹，只好放弃了更好的工作机会回到老家，面对窘迫的经济状况，以及多年来家里欠下的债务，不得不同时做好几份工作。子轩爸爸曾经不止一次地和子轩描述过他当时生活有多么艰苦，以及子轩奶奶临终时嘱咐他的话，她说：“凡生，以后就剩你和冬玲了，你是当哥的，无论如何也要好好照顾你妹妹，一定要记住，要保护好冬玲。”每次说起这些的时候，他都感慨万千，因为他总算没有让九泉之下的母亲失望，不仅将妹妹抚养成人，还供她念书，帮她组建家庭，身体力行地诠释了什么叫“长兄如父”。

姑姑坐到床边的椅子上，伸手抚摸顾子轩的脸颊，泪水就在眼睛里滚啊滚的，最终还是噼里啪啦地滴落了下来。姑父站在一边眼圈也红了起来，把手搭在姑姑的肩头，似乎想要说什么，但最终也只是张了张口，什么也没说，死死地抿着唇，把头扭向一边。顾子轩心中本就悲痛难抑，如此一来眼泪更是决了堤一样汹涌流出。

三人默然无语地啜泣了许久，终是姑父先止住悲伤，抽了一下鼻子，抹掉脸上的泪痕，道：“子轩，你那么聪明，姑父知道瞒不了你，你爸爸和妈妈都走了，以后你就到姑父家生活，和你小妹妹一起，从今天开始你就是我儿子了。”或许因为刚刚哭过，他鼻音浓重，以至于声音听起来有些怪异，就像捏着鼻子说话，闷声闷气的。

姑姑感激地看向姑父，转过脸来又安慰他：“子轩，你别害怕，有姑姑在这里。无论怎样，姑姑都会陪在你身边的。”

顾子轩一直都没有说话，只是安静地躺在床上，时而流泪，时而呆呆地盯着面前的虚空。他在心里努力地告诉自己应该接受父母都死去的现实，但那些烙印在脑海中的美好记忆却总是不断地翻涌上来，可恶地提醒着他曾经有着多么幸福的过去。他努力地想要把那些画面从脑子里甩出去，但越是这样想就越是难以办到。

姑姑和姑父也一直陪在他的床前。或许是为了冲淡悲伤的氛围，姑姑开始讲述顾子轩小表妹的事情，说她怎样怎样可爱啊，如何如何调皮啊。顾子轩木然地听着，看着姑姑脸上的悲伤渐渐褪去，转而被发自肺腑的喜悦所代替。那种神情他不止一次地在妈妈的脸上见到过，每次说起自己的时候妈妈总是那么开心，即便自己一点也不像其他小朋友那么优秀，但在妈妈心中自己肯定是最好的吧！但现在，他已经永远失去她了。

姑姑在床边絮絮地说着，但那声音怎么听着如此地令人心烦！每一句话都不依不饶地冲进他的耳朵里然后化作嫉恨交加的利箭锐矢，根根都命中他心里那最不容别人触碰的地方。一股怒气蓦地从心底涌起，直贯天灵，他想让姑姑停止，他想说“闭嘴吧，我一点都不想听你说的那些无聊事情”，但他却惊恐地发现自己什么都喊不出来。

我变哑巴了么？为什么会是这样？为什么偏偏是我？难道夺走我的父母还不够么？

顾子轩觉得自己的心仿佛正被一个铁榔头一下一下地砸着，发出碎裂的声音。一股气在胸口迅速膨胀，他知道若是不发泄出来那团气就会爆炸，就会把自己崩得四分五裂，但他却无法宣泄，只是干张着嘴，什么都喊不出来。见顾子轩忽然用头疯狂地撞着病床的栏杆，姑姑吓得大叫，一边伸手去阻止顾子轩，一边大声喊着医生。好在护理人员就在附近，两个护士听到叫声冲进来死死地抱着顾子轩瘦小的身体，但就这么短短的几十秒，顾子轩后脑的伤口已经全部绽开，鲜血迸射。随后赶来的医生为顾子轩注射了镇静剂，顾子轩这才安静下来。

再次醒来的时候已经是第二天的清晨，初升的阳光从窗帘的缝隙中射进来。顾子轩恍惚了良久，之前的所有记忆才翻滚着涌出来。他长长地吐了一口气，似乎没有昨天那么难过了。他的头被固定住，不能随意转动，但即便这样他依然发现此时所处的这间病房似乎不是昨天的那间，因为在空间上明显要比那间大很多。而且只有他自己，没有其他的病人。难道是在自己昏睡的时候换了房间？他正想着，一群穿着白大褂的医生和护理人员推开门走了进来。走在最前面的是一个年纪四十多岁，戴着无边框眼镜的中年男人。男人身高中等，体形匀称，面相儒雅，头发浓密，目光炯炯。走在他旁边的青年男医生顾子轩认得，正是前两次将他从怪梦中唤醒的那个医生。

“子轩，你醒了啊。”青年男医生走到床边笑着对顾子轩说，然后侧身恭敬地将中年男医生让过来，介绍道：“这是吴教授，很厉害的医生哦，他会治好你的病的。”

顾子轩有些莫名其妙，他的病？他有什么病吗？他知道自己的手臂受了点伤，后脑勺部位也缠着纱布，不过，这些应该都算作“伤”而不属于“病”吧！难道，对方说的病是指他做的那些怪梦吗？虽然有些怪，但他并不觉得那算作是某种“病”啊！

“你叫顾子轩，是吧？我叫吴乃文。咱俩交个朋友吧，如果你不嫌我太老的话。”中年医生笑容可掬地说着，一边还伸手去拉了拉顾子轩的手。他显然很善于同小孩子打交道，松开顾子轩手的时候，竟然还调皮地眨了眨眼，接着又道：“我过一会儿再来看你。对了，你知道这家医院楼下有一家超棒的冷饮店吗？你喜欢什么口味的冰淇淋？我可以偷偷给你带一份上来，香草的还是巧克力的？”

顾子轩喜欢吃巧克力的，但他却无法说出口，只能眼巴巴地看着那个叫吴乃文的医生。他发现这个医生很好玩，身上还有一股淡淡的烟草味道，一点也不像其他医生那样板着脸，冷冰冰的，浑身充满着消毒水的味道。

“我猜你喜欢巧克力的，对不对？”

顾子轩赶紧点头。

那医生笑了，露出整齐而又雪白的牙齿，微抬右手做了个“OK”的手势：“那就说定了哦！”说完，转身走了出去，后面那群医生护士也都跟着呼啦啦地走了。随后，姑姑便提着大大小小的保温桶走进病房，看到顾子轩在床上醒着，就问他：“饿不饿，姑姑给你带来好多好吃的哦，都是你喜欢的。”一边说着一边将那些保温桶的盖子掀开来，食物的香气立刻飘溢出来，“医生说可以吃东西，要多吃一点，多吃点才能够促进伤口愈合。”

姑姑还在说着，顾子轩的肚子已经响成一片。他还记得上一顿是车祸前的早餐，可是为什么他会有种已经过了好久的错觉，车祸前的那些记忆就好像上辈子发生的事情。这就是所谓的“恍若隔世”吧！他记得他曾经在一本书里读到过这个词，那是一本小说，在爸爸的书架上，他还曾指着那个词问爸爸是什么意思。爸爸是怎样解释来着？对，他说一些事情变幻，回头去看就像隔了一个世纪一般。他觉得爸爸说得不准确，不是隔了一个世纪，而是隔了一个轮回，一世。妈妈总是说他看了太多不合时宜的书，可是他觉得那些专门写给小孩子看的书都好傻，好幼稚。

潮水般的记忆又翻滚上来，顾子轩就着那些眼前不断闪现的画面喝着他最喜爱的土豆牛肉汤，在蒸腾的热气中，泪水不断地滴落在汤碗中。姑姑做的汤虽然也很好喝，但却没有妈妈的味道。停停停，他在心里喝止自己，不许继续想了，他对自己说，就这样吧，就当他们是上辈子的事情好啦！

早饭之后，那个叫作吴乃文的医生果然来找顾子轩，同时如约带了一个巧克力味的冰淇淋。不过，顾子轩却没有吃到，因为姑姑不允许，毕竟早饭后立刻吃冰淇淋不是健康的饮食习惯。所以，顾子轩只能等午后或者更晚的时候才能如愿以偿。

在吴医生的要求下，姑姑留顾子轩一个人面对他。起初的时候顾子轩觉得有些忐忑，但很快他就发现自己被对方引导着安下心来。医生告诉他说他现在无法说话只是暂时的，可能是因为脑部受到创伤导致了失语症，随着治疗，语言功能会慢慢恢复。然后又送给他一个纸板和一支笔，这样在语言功能没有恢复前，他就可以用纸笔来写出自己想要说的话。他们聊了很多，当然几乎都是吴医生在说，顾子轩只是静静地听着，偶尔用笔来回答或者表述自己的意见，间或通过点头或摇头来表达自己对某一问题的倾向。他第一次用纸板，不太习惯，写出来的字也是歪歪扭扭的，十分难看。然后，他们互相分享一些小小的感悟，都是关于生命啊、希望啊、心态啊什么的。

那真是一场很奇妙的对话，顾子轩从来没有这样的体验，两个人虽然一大一小，一为医生一为患者，但却非常平等，相当和谐，就像是忘年的好友。顾子轩觉得心里不那么堵得慌了，好像心里有什么东西通过吴医生的话被疏通出来。最后，吴医生请求顾子轩协助他做一个课题研究，是一个很重要的课题，据说是关于脑神经之类的东西。顾子轩欣然应允，即便这个课题的研究对象是他自己，他知道自己无法拒绝，只因为吴医生对他说的那番话。

“顾子轩，你真的很独特，你比我见过的所有孩子都要聪明。请你相信，这样的话我是第一次说。”

吴医生说这话的时候，一脸的真诚。顾子轩被这句话感动得几乎要哭出来，在从妈妈肚子里出来的这十年里，这番话是他听到的最好的赞扬。除了爱看些与年龄不符的杂书之外，他从未表现出比其他同龄人更独特的地方。但他在心里笃定地认为自己是独特的，只是外在表现得不太明显而已。

于是，病房里多了一些稀奇古怪的仪器，有更多的年轻医生围着顾子轩的病床记录各种各样的数据。后来，顾子轩才知道，吴医生成了自己的主治医生，换病房的事情也是他操作的，并征得了姑姑的同意。顾子轩不太清楚对方的研究内容，吴医生也并未对他细说。于他而言，只要配合对方的监测就好。譬如说要做很多测试，要分辨各种颜色，各种图案，各种味道，晚上睡觉的时候身上要贴一些薄薄的带着细线的箔片，脑袋上也被安了一些东西。

顾子轩后来隐约意识到吴医生的研究可能和自己做的那些怪梦有关。因为有一次自己再次从那个奇怪的梦境中醒来之后，那些围绕着他的年轻医生神情亢奋得像是打了鸡血一般。他隐约听到他们以低低的声音交谈。

“你看这个，在几秒之内达到了不可思议的峰值，然后飞速下降。”

"是的，这个数值发生在他陷入昏厥后的三秒之内，随后所有数据全部走低，身体各个数值都像是一个植物人一样反常得诡异。"

顾子轩不清楚他们所说的话代表什么意义，但却可以推测出自己坠入怪梦是因为陷入昏厥。可是他只是感觉到自己似乎被一股巨大的力量吸扯进一个无限黑暗的旋涡，然后依然像之前几次所经历的那样奔向一团白光。要说奇特之处，就在于他似乎能很准确地找到那个他最想要进入的梦境。那是一种很奇妙的直觉，就如同有什么东西在那个光团中呼唤着他，令他不由自主地奔过去。

有了上次的经历之后他再也不敢胡乱说话，只是安静地待着。和之前不同，这次梦境中出现了更多的人物，包括晓寒的妈妈，一个长得很漂亮，但却满脸阴郁，年龄大约三十岁的女人。还有晓寒的爸爸，一个胡子拉碴，醉眼蒙眬的中年男人。男人脾气不好，对晓寒和她妈妈动辄呵斥辱骂，各种污言秽语不断地从他那长满扭曲不堪的牙齿的臭嘴中喷涌出来。如果不是亲眼所见，顾子轩几乎无法相信世界上会存在这样的父亲。在他的印象中，父亲就应该像自己的爸爸一样，和善儒雅又学识渊博，至为关键的是对自己的孩子要充满爱护之心。可是晓寒的爸爸却截然相反，不仅污秽丑陋，还蛮不讲理。最让顾子轩难以接受的是他竟然威胁要打自己的女儿。

晓寒显然极为惧怕那个男人，每次被呵斥的时候她那小小的身体似乎都猛地颤抖了一下，然后便像一只受惊了的小鹿，以最快的速度躲到妈妈的身后，大大的眼睛中流露出无限的恐惧。顾子轩很同情晓寒，有时候他甚至会从心底中涌起想要教训教训那个可恶男人的冲动。但他知道自己只要一有异动就会立刻从梦中惊醒。

当然最后他还是醒了过来，被心脏除颤器叫醒，对，就是那两个像熨斗一样的东西。他终于知道了那仪器的名字。医生说，顾子轩昏厥的时候常常伴随着心房扑动、心房纤颤、室上性或室性心动过速等症状，这些症状并不会一起发生，但却会造成不同程度的血液动力障碍，如不及时抢救，就会导致他因脑部缺氧时间过长而死亡，而该仪器对于上述症状有着立竿见影的效果。顾子轩听得云里雾里，唯一清楚的就是导致他坠入怪梦的昏厥对他而言非常危险，极有可能送掉他的小命。

不过，对此顾子轩却不甚在意，因为那梦境中有着更吸引他的事情。当他能够准确地进入有晓寒存在的梦境中以后，他的昏厥现象出现得愈发频繁。这令顾子轩的姑姑和姑父十分担忧，同时也给吴医生造成了很大的困扰，但顾子轩却乐此不疲，流连忘返。虽然每次都只是静静地待在晓寒爷爷的身体里，然而只要能看到晓寒他就心满意足了。

随着坠入怪梦的次数增多，他发现当自己指挥着梦境中的身体做一些简单的动作时，不再像之前那么容易惊醒。除此之外，顾子轩也获得了越来越多的信息，他知道自己是个年纪超过七十，患有重度老年痴呆症，生活完全不能自理，甚至已经忘了怎样说话的可悲老头。而晓寒的妈妈是个靠摆街边摊养活全家的苦命女人，至于晓寒的爸爸，没什么好说的，那就是一个可恶的酒鬼。晓寒已经到了入学的年龄，但因为家庭原因无法去学校。于是她只能待在家里照顾痴呆的爷爷。

小女孩年纪虽然不大，但在照顾人方面却颇具天赋，喂饭喂水，擦手擦脸，都做得非常细致。她每次帮顾子轩擦脸的时候，感受到那肉肉软软的小手轻触脸颊，顾子轩似乎都能听到自己那老弱的心脏在“砰砰”地跳动。

就这样持续了一段时间之后，顾子轩开始心神恍惚，他有些分不清梦境和现实，他究竟是一个痴呆的老人还是一个罹患怪病的孩子？事实上，他更希望那个有着晓寒存在的梦境是现实，而父母双亡的孩子被孤独地囚禁在充满消毒水味道的医院中是一个噩梦。

对于自己做的这个怪梦，顾子轩不知道是不是应该分享给别人听。说到分享，顾子轩几乎立刻就想到了吴医生。只是，还未等他准备好要说，吴医生却已找上门来。显然，这段时间对于吴乃文医生而言也不是轻松的日子。因为他满脸的疲惫，眉宇间阴郁沉沉。

“顾子轩，我要和你谈谈。”这是他见到顾子轩时说的第一句话。

当时顾子轩正在用手指灵活地将一些大小不一，中间带孔的五边形塑料块按照从小到大或者由大至小的顺序穿进带底座的直立铁棍上。据说，那是为了测试他小脑的功能是否正常。从他的动作来看，显然他的小脑没有丝毫问题。

顾子轩将完成的五边形塑料塔推到一边，抿着嘴看向吴医生。

“或者你已经猜到了我们要说什么。”他拉把椅子坐在顾子轩的床边，“关于你的病，我们暂时称它为突发性的昏厥，虽然做了很多检查，但不得不承认，目前我们还没有找到导致这种昏厥的确切原因。我猜测可能是由于你后脑的创伤导致的，同时也导致了你的暂时性失语症。但却不能确定，所以需要你协助我们来确定。”

“要我做什么？”顾子轩用笔在纸上写道。

“你只需要描述你昏迷之后的感觉和记忆，寒冷或者燥热，是否有疼痛、痉挛，以及其他的感觉。”

“这些之前不是已经有问过吗？”顾子轩不解地写道。

“那你陷入昏迷之后是否出现过什么幻觉，画面和景象之类的？”吴医生顿了顿，又补充问道。

顾子轩低头沉思了片刻，然后抬头看向吴医生，拿起笔在纸上缓缓地写道：“我只是觉得我做了一个奇怪的梦……”

接下来的一个小时里，顾子轩开始用笔讲述他那些奇怪的梦境，描述得很细致，细致到令吴乃文惊讶的地步。真的无法不惊讶，一个不过10岁的孩子事无巨细地写出梦境中观察到的一切，那简直不像是在讲述一个梦境而是描述自己所经历的生活。起初，吴乃文认为顾子轩是在胡说八道，因为没有人会十数次地进入同一个梦境，但过了一会儿，他知道自己错了，因为那不是一个小孩子能编出来的谎话，即便是非常聪明的小孩子也不行。他是基于什么判断的呢？那就是大量真实而精确的细节。譬如梦里那个家庭内部的环境、摆设，外部的季节、气候，以及每个人的外貌、精神状态等等，都超出了顾子轩的人生经验。换句话说，以常理推断，在顾子轩的脑海中是不可能出现他所描述的那个梦境的。

这真是太怪异了。

作为国内颇有名气的脑科专家，吴乃文已经对各种各样稀奇古怪的病例见怪不怪了。譬如说他曾经收治过一个被崩飞的钢筋从左侧脸颊穿过，通过眼窝刺入头骨，并在脑部左侧额叶撕开了一个大洞的建筑工人。那个无比命大的工人虽然受此重创但却只在医院躺了两个月就出了院，身体完全康复，伤口的感染也消退了。他可以走路、说话，动脑筋做算术，记忆也完好无损。但一个月之后他就因一件极小的事情把与自己相伴了几十年的老婆打死了。每个认识他的人都说他出院之后简直变成另外一个人，事故前他是一个温和友善的人，从不和人发生冲突，但伤愈之后却变成了一个傲慢、固执、冲动、暴躁的混蛋。后来经过检查，吴乃文才确定酿成这场惨剧的罪魁祸首就是那段崩飞的钢筋，它损伤了那名工人的额叶，导致其性格大变。还有一个为了治疗癫痫而切除两侧大脑的海马及周边组织的患者，虽然成功消除了困扰他多年的癫痫症，却发现自己只能拥有几十分钟内的短期记忆。他每天都读同一本书，因为这本书对他而言永远都是新书。当然与上面这两个案例相比，顾子轩的状况更显怪异。

吴乃文在脑科领域中研究二十余年，但越是研究人的大脑越是觉得自己所知甚少，这么一个近似椭球形，带点浅灰，重约 1.4 公斤的粉色物体，却隐藏了无数的谜团。人类的所有行为都是由此而生，但即便是经过这么多年的研究，人们对其运作机制却还是一知半解。所以对于顾子轩奇怪的昏厥现象，以及由此而产生的怪梦，吴乃文也是倍感头痛。现有的仪器只能检测出顾子轩在突发昏厥的时候脑部所产生的一些数据，但却无法以此来推断出导致昏厥的直接原因。在过去的半个月中，吴乃文采用了各种方法来抑制顾子轩昏厥的产生，但从临床来看，无不以失败告终。

长此以往，顾子轩总有一天会醒不过来的。这已经可以说是必然的结局。顾子轩还不停地在纸板上写着，吴乃文则一边看一边在思考：难道真的没有其他办法了吗？他在问自己。就在这时他突然发现顾子轩的笔停止了，他突然斜靠在床上双眼紧闭，眼球在眼皮下面疯狂地转动，四肢抽搐，整张床都随着震动起来。

床头的诊断仪发出刺耳的蜂鸣。吴乃文抬眼望去，一条犀利的红色线从屏幕中部陡然升起，一直冲高到屏幕最上方，那里已经超出仪器的检测范围；随后那条红线又急转直下，直降到屏幕的底部，然后维持一条平稳的直线。床上的顾子轩停止了抖动和抽搐，安静下来。那是真正的安静，心率都降到最低的水平，除掉微弱的呼吸和心跳，他就是一具尸体。

前后不过三四秒的时间，顾子轩再次陷入昏迷。

这不是吴乃文第一次目睹顾子轩的昏厥，但却是最为突然的一次，他之所以选择这段时间来探望顾子轩，就是因为根据既往的记录，昏厥症状从来未在这段时间出现过。而现在，规律被再一次打破，他不知道究竟发生了什么，他也不知道顾子轩是不是再一次陷入了那个奇怪的梦境。

而对顾子轩来说，这三四秒的时间他已经穿越到了梦境的世界。他当时只是觉得一股抑制不住的困意袭来，眼前景象开始模糊，还未等他有所反应已经坠入黑暗之中。然后他轻车熟路地找到那个梦境的入口，等他再次睁开眼睛的时候，他发现自己四肢僵硬地躺在自己的床上。他转动头颅，却没有看到晓寒的身影。他有些失望，以前也有过这样的情况，晓寒和妈妈出去了，只留他一个人待在家里。他度过了漫长的十几分钟后被扯离梦境。看来这次又是这样。他正想着，突然听到晓寒惊恐至极的哭号声从另一个房间中传来，还伴随着男人的怒骂和淫笑。

那声音简直凄惨到撕心裂肺，顾子轩知道他不能继续躺在床上，于是他指挥着僵硬的肢体艰难地从床上滚下来，跌落在地上。他顾不得额头撞在床角上流下的血液，挣扎着从地上爬起来，打开门，踉踉跄跄地奔向传来哭号声的另一间卧室，顺手从放在走廊的工具箱中捡起一把锈迹斑驳的锤子。

顾子轩分辨出男人的声音是晓寒的酒鬼父亲，他又喝多了，屋子里都是臭烘烘的酒气，正语无伦次地骂着什么。

“你妈竟然敢让我戴绿帽子！啊？等她回来我就杀了她，现在，看我怎么收拾你，你给老子安静点，反正你长大了也会像你妈一样做一个破鞋，你看看你现在的样子，也是个小骚货。”

男人的咒骂声夹杂着晓寒的哭喊，以及衣服撕裂的声音。顾子轩怒火上冲，猛地撞开门。那混蛋正把晓寒按在地上，光着上身，裤子脱了一半，另一只手去扯晓寒的衣服。晓寒死命地挣扎着，但如何能挣得脱？只能大声地哭喊求救。

顾子轩双眼赤红，目眦欲裂，心中只有一个声音在怒吼：“杀了他、杀了他、杀了他……”随后野兽一般地号叫一声，奔到男人身后，抡起手中的锤子疯狂地向他后脑砸去。男人挨了一锤，惨叫一声向侧面倒过去。

顾子轩发现自己也倒下了，可能是因为用力过猛，也可能是因为看见了从那个男人头上缓缓流出的血液，这具苍老的躯体支撑不住了。他用双眼紧盯着蜷缩在墙边的晓寒，扯着嘴笑了一下。

晓寒却颤抖着爬起，哭着走过来，伸手摸了摸他的脸，她的手很温柔，随后却捡起了血迹斑斑的锤子，面向她呻吟抽搐着的继父，高高地举起。

顾子轩努力地睁大眼睛去看晓寒，却猛然间头痛欲裂，接着天旋地转，无边黑暗席卷而来，瞬间他已从梦境中脱离。

第 3 章

落落

已经过了 17 天 13 小时 28 分钟零 43 秒。

顾子轩的失语症还是没有缓解，昏厥症倒是再也没有发生过。

自从在上次梦境中他用锤子砸了晓寒的混蛋父亲之后，怪梦仿佛烈阳之下的霜花，自此无影无踪。这 17 天他过得仿若 17 年一般漫长，眼巴巴地盼望着昏厥的来临，盼望着能够骤然陷入怪梦中。他无比迫切地想要知道晓寒之后怎么样了。要怎样才能再回到梦境中呢？如果那个怪梦从此消失，是不是就意味着他再也见不到晓寒了？

一想到自己可能永远失去了晓寒，顾子轩就难过得要死。

除了顾子轩之外，大多数人都因他的昏厥症消失而大大地松了一口气。即便顾子轩还要面对失语症的困扰，但相对于说不定什么时候就会变成植物人的昏厥症来说，暂时的失语症显然没有多大的危险性。

吴乃文不属于“大多数人”。事实上，同之前那段频繁发生昏厥的时期相比，他此刻却更加担忧。虽然当时一直没有找到昏厥症产生的原因，但他却已经大致上确定了诊断的方向，他也有信心会找到那个病灶。但现在，整个事情却挣脱了他的控制，就像你在钓鱼，明明感觉到鱼线上沉甸甸地咬着一条大鱼，你开始小心翼翼地收线，眼看着线将到尽头，鱼就要露出水面，却不料那鱼线却突然崩断了。鱼自然重新跃进那深深的湖底。苦等了一天，却发现所做一切都是白费工夫，那种沮丧的心情可想而知，或者更绝望也说不定，毕竟鱼逃了，只要肯花时间，下功夫，还有可能会钓到下一条。而顾子轩的昏厥症却不同，这不像其他有确切依据的病症，时间一长总会出现，他这根本就属于史无前例的病症，没有任何先例可循，没人知道这病症会不会再出现，或者什么时候会出现。毕竟他不可能将顾子轩一辈子都留在医院。

现在，他非常不情愿地要面对这样一个事实——他没有找到昏厥症产生的原因，他也没能找到昏厥症消失的因素。对他自己来说，这意味着一次可耻的失败。而对顾子轩来说，则意味着终生都要背负着一个难以预计后果的巨大危机。因为你无法确定什么时候昏厥症又会出现，如果真在什么关键时刻突发，例如正驾驶轿车行驶在高速路上，例如穿过车流熙攘的街道，例如做着一份高度危险的工作……那将会酿成非常严重的后果。

难道要他把“不得从事一切高危工作”的禁忌写进顾子轩的档案吗？

这对才 10 岁的顾子轩来说是不是太过残忍了些？！他还是个孩子，谁也不应去限定他的未来。可是万一他真的成为一名驾驶大型客机的飞行员，或者一位像他一样站在手术台上的医生，然后某一时刻，昏厥症猝不及防地出现——天呐！究竟会造成什么样的局面简直难以想象。

最终，吴乃文还是将自己的担忧和顾子轩的姑姑说了。当然他并没有直接说，而是先告诉她，如果顾子轩在接下来的半个月内不再出现昏厥症状就可以结束观察期出院回家了。接着才委婉地表示了自己的担心。谁知那女人听完之后默然半晌，然后看着他的眼睛淡然地说："放心吧，吴医生，我们家顾子轩不会害人。"说罢便转身离去了。吴乃文坐在办公室中怔了半晌，也没想明白对方这个许诺究竟是什么意思。

半个月的时间说长不长，说短也不短。吴乃文有时候觉得他自己有些邪恶，因为他甚至在不断地期盼着顾子轩身上能够再次出现昏厥的症状。但他终究没有得偿所愿。那个令他百思不得其解的神秘症状一点可能出现的迹象都没有。

而在这半个月中，顾子轩却开始迷上了绘画。说是绘画倒不如说是涂鸦更贴切。

起初是因为无聊，他就在吴医生送他的纸板上胡乱地画着，那些或浅或深的铅笔线条乱糟糟地布满整个纸面。某一刻，当他凝视纸板上的一片纷乱时，恍然发现其中的一些线条竟然组成了一张熟悉的人脸。他吓了一跳，揉了揉眼睛，但越是仔细辨认就越是觉得那面容像极了梦境中的晓寒。只是，当他有意识地拿着铅笔去画时，却再怎么画都画不像了，每个画出来的人脸都古里古怪的，透着傻气。

姑姑看到他一直在画啊画，便从书店给他买了一本讲简笔画技巧的书。彼时顾子轩正为自己无法画出自己想要的效果而感觉困扰，他天真地以为这是自己没有掌握绘画技巧的原因，于是他开始按照书上讲的练习。或许他真的很有绘画天赋，那些技巧他很快就都掌握了，练习几次之后就能画得有模有样了。不过，他依然无法画出心目中晓寒的样子。直到这时他终于知道，原来不是技巧的问题。

他颓然弃笔，旋即又拾起，因为他意识到即便画不出最中意的晓寒，也依然可以用这样的方式去记录那个他曾经沉溺其中的世界。就这样，他开始有意识地去勾勒梦境中的人物和场景。一幅一幅，一页一页，他脑海中那些极美的画面都从他的笔端流注到纸面上，夕阳下跳舞的晓寒，晨光里欢笑的晓寒，庭院中发呆的晓寒，喂他喝水的晓寒，给他擦脸的晓寒……

他画了好多张，每一张都珍而重之地放在画夹中。时间流逝，或许终有一天他会忘记那个梦境中的女孩，等到那时，这些画卷便可作为她曾经存在的证据。他一张张地翻看着，标记上序号。姑姑正在窗边背对着他低声地打电话，电话那边是姑父，他们正在做出院后的计划。

出院的日期已经确定，就在 8 月 30 日。顾子轩父母被葬在溪山的陵园，葬礼已经举行过，是在车祸的一周后，顾子轩当时还躺在医院的病床上。所有事情都是姑父和姑姑操持的，在这三个多月中，姑父已经把他家房子租了出去，家具等一些用品该处理的处理，该卖的也都卖掉了。顾子轩知道自己以后的日子将要和姑姑一家一起度过。姑姑对他一直很好，姑父为人也很和善，他完全不用担心在姑姑家会受冷遇，但寄人篱下的悲凉感却不时涌上心头。

临离开之前，吴乃文叮嘱姑姑一旦昏厥症再次出现，一定要告诉他。然后又蹲下身看着顾子轩的眼睛说：“子轩，咱俩还是好朋友对不对，你要是遇到什么困难，我可以帮助你的哦。”接着又附在他耳边低声说道：“如果你又出现那个怪梦，我希望你能告诉我，好不好？”

顾子轩无声地点了点头，心中却暗想，如果真的还能进入那个梦境中，鬼才会告诉你，你只会把我从那梦境中拉出来。

离开医院的那天，外面飘着细雨，凉风习习，很有些凄风冷雨的味道。

顾子轩早已能自己走路，手臂和后脑的伤也都愈合。他抱着画夹坐在姑父借来的面包车里，看着窗外笼罩在雨雾中的景物飞速向后退去。身边的姑姑正在询问小表妹这几天在爷爷奶奶家乖不乖。姑父说乖倒是很乖，就是总哭着要妈妈，这便又勾起了顾子轩的悲伤，眼前也像窗玻璃上迷蒙的雨水一样模糊起来。

姑姑一家住的那个小镇叫大榆树，在庆山市以东 200 公里之外的半山区。由于有山路，从庆山市出发，要坐很久的车才能抵达。顾子轩爸爸在的时候，几乎每年都会去几次。在顾子轩的印象中，小镇上都是低矮的平房，仅在主路两边有几栋两三层的小楼，各种杂货店、邮局、农村信用社、诊所都挤在街的两边。镇上的学校在最东边，有一条长约一公里的水泥板路连接镇子和学校，路两边都是又粗又高的榆树。榆树外边则是无边无际的水田。初夏的时候站在路边向远处看去，葱茏的稻苗一直绵延到目之尽头，会有一种置身于茫茫草原中的错觉。

顾子轩的姑父叫路学林，是镇中学的历史老师。姑姑在镇中学的小学部，是四年级 6 班的班主任，同时也是四年级的语文老师。姑姑家的房子远离主街，在一条稍微偏僻的副街上，房子是红砖黄瓦的平房。虽然是平房，但居住面积足够大，三室一厅的格局，客厅、卧室、厨房、卫生间一应俱全。院子坐北朝南，有半人高的篱笆院墙，左近生长着几株繁茂的榆树。

经过几个小时的行驶，终于在黄昏之前赶到家。细雨已经停了，风却大了起来，或浓或淡的雨云在天空中飞速移动。姑姑和姑父已经开始从车上向下搬东西，顾子轩却仍坐在车里，透过窗玻璃，打量着面前的院子。他对这里并不陌生，里面的布置也都很熟悉，但一想到从今以后这就是自己的家了，心里就莫名地生出一股厌弃的情绪来。

房子又低又矮，道路既破且旧，顾子轩又想起自己的家来，不觉黯然神伤。“为什么以往同爸爸妈妈来做客的时候没有发现呢？”他正想着，姑姑突然在外面笑着敲他的窗玻璃：“子轩，下来啊！到家啦！”

顾子轩不情愿地打开车门，跳下来，小心地避过一个小水坑，并没有进院门，而是顺着布满砂砾的土路向镇中心走去。姑姑在身后叮嘱他不要走远，他不理，只是径直前行。距离上次来已经过了一年多，他还记得被爸爸拉着去镇中心的超市买零食，回来的时候下雨，爸爸把外衣脱下来，让他罩在头上，两人一路欢笑着跑回姑姑家。他转头去看对面篱笆里枝繁叶茂的杏树，爸爸曾经站在篱笆外面，摘树上未熟的青杏给他吃。那杏酸得要命，他只咬一口就吐出来，而爸爸则看着他因为酸涩而龇牙咧嘴的表情哈哈大笑。

他赶紧走过那片区域，像是怕把脑海中更多的回忆吵醒。

走着走着，顾子轩忽然听到有孩子的吵闹声。转过一条巷子，他就看到几个孩子正撕扯着扭打在一起。他站在巷子口，向里面张望。四五个孩子正围成一圈，中间似乎有一个孩子捂着耳朵抱着头蹲在地上，那些孩子一边转圈，一边重复不断地喊着："傻子笨，傻子呆，傻子笨，傻子呆……"

顾子轩觉得那些声音好刺耳，也不知道从哪里涌上来一股气，捡了一块石头，猛地向那群孩子丢过去。原本是想要吓他们一下，结果没想到那石头正砸在其中一个孩子的后背上。那孩子痛呼一声，转头恶狠狠地盯着顾子轩，骂道："你妈的，敢打我？"

顾子轩不作声，俯身又捡了一块石头，作势欲丢。那些孩子都吓得往后躲，顾子轩则趁着这个工夫转身就跑。他跑得很快，但并没跑远，而是找个隐蔽的角落躲起来。直到看见那些孩子追出去老远，他才从藏身处走出来。

苍穹乌云尽散，露出雨后湛蓝的天空，已是黄昏，将落的夕阳冲出云海，将温暖的阳光投射过来。他长长地出了一口气，原本悒悒的心情似乎好了一些。就在这时他看到一个小女孩，站在他身侧不远的地方，正怯生生地看着他。那女孩面容很清秀，看上去和顾子轩差不多大，长长的头发在两侧耳朵上的位置扎成双马尾，脸有些圆，小巧的鼻子，浓浓的眉毛，眼睛很大，身体瘦弱，穿着有些破旧的浅灰色连衣裙，脚下是一双鲜艳得刺眼的红色雨靴。那靴子显然不是她的，大得很，像两条小船一样套在她的脚上。正是刚刚在巷子里被围在中间的那个女孩。

两个人间的距离最多不超过六米，互相看着。顾子轩觉得那女孩有些怪，例如她的眼神有些木木的，脸上的表情也有些呆。

他心里顿时恍然，怪不得刚刚那群孩子要骂她“傻子”。这时候，姑姑开始在路的尽头远远地朝他喊：“子轩，回来吧，别乱跑。”

顾子轩听了，就低着头往回走，那女孩则亦步亦趋地跟在后面，一直到他走到院门，那女孩还跟着。姑姑显然认识顾子轩身后的女孩，就招手叫她：“落落过来，阿姨给你介绍一下，这是我们家子轩。”

原来她叫落落，顾子轩心里想。

女孩听到姑姑的召唤，却没有动，只是露出两排白白的牙齿，咧笑着，跟着走近了一步，和顾子轩并肩而立，然后一把抓住顾子轩的手。

顾子轩被落落的举动吓了一跳，想要挣脱，却被对方的小手紧紧地攥住，怎么也挣不脱。

看到这一幕的姑姑和姑父却都笑了起来。

顾子轩尴尬地立在那里，只能任由落落那么握着。同时也感觉到对方手心中传来的温热，这让他想起晓寒，心想着如果要是晓寒这样拉着他该多好啊。

就这样，顾子轩扯着落落进了姑姑家的院子，跨过屋门，坐在客厅的沙发上，直到姑姑拿出一盒字母饼干来，对方才松开攥着顾子轩的手，但下一个动作却令姑姑和姑父更为惊讶。她从姑姑手中接过那盒饼干，利落地打开，从中拿出一块来直接就递向顾子轩的嘴。

顾子轩正为不用被落落扯着而松了一口气，一抬头就看到嘴巴边上的饼干，顺着捏着饼干的手看过去，是落落痴痴地望着他的脸。顾子轩才不想吃那块饼干呢，但当他看到落落的眼睛时却不由自主地张开了嘴，然后便被塞了一个进去，接着又是第二个，第三个。

等顾子轩反应过来的时候他已经被饼干噎住，难以呼吸，在一旁目睹这一幕的姑姑和姑父都被惊得目瞪口呆。就看到落落以不可思议的速度把饼干接连塞进顾子轩的嘴里，直到顾子轩噎住，并吐了出来。

姑姑赶紧手忙脚乱地帮助顾子轩清理满嘴满身的饼干渣，姑父则把落落抱到一边，以免再出现什么其他的事情。好在顾子轩只是被噎了一下，另外稍微有点惊吓，姑姑放开顾子轩转脸便去质问落落："你为什么要这样做啊，落落？你知道你这样做会伤害到子轩的吗？"

落落迷惘地看向对她怒目而视的顾冬玲，显然不知道向来对她和颜悦色的阿姨为什么要这么凶地呵斥她，只是委屈地伸出手，指着顾子轩断断续续地说道："落落——落落要——给——给他吃——"

如此看来落落显然并非恶意，顾子轩姑姑叹了口气，拉着落落的小手软语问道："告诉阿姨，你是不是喜欢子轩啊？"

落落点着头，大眼睛盯着顾子轩，嘴里一直重复着顾子轩的名字："子轩，子轩……"

听到落落说的话，顾子轩心里更觉厌恶，他走到落落的面前，看着那张正对着他傻笑的脸，伸出手猛地一推。落落哪里会想到自己喜欢的子轩会对她这么粗鲁，猝不及防地就向后倒去，脑袋正好撞在墙边的椅子上。剧痛传来，她竟然没有立刻哭出声，而是呆呆地看着顾子轩转身跑出去，然后才放声大哭起来。

就这么短短的几分钟，两个孩子间就发生了如此之多的冲突，真是难以预料。顾冬玲和路学林夫妇唯有相视苦笑，然后一个去追跑出去的顾子轩，另一个则去哄号啕大哭的落落。

顾子轩刚跑出大门，就听见姑姑在身后喊着他的名字。他不理，一味向前跑，只是还没跑出去几步就被姑姑一把扯住。

“子轩你这是干吗啊？你不喜欢落落是不是？”姑姑蹲在他面前看着他问。

他想了一下，重重地点了点头。

“好啦，姑姑刚刚说的都是开玩笑的啦！子轩你听姑姑说啊，不要和落落一般见识，她和我们不同的。”

听到这句话，顾子轩便是一怔，他能感觉到那个叫落落的女孩有些呆呆的，但却不知道姑姑为什么说她“不同”。

“她这里发育得不完全，”姑姑一边说一边指了指自己的头，“她没办法像普通的孩子一样上学，而且无论多大她的智商都会像一个小孩子一样。你明白姑姑的意思吗？所以我们要让着她一点，你说对吗？”

顾子轩安静地听完姑姑的话，心里不由得对自己刚才推倒落落的行为有些愧疚，但等他回到家的时候却发现落落已经不在了，姑父说刚刚落落的妈妈来了，带走了她。这让顾子轩大大地松了一口气。晚上的时候，姑父的妈妈带回了顾子轩的小表妹，这个叫作路小希的小女婴似乎非常害怕顾子轩，看到他就开始哇哇大哭。无论姑姑怎么哄都哄不好。那哭声尖利刺耳，令顾子轩无比心烦。

晚餐非常丰盛，姑姑做了很多顾子轩爱吃的菜，但顾子轩却吃得味同嚼蜡。他心不在焉地听着姑姑他们一家说着令他觉得莫名其妙的话，筷子在碗里搅来拌去。姑姑看到他烦躁的样子，就说如果吃饱了可以随便转转。顾子轩自然如蒙大赦，放下碗筷，走到院子里。

小镇的好处在于没有城市中那么亮的灯光，加上空气清新，所以头顶的星空就显得格外辽阔和璀璨。

顾子轩站在院子中，努力地辨认着夜空中的那些星座。父亲曾经教过他如何将那些亮度不一的星辰连缀起来，组成星座。似乎没过多久的样子，但他却已经有些记不太清那些辨认的方法和星座的名字。他正苦思冥想着，耳边传来邻居家屋门开启的声音，接着是轻微的脚步声，再然后，有一个声音低低哼唱着一首他从未听过的旋律，婉转低回，优美得令人窒息。他屏气凝神，小心翼翼地挪到院墙边上，透过篱笆的缝隙，惊讶地看到哼唱的人竟然是那个弱智女孩落落。

可是，此时此刻的落落真的就是白天那个又痴又傻的弱智吗？星空之下，她的双眼清澈，脸上分明连一丁点痴傻的痕迹都不存在。顾子轩心中惊疑不定，随后便听到一个成年女人的呼唤声伴着咳嗽从屋子里传出来。落落的哼唱声戛然而止，她应了一声，脸上倏地又出现那种痴痴的傻气，慢慢地走回亮着灯光的屋子。

顾子轩木头一样呆立在原地，直到姑姑出来叫他回去睡觉都没有回过神来。

他百思不得其解，为什么那样截然不同的两种气质会出现在同一个人身上。难道她的病时好时坏吗？病发的时候看起来傻傻的，不发作的时候就很正常，是这样吗？

一直到躺在床上，他的脑海中都在琢磨着这个问题。

他被安排在房子后侧的一间屋子，屋里有一扇小小的窗子开向后院的园子。空间不大，除了一张小小的床之外，只能放下一个小桌子。这间屋子原本是用作放杂物的贮藏室。以前来姑姑家的时候他曾偷偷地打开过，里面都是一些乱七八糟的杂物，上面落满了灰尘，虽然现在已经经过细心的清扫，但还是能闻到一股浓郁的尘土气息。和他在庆山市的家相比，这个阴暗逼仄的卧室就像一个可悲的老鼠洞。

新家的第一夜，顾子轩辗转反侧，难以入睡，耳边一直回荡着落落哼唱着的那首奇怪的旋律。他不知道自己是什么时候睡着的，睁开眼睛的时候姑姑正站在床头叫他起床。他今天要和姑姑一起去新的学校报到。一想到要面对新的同学和新的环境，他心里就有些发怵。

虽然他的失语症还没好，但却不影响正常的学习和生活。只不过存在一点和人沟通的障碍罢了。吴医生曾经说这种症状心理因素占了很大的原因，没办法用普通的药物或者器械治疗，只能等顾子轩慢慢地自我调节，也许过一段时间就会自己痊愈。姑姑的计划是让顾子轩多和同年龄的孩子接触，这样可能会更好地治疗他的心理创伤。这在顾子轩看来分明是瞎扯，对于父母去世的现实他已经选择了接受，虽然不时地会有一些记忆冒出来令他心痛，但他已经可以坦然地面对了。他不知道自己说不出来话是因为什么，只是觉得想说话的时候有什么东西横亘在喉咙，令他无法出声。但他有时会觉得这样也不错，至少很多他不想回答的话都不用再说了，少了很多困扰。

镇中学距离姑姑家并不远，吃过早餐之后，他就和姑姑一起走过去。因为姑姑是那里的老师，所以很容易就将顾子轩转到了自己所负责的班级，顾子轩在庆山市的时候就已经上了五年级，姑姑却让他重新从四年级开始读起。顾子轩觉得莫名其妙，姑姑告诉他这样可以令他先熟悉一下环境，况且他本就比其他同龄人上学要早，耽误一年并没有什么关系。

对姑姑的安排顾子轩没什么意见。在庆山市的时候他的成绩虽然算不上出类拔萃，但却属于比较优秀的那种，镇小学的课程难度显然无法和他上的那个省内著名的重点小学相提并论，老师讲的内容他已经都学过一遍，姑姑想必也和那些老师们说过他的情况，所以都不太管他。于是，当其他孩子都在认真听课的时候，他却在一边发呆，或者在纸上涂鸦。

在其他孩子的眼中，顾子轩的情况显然是令人羡慕嫉妒恨的，于是，顾子轩不可避免地受到了一些顽劣孩子的重点照顾。

“嘿，哑巴，你真是个怪家伙。”

“哑巴，你不是应该上残疾人上的学校吗？跑来我们班干吗？”

“阿巴——阿巴——阿巴——，你是不是要这样说话啊！哈哈！”

顾子轩被几个同班的学生嘻嘻哈哈地围在中间推搡着，他屡次想要冲出去，却屡次失败，最后筋疲力尽的他只好坐在地上，抬着头看着他们污言秽语地辱骂他。这样的情况他还是首次遇到，他不知道该如何是好，打又打不过，对方都要比他高一个头；骂也无法骂出口，于是他只能默默地忍受。好在那些学生都忌惮作为他们班主任的姑姑，不敢做得太过分，无非是走路的时候趁他不注意把他撞倒，或者故意将他的文具碰掉。他不是没想过要告诉姑姑，但后来想想还是算了，毕竟姑姑不能常在他身边，且在原来的学校，他可是亲眼见识过向老师打小报告的学生之后所遭受到的欺凌的。

或许过一段时间他们就腻烦了，他也只能如此希望着。

学校的名字叫作大榆树镇中心中学，所以除了一些邻近村子的孩子外，大多数学生都来自镇上。而镇子就巴掌大的那么一块地方，这也就意味着，顾子轩有很大的几率遇到同学，当然也包括那些欺负他的孩子。这不，姑姑因为还有一些工作要处理，就让他一个人先回家了。当他走到距离姑姑家不到 500 米的地方，就同其中三个欺负他的坏孩子不期而遇。

他想要以最快的速度跑回家，但却被一个跑得更快的瘦子给截住。然后被扯着书包带子拉到附近的一个小巷子里，猛地将他推得坐倒在地上。

“哈哈，这不是小哑巴吗？”一个胖墩墩的孩子挤眉弄眼地说道。

“遇到我们你是不是很开心啊？哈哈！”另一个肤色很黑的孩子叉着腰俯视着顾子轩笑道。

“听说你住在顾老师家，你是他儿子吗？”那个胖墩墩的男孩踢了顾子轩一脚，问道。

顾子轩挣扎着想要爬起来，却又被推倒。

这三个孩子都和顾子轩同班。瘦子叫段青，因为龅牙，大家都叫他兔子哥。胖墩子叫曹扬，他老爸曹龙刚在镇上开了一家砖厂和一家粘土厂，算得上是镇上的首富。皮肤黝黑的姓张，叫张峰，绰号煤球。曹扬是三人里面的老大，瘦子段青和煤球张峰都是他的小跟班。平日里他们就顽劣不堪，是最令顾子轩姑姑头痛的差等生。

“不对，我听我妈说他爸爸妈妈都被车撞死了，所以才被顾老师收养的。”瘦子段青似乎熟知内情，向曹扬介绍道。

“这么惨啊你。”曹扬夸张地大叫，打量着顾子轩像打量一个好玩的玩具，接着示意旁边的段青，“搜搜他的兜。”

段青贼笑兮兮地摸遍了顾子轩的口袋，结果没找到任何东西，于是恶狠狠地推搡了顾子轩一把：“啥也没有。”

“穷鬼，翻翻他书包。”曹扬又说。

个子较矮的黑小子张峰，从顾子轩背后扯下书包，拉开，稀里哗啦地把所有书本文具都倒落在地面上，然后逐一翻捡着。当然不可能有什么钱，但当那张峰的手落到他的画本上时，顾子轩蓦然跳起来去抢夺画本。对于他来说，那可是至为宝贵的东西，绝对不容别人染指。

猝不及防，张峰被顾子轩扑倒，但顾子轩却没有抢到画本，反而被曹扬夺了过去，肚子上还挨了几拳，痛得他弓起了身体。他顾不得痛，挣扎着想要夺回画本，但身体却被段青和张峰死死地按着。他想要开口呼救，却苦于无法发声。

曹扬稀里哗啦地翻着顾子轩的画本，动作粗鲁残暴，顾子轩的心简直在滴血。

“哈哈，你这哑巴还挺能画啊。”曹扬粗粗的手指“刺啦”一声撕掉一页，展示给顾子轩看，那张纸上画的是晓寒。顾子轩怒火攻心，几欲发疯，恨不得扑过去将那曹扬撕碎，但四肢都被束缚住，即便咬断了牙齿也无法挣脱。就在他疯狂挣扎之际，蓦然看到胖子身后的巷子口出现一个女孩的身影，那女孩拎着一根又粗又长的棍子，在夕阳的余晖里向他们冲来。

竟然是落落。

落落奔跑得像闪电一般，还未等顾子轩缓过神来，抡起的棍子已经呼啸着落到背对着她的曹扬身上。

一声惨叫，曹扬趔趄一下向旁边跌倒，手上的画本抛撒开，被他撕掉的画纸如同乱舞的纸蝶一般分散飘落。如果能够镜头放慢，我们会看到，紧抿着双唇的落落冲过那些纷纷扬扬的画纸，散乱的头发都飞散在半空中，身后带起的尘土在夕光中舞动不休，棍子裹挟着呼啸的风继续抡向还扯着顾子轩不放的段青和张峰。

“啊啊”，两声痛呼，段青和张峰也被落落打散。落落一把拉起顾子轩，将他护在身后，转身目光凛凛地盯着三个龇牙咧嘴地揉着手臂、脊背等被打部位的男孩，沉默了半天之后方始迸出五个字来：“不许打子轩。”

这五个字说得气势雄浑，三个坏孩子胆战心惊地看着落落发怒的小脸，然后又看了看她手中的棍子，被打的地方还在火辣辣地疼，哪还敢有半点反抗的勇气，瞪了落落和顾子轩两眼，想要说什么，但最终还是没敢开口，转身便四散而逃。

整个过程顶多不过半分钟的时间，顾子轩怔怔地站在落落的身后，不知为何心里突然涌起悲哀的感觉，自己一个男人却要一个女孩子来保护，真是太可耻了。眼光落到散落一地的画纸，俯下身来，一张张捡起，直到看到其中一张纸上画着母亲的容颜，心中屈辱及悲伤难抑，泪水滚滚而下，还好低着头，别人看不到。捡到最后一张时，他刚刚伸出手去，另一只小手已将那画纸捡起。他抬起头便看到落落手里正捏着剩余的几张站在他面前紧张兮兮地看着他。

顾子轩看着那张秀美的脸上隐隐藏着的痴气，眼前又浮现出片刻前落落挥舞棍棒救他于屈辱之中的神勇身姿，心中屈辱、感动、厌弃、沮丧，诸种情绪掺杂在一起，令他无法决定要以怎样的态度来对待落落，既不喜欢跟“傻子”做朋友，可又因对方救了自己而心存感激，怔怔地想了半天也不知该如何是好。

落落却看到顾子轩脸上尚存的泪痕，下意识地就伸手来擦，同时柔声安慰道：“子轩，子轩，不要哭，落落打他们，保护你。”

落落这么一说，顾子轩胸腹中那一颗脆弱的自尊心立时宣告破碎，原本仅存的感激又变成厌恶，一把从落落手中夺过画纸，将散落的文具书本胡乱地塞进书包中，头也不回地跑回家去。

回到家后，顾子轩又开始为自己的行为愧疚。毕竟落落那么勇敢地打跑了那些欺负他的坏孩子，可是他却以那么恶劣的态度对她，这简直太过分了。可是怎么办呢？现在去找她道歉吗？想到道歉，他又困扰起来，实在是鼓不起勇气。算了，下次遇到她的时候再说吧，反正她傻傻的，不道歉也没什么关系吧！他这么想着，最终还是打消了去道歉的念头。

他刚松了一口气，旋即又想起明天还要面对那些混蛋孩子，唯一能想到的就是放学等着姑姑一起回来，虽然不是长久之计，也只能先这么办了。

转眼就到了第二天，为了躲开那些坏孩子的捉弄，顾子轩一下课就跑到姑姑的办公室。这样反常的行为自然引起了姑姑的怀疑，但顾子轩却解释说自己有问题要问。对于顾子轩的学习热情，姑姑当然很高兴，不厌其烦地为他讲解一些看起来较难的问题。顾子轩表面上听得认真，心里却想着别的事情。

有道是躲得了初一，躲不了十五。逃避毕竟不是权宜之计。可是他又没有勇气和他们对着干。心惊肉跳了一整天，顾子轩几乎无时无刻不在想着应对的办法，但最终还是一筹莫展。

下午 3:30 放学，他一直等到 4:30 才和姑姑一起回来。虽然等的时间有些无聊，但胜在不用担心会被坏孩子曹扬他们截住。只是没想到，在走到昨天挨打的那条巷子的时候，会看到落落。

她是在等他，是在等着保护他。

意识到这一点的时候，顾子轩仿若被一道闪电击到天灵。

“子——轩——”落落欢呼着奔向他。

顾子轩呆立在那里，心里有什么东西轰然崩碎。

落落奔到他面前，定定地看着他的脸，欢欣的表情忽地收敛，怯怯地道：“子轩，落落在等你，落落笨……子轩，落落只能在这里……等你……”

姑姑自然不知道发生了什么事情，摸了摸顾子轩的头，笑道：“哎，你们是好朋友了啊！”又指着另一只手上提的一块肉，对落落说：“落落去阿姨家，阿姨给你们做肉肉吃。”

落落两只眼睛都亮了起来，欢呼一声：“落落要吃肉肉，落落要吃肉肉。”

顾子轩也情不自禁地随着落落的欢呼咧着嘴笑了起来。他都不知道自己多久没这么开心地笑过了。似乎，是从车祸之后。

姑姑做的红烧肉是一绝，汤汁浓郁鲜美，肉质肥而不腻，香嫩可口，咬一口简直齿颊留香，回味无穷。

不幸的是，落落却没有机会吃到如此美味的红烧肉。

还未等姑姑做好，落落的妈妈，一个身体瘦弱，鬓发斑驳，看着像年逾五旬的、脸色灰白的中年妇女，就把落落连拉带扯地带回了家。无论姑姑如何请求，无论落落如何哭着不走。顾子轩从头至尾都站在一旁看着，看着落落被她妈妈狠狠地打了几个耳光。看着那中年妇女气急败坏的样子和铁青的面孔。不知为何他的脑海中突然浮现出那些曾经做过的怪梦中的某些画面：晓寒扯着妈妈的袖子哭着哀求想要一个洋娃娃，妈妈说洋娃娃好贵，没钱买。但晓寒依然大哭大闹，百劝不听，还撒泼耍横，以至于晓寒妈妈不得不狠狠地揍了她一顿。顾子轩清楚地记得，当时晓寒妈妈的脸上就是这种表情，无奈、忿恨、悲伤、羞愧……交杂在一起。

顾子轩猜不透那是一种什么样的心境，他想问姑姑，于是在纸上写道："她为什么要打落落？"

姑姑看了他写在纸上的疑问，叹了口气，一边做菜一边和顾子轩讲了落落家里的情况。

落落的妈妈年轻时曾经是庆山市中心医院的护工，后来因为身体的原因无法从事护工工作，只好回到镇子上。好在有些医护经验，就在镇上的小诊所找了一份护理工作。虽然赚得不多，但勉强能维持家用。落落爸爸，职业是司机，开一辆摩托车改装的三轮摩的拉客，往来于镇上小小的火车站和客运站之间，却不料某次喝多了酒拉着一位客人掉进了一条正在施工的壕沟中。乘客摔断了一条胳膊一条腿，还有几根肋骨，而落落爸爸却被一根钢筋穿透了心脏。因为她爸爸的摩的是黑车，并没有营运的许可证，自然也没什么保险之类的东西，不但被罚了好多钱还要赔偿那位无辜的乘客。落落的妈妈向来好强，埋葬了丈夫，擦干眼泪，将家里所有值钱的东西都一一变卖，又借遍了亲朋好友，才凑够了赔偿的钱。

变故发生在两年前。这两年来为了偿还欠下的债务，落落妈把之前镇南的房子卖掉，换了现在住的这间，过的日子堪称贫苦至极。落落妈的自尊心又强，对左邻右舍的帮助向来都是礼貌地表示感谢，但却从不接受。这也是为什么落落一听说有肉吃，会表现得那么开心。

听完姑姑的讲述，顾子轩觉得很不舒服，心里满满装的都是对落落的同情。他想要帮助落落，但却不知道如何去做。按照姑姑的说法，如果他端一碗肉送过去，落落妈一定不会接受。如果能避过落落妈就好了。他心里想着，脑子里突然灵光一闪，一个主意浮上心头。

吃过晚饭之后，顾子轩借口要去休息，但却偷偷溜进厨房，夹了满满的一碗红烧肉，然后打开门走到靠近落落家的那侧篱笆旁。他记得昨天夜里落落曾经到院子里来过，说不定今天她还会出来，这样他才能够让落落吃到姑姑做的红烧肉。

顾子轩站在篱笆边上苦等了半个小时，腿都站得麻木了，脸上也被蚊子咬了好几个包，落落却一直没有出现。也许她今晚不会出来了吧！顾子轩在心里想。就在他打算放弃的时候，门吱呀一声被推开了。一个小小的身影走了出来，行至院子中央，伸展了一下身体，仰着头静静地盯着头顶璀璨的星空。

她还会唱那首怪怪的但却很好听的歌吗？顾子轩在心里殷殷地期盼着。半分钟之后，他有些沮丧，因为落落并没有如他所愿地哼出那首旋律。但他却不能再继续等下去，也许下一秒落落就会被她妈妈喊回去了。

为了不吓到落落，顾子轩轻轻敲了敲篱笆上的木板。落落警觉地转过头来，甚至俯身捡起了一根棍子。姑姑家的院子里开着门灯，光亮从篱笆的缝隙穿透过去。顾子轩看到落落的脸上写满惊恐，直到这时他才对自己无法发声充满了懊恼。好在落落没被吓跑，而是小心翼翼地向发出声音的地方走过来。

等她看清了顾子轩在篱笆间的面容时，满脸的恐惧都在刹那间转化成了惊喜。“子轩！”她低低地叫了一声，清亮的眸子中都是欢欣。

顾子轩想要寻了一处空隙较大的位置，好将盛着肉的碗递给落落，但却不能如愿。整面篱笆墙都是用大小形状几乎相同的硬木板拼接而成，最宽的缝隙也无法递过碗去。但这却难不倒顾子轩，缝隙虽窄，筷子还是能通过去的。顾子轩夹了一块肉，稳稳伸过去。落落显然没料到顾子轩会为她带肉过来，大大的眼睛眨巴着，两行泪水“哗”地滚落下来，乖乖地张开嘴，去接顾子轩筷子上的肉。

一块又一块，一个负责喂，一个负责吃，很快便吃掉了小半碗。

两个人之间只隔了一面篱笆墙，呼吸几乎相闻。穿过那道窄窄的缝隙，顾子轩发现落落眼睛和白天的时候不一样，灵动而深邃，看不出半点的呆滞和木然。

“落落。”落落的妈妈又唤她了。

顾子轩急忙又夹了一块肉，伸过去，落落却看着他摇了摇头，“子轩，”她说，“要勇敢点，要保护自己。”说着，她手一甩，她手中的那根棍子便飞越过一人多高的篱笆墙，落到顾子轩的这边：“那些坏孩子要是再敢欺负你，就用棍子揍他们。”落落目光灼灼，顾子轩觉得她的眼睛像两把刀子一样锋利逼人，下意识地就点了点头。

落落见他点头，开心地笑了，接着，转身跑回去，临到门前，倏地转身，朝他挥了挥手。门响了一下，随后便将她的身影吞没。

顾子轩怔怔地在原地站了一会儿，满心都是困惑。他觉得姑姑说的是错的，落落一点都不傻，只是，为什么晚上见到的落落和白天见到的不一样呢？落落身上好像笼罩着一团迷雾，身影在迷雾中时隐时现，令他看不真切。

转过身，他便看到落落扔过来的那根棍子静静地躺在不远处。落落的身影又浮现在眼前，攥着小小的拳头，一本正经地教训他：“子轩，你要勇敢点，保护自己，用棍子揍欺负你的人。”

顾子轩走过去，捡起棍子，握紧，走回屋子。

第4章

那年夏天

第二天早上，姑姑问顾子轩是不是夜里饿了，顾子轩眨巴眼睛承认。姑姑笑着说，夜里饿了也不要吃太多肉啊，太油腻了对身体可不好。

顾子轩点点头表示知道。

上午的课还是一如既往的无聊，那些坏孩子一直都在不屈不挠地想要找机会捉弄他，却都被他一一躲过。他知道逃避永远不是解决问题的方法，只是他还没准备好。临午休时，顾子轩的前桌，一个长得瘦瘦小小的女孩子偷偷递给他一张纸条，上面写着："他们要截你。"顾子轩看了，心就一惊，他自然知道这五个字代表着什么，这么看来曹扬他们似乎已经有了准备。不过只要一直有姑姑在身边，他们便拿他没有任何办法。

学校的午休时间是一个半小时，因为离家较近，所以顾子轩会和姑姑一起回去吃午饭，吃完饭再一起回到学校。这也是顾子轩有恃无恐的原因所在，哼哼，曹扬他们根本没有机会截住他。然而天有不测风云，午饭时，顾子轩的小表妹路小希一直都在哭，怎么哄都哄不好，直到姑姑的婆婆发现她的身体滚热，才明白原来孩子一直都在发烧。姑姑慌忙带着女儿去镇医院看医生，姑父去市里进修还未回来。这就意味着，顾子轩只能一个人去学校。

怎么办？要和姑姑说出他的恐惧吗？或者干脆逃学不去了？不行，这两个选择都会让姑姑担忧，他可不想成为姑姑一家的拖累啊！

犹豫再三，顾子轩终于还是决定一个人去学校。临走前他把落落送他的那根棍子拎在手里。握着那根硬邦邦的棍子，心里顿感安全，胆气也壮了些。

已经是 6 月底，大榆树镇虽然地处北方，但中午的大太阳已经相当炎热。顾子轩走出家门的时候，看到北边的天空有一大片云，阴沉沉的，似乎是要下雨的预兆。等他走到学校门口，那片乌云已经呼啦啦地遮盖住半面天空，隐隐有雷鸣传来，青紫色的电光在云层中闪现。风也起了，带着雨腥味。

顾子轩松了一口气，心里祈祷着雨快下吧，这样曹扬他们就不会来截他了。

学校偌大的操场上几乎没什么人，顾子轩为了避免别人发现棍子，只好把棍子插在一条裤腿里，以至于他走路的时候一步一拖，酷似一个腿上有毛病的瘸子。要多古怪就有多古怪。

穿过操场才能到达教学楼，当顾子轩走到操场中央的时候，他最担心的事情出现了。曹扬率领着一群大约七八个孩子朝他跑过来，气势汹汹。远远的顾子轩几乎能看到曹扬那张肥脸上得意的表情，似乎在说："跑不了了吧。"

顾子轩心里冒出的第一个念头是——逃，只是一看对方围过来的方向，就知道曹扬早就做好了准备，将他逃跑的方向全都堵住。心猛地一沉，完了，这次肯定会被揍得很惨。

心中恐惧、紧张，后背汗水涔涔而下，手心也潮乎乎的，他伸手在裤子上蹭了蹭，便摸到裤腿中藏着的棍子，心底突然有个声音咆哮起来："勇敢点啊，你这个笨蛋，用棍子狠狠地揍他们，揍到他们怕了就不会再欺负你了。"顾子轩被那声音吓了一跳，因为听起来像是落落的叫喊。

于是，他毫不迟疑地抽出裤筒里的棍子，抡起胳膊，狠狠地砸向就站在他面前耀武扬威的曹扬。棍子在空中划出一条优美的轨迹，将弧线范围内降落下来的雨水俱都撞碎，带着呼啸的风声，打向曹扬那条还在继续拍他脸的手臂。那些还围在顾子轩身边的坏孩子都大吃了一惊。在此之前，没有人会想到形单影只的顾子轩会在裤子里藏了一根棍子。也没人会相信怯懦胆小的顾子轩敢于在这么多人围着的情况下狠揍曹扬。更没有人愿意赤手空拳地去硬抗顾子轩手中的棍棒。

操场上的积水已经漫过脚面，雷声轰鸣，面对操场方向的教室涌满了听闻此事的学生，他们一个个争先恐后地贴在玻璃窗子上向操场好奇地张望着。然后便看到那个不会说话、刚刚转来的哑巴少年，持着棍子指着曹扬的脑门。就在他们以为曹扬会再次被暴打的时候，哑巴少年忽地将棍子放下，转身，穿过风雨，向教学楼走来。

打架斗殴向来是学校中的大忌，群架尤其严重。围攻顾子轩的有三四个人都挨了打，另外几个愣住了，而被围攻的顾子轩却胜利了。

从被围到散去，加在一起也不超过十分钟。时值中午，又大雨瓢泼，教师的办公室都面向另一侧。因此其间并没有老师出来阻止，直到有学生去告知，才有人跑去操场把挨了打的几个人扶回来。

那天下午，顾子轩浑身湿透，还没走到教室就被教美术的徐老师半路截去到教员的办公室。顾子轩只知道她姓徐，具体名字不清楚，和姑姑关系很好，上过一次她教的美术课，并在全班同学面前受到了她的赞扬。彼时，顾子轩的情绪尚未完全平复下来，浑身尽湿，头发还在滴着水，坐在办公室的皮面椅子上，整个身体都在微微地颤抖着，根本没听进去徐老师说什么，但却看到她给姑姑打了一个电话。

顾子轩不想给姑姑一家添麻烦，但终究还是抵不过命运。

姑姑很快就赶到学校，一进办公室就浑身上下地察看顾子轩的身体，直到没有发现任何伤痕才松了一口气。其间并无一句责备顾子轩的话，想必是已经了解到了事情的经过。顾子轩却深感内疚，因为这个时候姑姑应该陪在生病的小表妹身边，而不是赶来处理自己捅的娄子。

“妹妹怎么样了？”他用笔在纸上写道。

“没事儿了，奶奶在医院照顾她，不用担心。”姑姑笑了笑说。

迟疑了半天，他又写了三个字：“对不起！”

姑姑看了，眼泪“唰”地就流了出来，轻轻打了他一下，然后一把将他抱在怀里，嗔怪道：“傻孩子，和姑姑还说什么对不起啊！”然后拉起他的手，“走吧，先跟姑姑回家。”随后她又和徐老师说了几句感谢的话，便将顾子轩拉走了。

走出教学楼的时候，雨早已停了，漫天的乌云尽散，阳光灿烂得耀眼。

一路上姑姑不时地找一些话来和顾子轩说，却半点不提为什么要打架。到家的时候，姑姑的婆婆已经带着打完针的路小希回来了。问了姑姑几句，姑姑一边回答一边给顾子轩找干净的衣服。婆婆便又说起路小希的情况，其间斜着眼睛瞥了顾子轩几眼，随后便回到西侧的卧室中。虽然没有表现得很明显，但顾子轩却能清楚地感觉到姑姑的婆婆对他的厌弃。是啊，本来收留他已经仁至义尽了，他还到处惹麻烦，真不让人省心。

顾子轩换好了衣服。姑姑告诉他这两天先暂时不用到学校去了，顾子轩在心里小小地欣喜了一下。他回到自己的小屋中，躺在床上，看着天花板，回想着中午的一幕一幕，心中突然涌出想要见落落的冲动，他好想告诉她，他把那些坏孩子们揍得抱头鼠窜。

当天稍晚的时候，姑父从庆山回来，便被姑姑叫去卧室。两人说了半天的话，然后一起出去了，一直到半夜才回来。顾子轩躺在床上听到门声就醒了，蹑手蹑脚地走到通往卧室的走廊上，就听到姑姑气急败坏地在说着什么。

“凭什么啊，凭什么要我们道歉，明明是他们欺负子轩，子轩才反抗的。那些坏孩子，一个比一个差劲，我看就应该都把他们送进少管所去，省得在学校欺负别的孩子。”

姑父在一旁低声劝道：“行啦，你小点声吧，有什么办法，人家有钱有势，学校里面都有曹龙刚的赞助你又不是不知道。道歉就道歉吧，也不会少块肉。毕竟人家孩子被子轩打了。”

“我是心疼子轩，唉——”姑姑低低地叹息了一声。

“好啦，好啦，都半夜了，快睡吧，明天还得上班。”

声音消失了，卧室的灯也随之熄灭掉。顾子轩在漆黑的走廊里站了好久，才回到自己的小屋。胸口如同压了一块大石头，重得喘不过气来。明明自己是被欺负的为什么还要道歉呢，这太不公平了。他攥着拳头在黑暗中低吼，转念想到，如果自己执拗的不道歉，姑父和姑姑会很为难的吧？姑父也说曹家有钱有势，学校里好多人都站在曹家那一面，要是得罪了他们家，难免不受到一些不公的待遇。算啦，道歉就道歉吧，不要再多事儿了。

顾子轩最终还是劝服了自己，不知道什么时候睡去，再醒来的时候已经是第二天早上。吃过早饭，因为不用去上学，他只好待在家里。姑姑和姑父都要去上班，留在家里的只有姑姑的婆婆和小表妹路小希。姑姑不在家，姑姑的婆婆自然更不会给顾子轩什么好脸色看，嘴里嘟嘟囔囔地说着些不省心、累赘、拖油瓶之类的话。顾子轩听得生厌，便拿着画本出了门。

距离姑姑家不远处有一条河，河两岸遍植的垂柳生长了很多年，棵棵都粗壮繁茂。由于景致很好，以前来姑姑家的时候，妈妈不止一次带着他到河堤上去玩。从来到姑姑家之后他就一直想再去那河堤上转转，却一直未得机会。

不料一出门，顾子轩就在院子门口看到落落。落落显然也对他的出现充满了惊喜，欢呼一声就朝他跑过来。她今天穿了一件破旧的蓝色连衣裙，圆领，收腰，露肩，裙裾长及膝盖，脚上穿了一双白色的布鞋，鞋面上缀着两个粉红的蝴蝶结。其中一个貌似眼看着就要脱落的样子。另一只虽然蝴蝶结完好，但鞋尖，大脚趾的部位已经磨出了一个小洞，仔细看的话会看到脚趾。头发刚剪过，比前两天见时短了好多，马尾之类的是扎不成了，只能披散下来，刘海很齐，衬着圆润的鹅蛋脸，秀美得令人惊叹。

顾子轩见过落落的妈妈，那个面相凄苦，平凡至极的中年妇女，从落落的脸上一点都找不到她们之间的相似之处。

一看到落落的眼睛，顾子轩就失望地叹了口气，呆呆滞滞的，不灵动，并不是夜里的落落。

他前面走，落落就在后面跟着他，一言不发。

顺着姑姑家门前的路一直走过去就能走到河堤上。因为昨天刚下过雨，原本潺潺细流的河水陡然暴涨了起来，平静清澈也不见了，取而代之的是翻滚浑浊，就像一个很有教养的温婉姑娘，突然变成了撒泼耍赖的泼妇，令人见之生厌，大皱其眉。

两个人一前一后地走到河堤上，树阴下。顾子轩寻了一棵视野和倾斜度俱佳的柳树做靠背，从口袋里掏出一张折叠在一起的废报纸，打开，放在地面上，然后靠着柳树坐下来，曲着双腿，将画本放在腿上，开始信笔在纸上画着。他也没喊落落坐，落落就自己走过去蹲在他旁边，两条腿叉开，痴痴地看着他在白纸上勾勒着。

忽然间落落扯了扯裙子的下摆，并着双腿坐在顾子轩的身边，双眼盯着子轩问道："你揍了他们，是不是？"

顾子轩怔了一下，猛点头。

"哈哈，"落落立刻眉飞色舞起来，"快和我说说怎么揍他们的。”忽地又吐了吐舌头，“哦，对不起，我忘记你不能说话了，你是哑巴吗？”

顾子轩摇头。

“那为什么不能说话呢？”

顾子轩指了指嗓子，脸上露出痛苦的表情。

“没关系啦，不能说话也挺好，省得总是要被问一些讨人厌的问题。”

顾子轩又狂点头。

“谢谢你前天晚上给我带来的肉，真的很好吃啊，这几天我一直都在回味，可惜我们家没人会做。”

顾子轩赶紧在纸上写：“姑姑下次做，我再带给你。”

“真的？！”落落欢呼了一声，旋即又沮丧起来，“可是不知道会不会赶上啊！”沮丧了没几秒，转而又欣喜地自语道：“没关系啦，一定还有机会的。”

顾子轩只是呆呆地看着时喜时悲的落落，心里突然就“砰”地跳了一下。愣神之际，手里的画本猝然被落落抢过去，他又不好直接抢回来，只能在一旁眼巴巴地看着她纤细的手指捏着画纸一页一页翻着。意料之中的，落落的手指停在晓寒的那一张，转过脸来狐疑地盯着顾子轩，问：“这张是谁？”

那一瞬间，顾子轩觉得心跳得好快，就好像在心底隐藏已久的秘密突然被人窥见一般。他不知道该不该告诉落落关于他那个怪梦和梦中的晓寒。告诉吧，事情太复杂，一时半会儿无法说清，不说吧，却又觉得对落落心存愧疚。他纠结了半天，才在纸上写道：“谁也不是，我想象出来的。”

落落目光灼灼地看着他的眼睛，片刻，又倏地雀跃起来，大叫道："她真漂亮，我也要，我也要，子轩你一定要给我画一张。"

被落落那沉静如渊的眼睛盯着的时候，顾子轩会有一种被看通透的感觉。是不是被识破了啊？心中忐忑，正自纠结的时候，却不料落落的情绪已经陡然转换，扯着他的手臂大呼小叫地索取绘画。

顾子轩无奈，只好答应，便指挥落落坐在另一棵树的柳荫中，并叮嘱她一定要安静地坐着。落落很听话，乖乖地面对河水坐下，手臂支在膝盖上，手掌张开托着下颌，眼睛望向河面或者远处的景物，嘴里哼着歌。从顾子轩这边看过去，河面映着粼粼的波光，树下的落落正好和垂下的柳条组成一幅美丽的剪影。然而几次三番，顾子轩都无法落笔，不知道怎么回事儿，一听到落落哼的那首歌，他的心神就不由自主地飘散开，脑海中浮现的却是那夜，星空下，落落仰头而望的画面。

落落感觉坐了好久，腿都麻了，但却一直硬撑着，她怕自己一动就会扰乱了顾子轩的画。硬撑着又挺了一会儿，她终于忍受不了，转头去看顾子轩，发现对方正全神贯注地在纸上画着，并没有向她这边看。

难道他根本没有画我吗？落落心里怀疑着，站起身来，小心翼翼地走到顾子轩身边。只见顾子轩的铅笔在纸上飞快地移动，16 开的面积已经铺满了令人震撼的影像。不过，那确实不是刚刚的自己，那是一幅星空，星空下，一个少女的身影正在仰望。可是，为什么那么小的画纸上，画下的星空却仿佛浩瀚得没有边际？为什么只是黑白构成的画面在她的脑海中却绚烂璀璨得无以复加？为什么那少女的身影如此熟悉？

那画好像有魔力一般，把落落的全部心神都吸引了过去，以至于顾子轩扯着她的手摇了好几下，她才醒转过来。

“那——是我吗？”她指着顾子轩的画犹疑着问，眼睛亮晶晶的。她见顾子轩点头，就捧着那张画纸欢呼起来：“哇！好漂亮，好漂亮！子轩，你好棒啊！”

看到落落那么喜欢，顾子轩开心极了，然后，落落扯着让他站起来。

“子轩，我要带你去一个好玩的地方！你不能告诉别人啊，这是咱俩的秘密哦！”

落落不由分说地拉着顾子轩沿着河堤向远处跑去。那是一片荒废的砖厂，破败的砖窑蹲伏在衰草枯黄的荒地上，宛如巨兽一般，那些低矮的拱形门远远看过去黑洞洞的，酷似那怪兽的嘴巴，杂乱地竖着摆放的砖头则成了嘴巴里牙床上仅剩的几颗残齿。

顾子轩从来没跑这么远过，落落却似乎对这地方了如指掌，如识途老马一般在一排排的砖窑间拐来拐去。

跑得额头见汗，呼哧呼哧地只喘粗气，顾子轩几次都想停下来，但手却一直被落落紧紧地拉着，这让他无法停止。还好，目的地很快就到了。两个人停在一座尚算完好的砖窑面前。落落松开他的手，兴奋地说：“就是这里。”说完，拨开荒草向窑洞口走去。顾子轩继续跟在后面。

穿过拱形的洞口，两个人走进砖窑的内部。砖窑内部并不昏暗，称得上明亮。西北侧的角落裂开几条缝，光线从那里射进来，尘埃在那些光线中飞舞。顾子轩发现地面很干净，似乎曾有人打扫过一般。最里侧用砖头叠放着构成一块高约20厘米，足可躺下一个人的砖床，一些破破烂烂的布片铺在上面。

落落径直走向那砖床，然后坐在上面，掀开那些破衣烂衫，从下面拿出一个方方正正的铁盒子来。

“过来啊，我给你看看我的宝贝。”落落一边说着，一边打开盒子盖。

顾子轩走到她身边，看到盒子里面乱七八糟地放了很多东西，有缺了齿的发卡、玻璃弹珠、画片、少了一条手臂的金发玩偶、五颜六色的糖纸，还有几支艳俗的塑料花。

“看，”落落把玩偶拿出来，“她叫芭比，她有点坏了，我其实有好多呢，但是没办法带来给你看。”

就在这时，砖窑之外突然传来人语声。落落和顾子轩立刻从砖床上跳下，靠在洞口的墙壁上屏息敛声地听着。

“我明明看到他们两个朝这边来了，怎么不见了？”

说话的人嗓子有些发尖，听起来像鸭子叫一般。顾子轩大吃一惊，他听出来那是段青的声音。

“你到底看没看清楚啊，笨蛋。”另一个有些粗的声音骂道。这个声音顾子轩却没听过。

“当然看清楚了，小哑巴和那个傻子，我亲眼看到他们两个从河堤上往这边跑。”段青很肯定地回答。

“哈哈，段勇，你弟可真够怂的，让人打了满头包。”又是一个陌生的声音。

“你知道个屁，那小子用棍子打的，段青空着手怎么能打得过。妈的，敢打我弟，一定好好收拾收拾那小王八蛋。”

顾子轩恍然大悟，他早就听说段青有个哥哥叫段勇，在庆山读职业高中，曾经在镇初中的时候就是坏学生的头。段青之所以能在镇小学里横行无忌一多半是因为他哥哥的原因。至于为何会跑到这里来，显然是想要报昨天被顾子轩痛揍的仇。

“是你昨天揍的那个家伙吗？”落落低声问。

顾子轩点头，脸上很担忧，段青的哥哥段勇可是十七八岁的高中生，更何况他们有好几个人，今天要是被捉到，自己被揍一顿倒是在其次，若是连累落落也被打可就糟糕了，而且按照落落的性格，断然不会甘愿被欺负，如此一来，结局就会变得很难预料。

落落想必是看出了顾子轩的不安，紧紧地攥着他的手，附在他耳边安慰道：“不怕，他找不到我们的。我们藏在这里，等他们走了再出去。”

顾子轩点头，感受到热乎乎的气从落落的口中吐出，钻到他的脖子和耳朵里，好痒。

时间已是中午，晴空万里，太阳悬在头顶，热辣辣的阳光利矛一样投射下来。两个人在昏暗的砖窑中待了很长时间，猛地一出来，立刻就被晃得头晕眼花，眯着眼睛适应好一会儿才缓过劲来。

“他们走了，我们回家吧！”落落说，接着又喊起饿来，抱怨说她妈妈早上做的饭好难吃。顾子轩想到早餐姑姑煮的鸡蛋还剩好几个，就打算偷两个给落落吃。只是没想到两个人才转过那一排砖窑，就看到三大一小四个男孩子正站在前面不远的空地上。

最矮的是段青，其余三个有胖有瘦，但都很健壮。染着黄色头发的应该是段勇，脸型和段青比较像。另外两个一个板寸头，满脸都是青春痘；一个长着一张狭长的脸，头发很长，在额头中间分开。无一例外的，几个家伙脸上都是一副“这下抓到你了”的笑容。

“快跑！”落落猛地推了顾子轩一把。

顾子轩很听话，转身撒腿狂奔。

对面的段勇一伙儿自然不会眼睁睁地看着他们逃掉，大呼小叫，骂骂咧咧地追了上来。

“妈的，快抓住他们。”

“别让他们跑了。”

“二黑，和我去追小哑巴。”段勇吼了起来。

奔跑向来不是顾子轩的强项，身后是段勇一伙坏孩子的追赶和此起彼伏的咒骂，他甩着两条细腿，在长满齐膝高荒草的砖厂中踉踉跄跄地倒腾着，还没跑出一百米就被人从身后一把捉住。

顾子轩被扯着领子拉离地面，凌空挣扎着，两只手猛抓，却伤不到对方分毫，只能徒劳地抵抗着。

“妈的，那小婊子跑得太他妈快了，不知道钻到哪个砖窑里去了。”段青抹着额头的汗咒骂。“算了，别管那个傻子了，捉到小哑巴就成。”段勇一边说着，一边眯着眼睛阴狠地盯着顾子轩。

顾子轩心里犹豫着要不要反抗，想了一下，最终还是放弃了这个念头。反正落落不在，被打一顿就被打一顿吧！而且即便打得过段勇，也必然会被另外两个打得更惨。看着段勇气势汹汹的挥拳冲过来，顾子轩下意识地竖起手臂护住头脸，蹲下身体。只是接下来却没等到段勇的拳头，反而听到段青惨呼一声。顾子轩睁开眼便看到，段青捂着后脑惨叫，落落在不远处紧张兮兮地看着他，手里握着半块砖头。

没有人能想到落落竟然会跑回来，而且胆大包天地袭击他们。段勇三人大声咒骂着跑去抓她。落落向后退着，将手中的半块砖头向他们扔过去，但却被对方躲过。她看了顾子轩一眼，再次转身逃跑。

那一眼令顾子轩蓦然醒悟，原来落落回来的目的是为了引开那些大孩子，为他创造逃跑的机会。

顾子轩跑得飞快，风从两肋间凉飕飕地滑过。长这么大，他从未跑这么快过。穿过狭窄的稻田埂子，跑到河边的堤坝上，沿着小路向姑姑家跑去。等他跑到姑姑家大门口的时候已经大汗淋漓，气喘吁吁。他先冲进落落家的院子，屋门挂着一把大锁，落落妈妈不在家，落落显然并未回来。接着转回姑姑家，把弄得皱巴巴的画本小心翼翼放到了写字台的抽屉里后，他喝了两大杯水，然后偷偷溜进厨房在口袋里装了两个鸡蛋。再次转身出来时，他手里拎着一根棍子站在门口向河堤的方向张望，但却迟迟不见落落的身影。

顾子轩开始担忧起来，难道落落被他们捉到了吗？他纠结着是不是要回去找找看，但一想到自己有可能会被段勇他们捉到，心里就怕得要死。之前他被抓住的时候也害怕，但却不同，因为已经身陷敌手，就算怕也没办法，心里凭恃的是一股破罐子破摔的血气。然而此时，安全逃离险境，再让他回去，之前的胆气早就泄了个一干二净。

最终顾子轩也没有再回到砖厂去找落落。又等了一个小时，顾子轩累得不行，心想着也许落落直接跑去找她妈妈了，所以才没回来。砖厂那边确实有一条路能通向镇诊所。越是这样想，顾子轩就越觉得有这种可能，加上昨夜睡得不好，眼皮重得像两座大山一样，于是他扔了棍子，回到自己的小屋里，躺在床上睡了过去。

昏昏沉沉的不知道睡了多久，再醒来的时候已经是晚上。他觉得头疼得厉害，伸手摸了摸，热得烫手。他知道自己可能发烧了，勉强从床上爬起，瞄了一眼墙上的挂钟，荧光的指针显示时间为晚上 8:30。这么晚了，为什么姑姑没叫他起来吃晚饭呢？他觉得好奇怪，硬撑着下了床，趿上鞋，走向客厅。两条腿有些不听使唤，像踩在棉花堆里一样虚浮。

客厅只开了一盏昏暗的壁灯，姑姑、姑父及姑姑的婆婆都在客厅的沙发上坐着，或许是光线的原因，三个人的面容都显得倍加阴郁。

顾子轩本打算直接走过去，让姑姑找几片药给他，但还未等迈进门槛，就听到姑姑长叹了一口气说："可怜的落落，听说当时裙子都被扯得七零八落。"接着是婆婆有些尖利的嗓音，"真是作孽啊，那孩子本来就脑子不好，现在又出了这事儿！这以后可怎么办啊！"

"听派出所小刘说，血溅得砖窑里到处都是，那四个孩子都倒在血泊里。这案子不小，三死一伤，估计市里会专门派人下来调查。”姑父闷声道。

“就算调查又能怎么样，我看这事儿怨不到落落。”姑姑恨恨地说，“除了段青，那三个孩子都是高中生，而且都不是什么好学生，特别是段勇，在镇中学的时候就特别不是东西，把落落带到砖窑里去，想冒什么坏水大家都清楚。”

“好啦好啦，你生这么大气干吗。”姑父显然不想讨论下去了。

顾子轩怔怔地听着，不知道是不是发烧的原因，脑子好像已经停滞一般，那些话儿从耳朵钻进去，好像被放在一道不停运转的流水线上，一道道工序的组装，每一道都增添不同的意义，直到最后形成一幅完整的画面：落落赤裸着下半身，站在光线昏暗的砖窑里，面对四个淫笑的坏孩子，脸上挂着泪，惊恐无比。顾子轩想到此处，只觉得脑子里“轰”地响了一声，好像被一列飞驰而来的火车撞到，又仿若被无数闪电劈中。突然有一万个声音在他耳边大喊，都是你，是你害了落落，是你，是你……然后便觉得天旋地转，“咕咚”一声栽倒在地。

他又做怪梦了。

他梦见自己站在一片漆黑中，浓得化不开的黑暗中突然亮起一盏灯，那灯光从非常高的穹顶处直射下来，形成一道明亮的耀眼的光柱，当那光柱落到所谓的地面上时，一个身影从周遭的黑暗中走进光柱形成的圆形区域。

那是一个女孩，穿着一件破旧的蓝色连衣裙，圆领，收腰，露肩，裙裾长及膝盖。头发披散着，刘海很齐，衬着圆润的鹅蛋脸，秀美得令人惊叹。

是落落。

顾子轩发出一声欢呼，向光亮的方向奔过去。在梦境中，他的失语症消失无踪，他想要告诉落落，自己究竟有多么喜欢她。他还要向她说抱歉，告诉她如果知道会发生那样的事情，就算是被打死，他也会回去找她。他奋力地奔跑着，气喘吁吁，但与落落之间的距离却丝毫不见缩短。不知道出了什么事情，他觉得跑了好久却如同在原地踏步一样。他大声呼喊着落落的名字，但对方却置若罔闻。就在这时他突然看到有几个黑影出现在落落的周围，他们一步一步接近落落，把她围在中间，撕扯着她，落落哭叫着，任凭怎么挣扎都逃脱不开那几只魔爪。顾子轩疯了一般跑着，身体却如同陷入黏稠的油中，每一步都几乎耗尽了全身的力气。他只能眼睁睁地看着落落在那些坏孩子的蹂躏下发出响彻天际的凄厉哀号。

“不要！”他大叫一声，陡然从梦中醒来。

“咣当”，正在喝水的姑姑失手将手上的搪瓷茶缸掉在地上，一脸惊愕地望着他，显然被顾子轩的这声喊叫吓了一跳。不过，当她看到睁开眼睛的顾子轩之后，立刻欣喜地走到顾子轩床前，摸了摸他的额头：“已经不烧了，子轩，感觉怎么样？难受不难受？烧到 39.8 度，可吓死你姑父和我了。医生说还好送来得及时，否则都有可能烧坏脑子。饿不饿，想吃啥，姑去给你下碗面条怎么样？要不要——”顾冬玲还在絮絮地说着，接着猛地顿住，眼睛倏地睁大，呆呆地看着顾子轩，好一会儿，像是突然意识到了什么一样，“啊”地大喊一声，抓住顾子轩的肩膀欢呼道：“子轩，你的嗓子好了，你能说话了！你再说一句，快，再说一句给姑姑听听。”

顾子轩怔怔地看着姑姑喜极而泣的脸，他的整个心神还沉浸在刚刚的梦中，片刻之后才意识到姑姑在说什么。能说话了么？他在心里问自己，试着张了张嘴，嘶哑的喉咙里终于迸出两个字：“落落！”

第 5 章

消失

大榆树镇西，有一个镇民们都爱闲聊的小广场，或者摆上棋盘对弈，或者围成一桌打牌，也有三三两两地凑在一起东拉西扯地胡侃一番。就是在这胡侃中，镇民们彼此交换着信息，同时也满足了自己的窥私欲，张家长李家短，谁家的老婆不守妇道偷了人，谁家的汉子喝多了酒打跑了老婆，谁家的亲戚走狗运发了大财……林林总总，蜚短流长。

也就是在这道听途说、添油加醋的胡侃当中，砖窑里发生的血案以惊人至极的速度在整个小镇变成一场关注度极高的重大事件。镇子里的人们以各种渠道传播着整个案件的来龙去脉，以及事件最新的进展。或者神秘兮兮，或者满脸兴奋地向别人叙述着。

距离事件发生已经过了四天。顾子轩退烧之后，就回到学校。在打架事件中，学校领导只给了他一个警告处分。顾子轩知道，姑姑和姑父在后面做了很多努力才免去了开除学籍的惩罚。失语症虽然已经痊愈，但他还是一如既往地沉默。

从那件事儿发生以后，他就再也没见过落落。这天，顾子轩放学回来，路过广场，就听到有几个人还在眉飞色舞地说着那件事情。他不由自主地就停下脚步。除了发烧昏倒的那个晚上，姑姑和姑父再也没在他面前提过那件事儿，关于落落，关于砖窑，关于那个血色的午后。从那天之后，这些词语都变成了禁忌。

他想知道更多关于落落，关于那件事的内情。

“听说了吗？市里要来调查组。”说话的是一个身材瘦弱的中年人，秃眉毛，细眼睛，脸色黧黑，手中捏着自制的烟卷，塞进嘴里，“刺啦”一声划燃火柴，点燃嘴上的烟卷，急嘬了几口，长长吐出，在微蓝的烟雾中眯缝着眼睛，“这次够于大炮喝一壶了。”他口中的于大炮是镇派出所的所长。

“肯定会来啊，这么大的案子，就镇派出所那几个鸟货色，胡吃海塞一个顶俩，真出了事儿，全都怂了。”另一个矮胖的男人撇嘴不屑道。

“不过，话说回来，这事儿也挺怪啊。老段家那个段勇，长得人高马大的，据说另外两个孩子也都很壮实，竟然会被一个小丫头片子给弄死。不管怎么说都有点太古怪了。”

“古怪啥啊古怪，我看就是报应。老段家也真够造孽的，他们家那两个孩子个顶个不是东西，我儿子就被打过，死了倒好，干净！”有人恨声道。

“听说是用刀杀的。”

“嗯，好像是那几个孩子身上带的匕首，不知道怎么被小丫头抢去了。”

“我看啊，就是在糟蹋小丫头的时候被抢去了刀，然后小丫头刺伤其中一个。你想啊，都是孩子，见到血肯定发蒙，手脚都软了，还有什么抵抗力。”

“你们就瞎猜吧，究竟是怎么回事儿谁又能说得清啊！”

“哈哈，你这话说的，我看现在就连派出所那帮货也在瞎猜。那丫头是个傻子，你又不是不知道，平时说句完整话都不容易，她能说出个啥，要说实情也只能从没死的那个嘴里问了。”

“段家老二现在还在市中心医院呢，据说脑袋后面受了重创，一直昏迷。”

顾子轩本在旁边静静地站着，听到那人说落落是傻子，配上那不屑的表情，一股怒气立时涌了上来，两步蹿到近前，伸手猛地将那人推倒在地，指着他大骂道：“闭嘴，落落不是傻丫头。”说完，转身就跑。

几个大人都被顾子轩的行为弄蒙了，被推倒的汉子更是莫名其妙，呆了半晌，发现右手正按在一泡稀糊糊的狗屎上之后，这才怒气冲天地大骂起来：“嘿，小兔崽子推我干啥，小王八蛋你别跑。”这时顾子轩早跑远了，那汉子追赶不及，只得站在原地跺着脚“小混蛋”“小崽子”“小王八羔子”地咒骂着撒气，随后又被其他镇民狠狠地嘲笑了一顿。

顾子轩跑回姑姑家，经过落落家的大门，生锈的锁链缠绕在门柱子上，一把大锁重重地挂在上面。他站住，趴在大门上，透过铁栅栏向里面看着。屋门也锁着，是把铜黄色的小锁，窗户被蓝色格子图案的窗帘挡着，看不到屋里面的情况。窗台上面摆着几个同一形状的药水瓶子，那或许是落落妈曾经用过的。院子里的角落中生出了几根长长的稗草，抽出暗红的穗，时而有蜻蜓落在上头。打量着整个院子，不知为何，他脑海中浮现出落落站在院子中仰望星空的画面，伴随着那首悦耳的旋律。

他的手紧紧地攥着大门上的铁条，骨节处都泛出青白的色泽。一想到落落所遭受的事情，他就痛苦得发狂。这几天他一直都在深深地自责，如果当时他再勇敢一点，就不会发生那么惨的事情。那种堵塞在心头的负罪感令他坐立不安，如芒在背。心里痛苦，手上发力，已经锈蚀不堪的铁质大门被他拉扯得发出“吱呀吱呀”的惨叫声。

就在这样的痛苦中，顾子轩度过了漫长的一个月。

落落母女两人一直没回来，姑父说市里为了便于调查，派人把落落和她妈妈接走了，可能是安排在一个很秘密的地方，而且禁止外人探望，据说还要给落落做检查什么的。顾子轩不知道姑父说的是真的还是为了打消他想要去看落落的念头而欺骗他。

这一个月里，顾子轩听了不少关于那件事情的说法。弱者总是能得到更多的同情。除了段家的亲属，几乎所有人都站在支持落落的一方。据说像落落这样有智商缺陷的人在法律上是不负刑事责任的，再加上落落还未成年，以及案发时落落还是受害的一方，她的行为属于自卫等等，所以落落应该不会坐牢。这些都是顾子轩从街头巷尾的闲谈中听来的。尽管听得稀里糊涂，但大体上还是了解到落落不会被定罪。这让他松了一口气。

“好了，”他对自己说，“现在只要等落落回来就可以了。”

只是等了一个月，又一个月，始终都没有落落的消息，而随着时间的流逝，那件事情也已经慢慢地从人们的口头中消逝，不久之后就被新的话题所取代了。顾子轩虽然不想承认但却不能不屈服于时间的强大威力。他依然很想念落落，却已经不像往昔那般迫切和深刻，就连沉重的负罪感都似乎减轻了很多。那情形就像是一个你欠了很多钱的债主，虽然在你危难时刻他曾好心好意把钱借给你，但你却会从对方那里感觉到无时不在的压力。终有一天到了还债的日子，你已经准备好了钱，债主却迟迟不见，你心焦难耐，又无可奈何。心里安慰自己第二天债主就会出现，结果，债主不但第二天没有出现，接下来的好多天都不见踪影。这个时候，你开始在心里偷偷地盼望着，盼望着债主永远也不出现才好。对于顾子轩来说，落落就相当于那个债主，他对她的愧疚，就是他欠下的债。

他和落落本就没有太深的感情，相识不过几个月，最初还有厌弃，直到后来才产生模模糊糊的好感。事实上，他都不知道自己心中对落落是一种什么样的情愫。她曾经在巷子里把他从坏孩子的手里救出来，送给他棍子，鼓励他反抗，后来又在砖窑为了救他不惜牺牲自己。嫌弃、厌恶、感激、怜惜、信任、敬佩、好奇、喜欢、愧疚、自责……由始至终，这些情感杂糅在一起，令他看不清自己的内心。不可否认，那女孩身上拥有的谜一般的特质令顾子轩着迷，但却抵不过日积月累的时间冲刷。顾子轩才 10 岁，对他来说，人生中有太多的新鲜事儿足以令他为之着迷。他会认识新的朋友，踏上不同的旅途，而落落，注定只是他人生旅途中一个微不足道的点缀，就算砖窑血案没有发生也不会有多大的不同。

顾子轩不太记得是从什么时候开始，落落不再频繁出现在他的心中，或许是自落落和她妈妈搬走之后。那是在距离砖窑血案发生的三个半月之后的某天夜里，刚刚过了午夜，一辆小货车停在落落家的门口。下来三个人，用了不到一个小时，就搬完了。姑父听到声音出去，只看到落落妈坐在驾驶室里的侧影，随后，车便开走了。

第二天早上，顾子轩去上学，出了门，便看到落落家院子的大门敞开着，锈迹斑驳的锁链一头搭在门柱上，另一头拖在地面上。院子里扔着一些杂物：掉了一条腿的椅子，破衣烂衫，碎裂的罐子之类的，混乱得就像是刚刚被打劫过一般。他在明媚的晨光中走进院子，站在一片杂乱的物品当中，抬头看了看瓦青色的苍穹，心中有什么东西轰然倒塌。

他就那么站在那里，有两道泪痕像虫子一样从他的眼窝中爬出来，蜿蜒着向下。头顶的天空风云流转，日升月落，斗转星移，四季变幻，荒草在身边疯长，凋零枯萎，秋风萧瑟，白雪飘零，面前的房子逐渐坍塌破败，腐朽不堪，被推倒，机器声隆隆，钢筋水泥扎进地面，建筑拔地而起，人影憧憧，喧哗熙攘。他一直站在原地，看着时光之河在他身边奔腾翻滚着一往无前地飞逝。自己的影子投在地面上，瘦小，逐渐长高，变胖，大腹便便，伛偻，头发花白，最后变成一个只能坐在轮椅中，风烛残年，口眼歪斜，流着口水等待着死掉的老头子。

第 6 章

惊梦

蓦然惊醒。

黑暗中，顾子轩仰躺在床上，睁大了眼睛，大口大口地喘息。稍倾，侧身，伸手在床头摸着，终于从枕头下面抓到手机，按亮，上面显示的时间是凌晨 3:50，胃里火烧火燎地痛，晚上吃的一点东西早都吐得一干二净，两耳嗡鸣，脑子昏昏沉沉的，仿若被注进一罐子铅汁。他依稀记得自己是在午夜时分回的家，醉得太厉害，衣服也没脱就躺倒在床上。他觉得口渴难耐，强撑着爬起来，踉跄走到卫生间，把头埋在洗脸池里，扭开水龙头，“咕咚咚”地喝了个饱。

他扶着洗脸池，盯着镜子中的自己。镜中是 25 岁的顾子轩，面相颇为俊秀，只是头发凌乱如草，脸色苍白，疲惫不堪，睡眼惺忪，赤红色的血丝密布眼底。想起梦中那个坐在轮椅上的可怜老头，顾子轩激灵灵地打了个寒战，拍了拍额头，似乎想要把那个画面从脑子里拍出去，力气用得有点大，以至于眼前阵阵发黑。歪歪斜斜地重新回到床上，脱掉衣服，深埋在脑海中的记忆开始翻涌上来。

15 年前，那个怪梦，那个同样坐在轮椅中的老头子，还有那个在夕光中跳舞的小女孩。

不知什么时候睡着，醒来的时候已经是清晨，手机屏幕上显示的时间是 7:55。

“妈的！”顾子轩骂了一句，从床上跳起来，公司 8:00 上班，迟到已成必然。手忙脚乱地收拾一通，还未等出门就接到同事小张的电话，通知他今天不用去公司，稍后会在短信里给他发几个地址，说这几家公司可能有办公用品的需求，让他直接去登门拜访。

小张全名叫张亚楠，比顾子轩小一岁，和他同一天进的公司。相貌平庸，为人却圆滑，最擅长拉关系，逢人便笑，一张快嘴蜜里调油一般，哄得主管眉开眼笑，公司里的老员工也都对他青睐有加，有什么新客户老主顾也都愿意给他介绍，短短几个月就已经混得风生水起。反观顾子轩，嘴笨舌拙，沉默寡言，打十棍子敲不出一个响屁，偶尔冒出一句话，不是前言不搭后语，就是会错了意拍错了马屁。

顾子轩是三个月前进入这家叫作“星辰”的办公用品销售公司的，每天的工作就是到处推销办公用品，从办公桌、书柜、订书机、文件夹，到铅笔、橡皮、速写纸，但凡和办公用品有关的都涵盖。底薪少得可怜，全靠销售提成。

挂断电话，顾子轩一脚门里一脚门外地愣了半天。他有些发蒙，通常来说这样的好事是轮不到他的，客户有需求，销售人员直接登门拜访，然后达成销售，这等于直接送订单给销售员。但凡客户只要表现出一点的购买倾向，公司里那些老练的家伙就像闻到血腥味的鲨鱼一样围拢过去。

出了门，还未等走到公交站，顾子轩就收到了小张的短信。根据信息中的地址显示，那几家公司都在远离市区的位置，而且南北各异，想要全部拜访完，一天的时间都未必够。这样一想，顾子轩才觉得事情合理了。那些老油条个顶个精明似鬼，这大热天的如果能坐在办公室吹空调，谁都不愿意出来跑。路还那么远，就算有可能成功签单，他们想必也没有那么大的动力。

顾子轩可没资格挑，只要能达成销售就算是火焰山他都豁出命去闯一闯，到目前为止他这个月一单都没有签到。眼看着就到月末，房租已经欠了一个月，如果这次再不交，恐怕就会被轰出去。即便到了如此境地，他都不想再去找姑姑要钱，因为那对他来说是更要命的事情。这已经是他毕业以来换的第五份工作，现在看起来，“钱”途灰暗。不过他怨不得别人，工作什么的他真的是不怎么上心，也只有在急需用钱的时候才能令他打起精神来去应付。

看了一下短信中所列的公司和地址，顾子轩打算先从最远的一家开始。然而等他看清名字的时候就愣了一下，因为那不是什么公司，而是一家位于城南的疗养院，名字叫仁和。疗养院会需要办公用品吗？他觉得有点不靠谱。虽然心存疑虑，但他还是决定过去看看。选好了路线，倒了三趟公交车，问了数次路，步行半小时，顾子轩终于找到了这家疗养院。

站在大门前，顾子轩就有点傻眼，这真是疗养院吗？看上去更像是私家庄园。

整片建筑依山而建，占地极广，以带着锋利矛尖栅栏的高墙围着，充满欧式风格。主楼高约八九层，大理石外壁，庄严厚重，一侧攀满了绿油油的爬山虎，层层叠叠，年深日久的样子；窗子宽大，上呈拱形，立柱修长，充满力量感。两翼还有一些稍显低矮的附属建筑，在郁郁葱葱的树林掩映下半遮半掩地露出一些面容。此处的地理位置较高，回身望去，宽阔的山间公路在葱茏的林木裹挟下，蜿蜒盘旋，时隐时现，一直延伸到市区。周围山环水绕，仿若世外桃源一般。

顾子轩从来不知道庆山地界还有这样景色优美的地方。

他忐忑不安地走进大门。保安并未拦阻，估计可能把他当作来探访病人的亲友。进了大门之后，里面的景象更是令顾子轩大开眼界，一大片绿地，随处可见亭亭如盖枝繁叶茂的古树。阳光从枝叶间穿过，投了一地斑驳的树影。寥寥落落的有几名身穿蓝白相间竖条病服的患者在身穿蓝色制服的护理师陪护下漫步在阳光明媚的草地上。面对如此优美的环境，顾子轩甚至在心里暗叹，如果能在这里住下，就算是患上什么难以治愈的疾病也会更容易度过吧。心里想着，脚下不停，沿着塑胶铺就的步道，穿过绿地，直奔向建筑的正门。

进了楼，里面便是一间极为宽敞的大厅，穹顶极高，挂着巨大的水晶吊灯，墙壁上绘着几幅文艺复兴时期的画作。顾子轩扫了两眼，都是宗教意味很浓的作品，达·芬奇的《岩间圣母》、拉斐尔的《阿尔巴圣母》，以及著名的《西斯廷圣母》。这些画作在墙壁上等比例扩大，模仿者的绘画技巧看起来极为精湛，整体布局把握精准，对人物表情的刻画也是惟妙惟肖，圣母们悲天悯人的目光从墙壁上俯瞰下来，好像愿同生活在这里的患者共同分担疾病带来的痛苦似的。

顾子轩仅仅在大厅徘徊了一会儿，就有一个面容姣好的女孩向他走过来。那女孩看上去也就20岁出头的样子，瓜子脸，大眼睛，穿着蓝色的制服，头顶戴着护士帽，个子不高，脸上带着笑意，语声清脆："先生，请问有什么可以帮到您的？"

"我是星辰办公用品公司的，我叫顾子轩。"顾子轩拿捏出公式化的笑容，一边说一边递过名片，"听说你们有向我们公司采购办公用品的需求，所以我专程过来了解一下。"

那女孩子迟疑了一下，才道："好的，您先稍等一下，我帮您问问看。"

顾子轩道了声谢，看着那女孩转身走回前台，和另外一个坐在电脑后的女孩子小声说着什么，接着打了个电话，两人又说了几句，不时看向顾子轩这边。顾子轩心中有些不好的感觉，难道出了什么差错么？正想着，那女孩已经走了回来，依然笑着："对不起，顾先生，您是不是搞错了。我刚刚问了一下，我们最近几个月都没有办公用品采购的需求，而且贵公司也从未与我们院有过合作。要不，您再打电话确定一下？"

"啊，好的……"顾子轩尴尬地回应了一声，"对不起，给你添麻烦了。"

"没关系。"女孩极有礼貌，笑语盈盈，一双大眼睛却紧紧盯着顾子轩，一眨不眨。

那显然不是什么令人舒服的眼神，充满了怀疑、戒备。顾子轩被她盯得有些如芒在背，赶紧转身出了门。在步道边找了一把固定在地面上、漆成乳白色的靠背椅，拨通了公司的电话。接电话的是另外的一个同事，表示不清楚小张说的事情。顾子轩无奈之下只得打张亚楠的手机，却迟迟无法接通。这时他才感觉有点不妙，难道被捉弄了吗？他知道有些公司的老员工比较可恶，会戏耍新来的员工。可是，小张平时和他关系还不错，应该不至于骗他的。极可能是因为此前并不是他和院方的采购人员接洽的，所以才会被委婉拒绝。他站起来，深吸了一口气，重新走回疗养院的接待大厅，心里盘算着说什么也要让对方再确认一下才行。

15 分钟后，顾子轩满脸羞愤地被两个魁梧的保安架着请出了疗养院的办公楼。原因是他一再坚持要让负责后勤的人员证明根本就没有采购办公用品这回事儿，或许他的情绪有些过于激烈，结果起了争执，惊动了院长的助理，问清了来龙去脉之后，对方毫不客气地告诉他最近确实没有任何采购办公用品的需求，而且即便是采购也不会选择他们公司。然后，那个之前令他觉得温婉可爱的小姑娘，“惨无人道”地拿出一张硕大的纸牌放在他面前，上面用粗大的黑体字标明：本院不欢迎任何推销人员。

顾子轩满怀沮丧地往出走，心中几乎可确定整件事情都是一个针对他的可恨恶作剧。他甚至能想象得到小张和其他同事都在等着看他回到公司时的可怜模样。他们最爱看人出丑，幸灾乐祸，挤眉弄眼，脸上挂着那种皮笑肉不笑的表情。

越想越是愤恨，脑子里浮现出小张那张笑嘻嘻的脸，那个王八蛋，亏自己还将他当作朋友，真想狠狠地砸过去，把那张丑陋的脸砸个稀巴烂，再踏上一万脚。心里烦恶难抑，走到草坪正中的时候，蓦然听到有人叫他的名字。

“子轩，子轩……”是个女子的声音。

他愕然站住，循着声音望去，只见一个坐着轮椅的女人侧对着他，看不清面容，伸着手向前呼喊。女人正前方不远处，有一个十多岁的小男孩在草地上大呼小叫地奔跑着。因为逆着光，轮椅上的女人和奔跑的男孩都被明亮的阳光包裹着，顾子轩微眯着眼睛才能看清，女人穿的是同样的竖条纹的患者装，身着蓝色护士服的陪护员站在轮椅后推着她，而那小男孩，则是正常的衣服。也许是她的儿子，他心想，还真是巧。

继续向门口走，那女人还在“子轩子轩”地喊着。

“好啦好啦，不要喊啦，那不是子轩，落落小姐。”陪护员有些无奈地软语安慰道。

声音不大，依稀可闻，传到顾子轩耳里，却响彻天地，其余语句俱都隐去，只剩下“落落”两字。顾子轩木然而立，如遭雷击。他有多久没听到过这两个字了？偶尔午夜梦回，回想起15年前的那些事情，那个时而呆傻时而古灵精怪的小女孩，已经恍惚得像是上辈子中的回忆。

“是落落吗？真的是落落吗？”他在心里狂喊着，倏地转身，向那坐在轮椅中的女人狂奔而去。短短不过几十米的距离，却令他生出漫长之感。终于，他跑到那女人面前，看到了对方的脸。眉眼依稀还是15年前的样子，只是胖了许多。

顾子轩注意到她的眼睛，眸子晦暗，没有一点神采，眼神发飘，没有焦点。就算顾子轩在她面前，她的眼睛也只是稍稍在他的脸上停留了一下，就滑了开去，还在伸着手，向那草地上的孩子喊着，“子轩，子轩……”

顾子轩扶着轮椅跪着，满脸是泪。他能确定面前的女人就是落落，但又如何，落落显然已经不再认识他。往事一幕幕从眼前闪过：夕阳照耀的小巷，落落挥舞着棍子打跑曹扬；树影斑驳的河堤，落落在他的脸上轻轻一吻；光线昏暗的砖窑，落落把拉环戒指戴到他手上；荒草萋萋的野地，落落为了救他，引开那几个坏学生……猛然间，那些深深地藏匿在心底的回忆全都被激活，接着，无法阻挡的悔意随之铺天盖地地袭来。

“先生，先生，你怎么了？”年轻护士急声问道。

顾子轩回过神来，伸手擦净脸上的泪痕：“对不起，她是我的一个，呃，一个亲人，我有好多年没见过她。”

年轻护士瞪大了眼睛，好像听到了什么不可思议的事情：“你认识落落小姐？”

“大约 15 年前，她就住在我家隔壁。”顿了一下，“是谁把她送到这里来的？是她妈妈吗？”

“这个我可不能告诉你，院里有规定，要对疗养者的信息保密。”护士脸上的惊讶褪去，眼神中露出戒备说：“先生，请你让开一下，如果你想探望落落小姐，那就要按照正式的探望流程来。”说完，径直推动轮椅从顾子轩身边走过。

只剩下顾子轩一个人还跪坐在原地，落落从最初看过他一眼之后就一直再未看他，等他站起身来的时候，那两人的身影早已消失不见。他双腿发软，被抽尽了全身的力气一般，腋下都是汗，额头也汗涔涔的，强撑着走到不远处的座椅，顿时瘫在上面，大口喘着气，好像刚刚从窒息中恢复过来。脑海中乱成一锅粥，年幼的落落和已经长大成人的落落，两张面容，相互交替着出现在他的眼前。

不行，无论如何都要先弄清落落的状况。

他强撑着身体，站起，缓了片刻，迈开大步向着落落消失的方向追过去。

转过那一片生长着密密实实灌木的树墙，后面出现另一栋五层的建筑。没有其他路，落落只可能进到这栋楼里。然而，顾子轩走到门口却被穿着制服的安保人员拦住。没有探访证不允许进入，而探访证需要在主楼的大厅办理。无论顾子轩如何恳求，对方就是不松口。没办法，顾子轩只好回到主楼去办理探访证。等他走到主楼门口，旋又记起自己刚刚才被驱赶出来，顿感沮丧。他知道自己如果走进去肯定会再次被赶出来，但却没有别的办法，唯有硬着头皮再试一次，希望对方能听他说明情况。

果然，他才刚进大厅的门，那个用纸牌子羞辱他的女护士就发现了他，立刻大呼小叫起来："喂，你怎么又回来了？不是让你快走吗？你不可以再出现在这里了，你听到了吗？"一连串的质问连珠炮一样向顾子轩发射过来。

"对不起，我为我刚刚的行为道歉。"顾子轩满脸堆笑地说。

"不听不听，不是让你走的嘛。"那小姑娘摇着头，用双手抵住顾子轩的身子，然后扭头冲接待台后面的另一个女护理师喊："快叫李队长，就说那个死推销的又跑回来了。"

听到被称为"死推销的"，顾子轩颇感无语。

"听我说，你听我解释，这次不是推销，我是想要探访一个病人。"

"不信不信，你一定是有别的企图。跟你说，你快走吧，一会保安队的来了你就惨了。”小姑娘眼睛瞪得圆圆的，一手叉着腰，一手指着顾子轩的鼻子不可一世地威胁道。

“我跟你说我真的是想要探视一个病人，她叫落落，就在你们这里疗养，我刚刚还看到她，如果你不相信的话可以查查。”

“你怎么可能认识落落小姐呢？要是说别人还有可能，但从我来这里工作到现在都还没有人来看过落落。你不能为了进来推销就骗人啊。”女孩一本正经地说。

话音未落，四个穿着保安制服的男人已经从门口奔进来，气势汹汹地冲向他，当先一个人指着他喝骂道：“嘿，你怎么还在这儿啊？再骚扰我们就报警了！”

看着几个人冲过来，顾子轩心里有点虚，但这个节骨眼儿上气势绝对不能弱啊，他色厉内荏地指着对方警告道：“我告诉你们，这次要是敢碰我一下，别怪我对你们不客气。”话音还未落，其中一个满脸横肉的已经一把擒拿住了顾子轩，口口声声地声称他再不走他们就要报警了。顾子轩吃痛，想要挣脱。但不等他用力，又上来一个保安拧住他的另一只手臂。

就这样，顾子轩又一次狼狈地被驱逐了出去。他坐在长椅上想了片刻，决定打道回府，既然知道落落在这里，那就一切都好办。

到城里之后，顾子轩没有回公司，直接返回租住的公寓。进屋之后，直奔电脑前去查那家疗养院的信息。

疗养院的官方网站非常简洁，制作却颇为精美。信息虽然寥寥，但却能看出这家疗养院的规格相当之不凡，并不是公立的而是私人性质，不但环境优美，设施一流，而且拥有国内顶级的医师团队，与之相衬的是高到已经不能用昂贵来形容的价格。当然也不是随便什么有钱人想进来都能进来的，疗养院推行所谓的会员制，至于这个会员如何办理顾子轩并没有找到相关信息。

顾子轩用手支着下颌，盯着网站上那一帧帧轮转的图片，疑惑的迷雾一团一团地从脑海中升起。他的意识很清醒，不同于刚刚睡醒时的迷糊。白天在疗养院中所见到的落落就是童年记忆中的那个时而呆傻时而伶俐的小女孩。只是，根据以往的情况推测，落落无论如何也没有能力住进这么高档的疗养院，除非在这些年中，落落或者落落的妈妈获得了巨额的财富。难道继承了某个很有钱亲属的遗产吗？不可能。顾子轩摇头否定了这种可能，如果真的有很有钱的亲戚，当年落落母女也不至于沦落到那么凄惨的地步。没准落落妈妈中了什么大奖之类的东西，最近不是时常有巨额奖金被神秘人领走之类的报道嘛！相对来说这个解释倒是更容易被顾子轩所接受。

胡思乱想着，手中握着的笔则在旁边的便签本上无意识地滑动起来，等他回过神来的时候才发现笔端流泻出来的线条已经组成了一幅图画。他惊了一下，扔掉笔，仔细去看那幅图。脑中划过一道闪电，他记得那幅图，无比深刻地记得，画中是仰望星空的少女，在那个夏日河堤的柳树下，落落当时就在他的面前。想着想着，心就抽搐起来。

他已经放弃绘画好久，久到他几乎忘记自己还曾经拥有这样一种能力。那还要追溯到 15 年前，不知道为什么，自从砖窑血案发生之后，绘画的天赋好像忽然随着落落一起消失了。事实上，不仅仅是消失，而是变成了一种莫名其妙的怪症，每当顾子轩拿起笔来绘画就会头痛欲裂，于是疼痛驱散想要去画的欲望，久而久之就再也不会想着去画。唯一能证明他曾经画过的只有那些胡乱地夹在画夹中的素描，但经年日久，如今早就不知道丢到哪里去了。

但现在，他又能画了。似乎随着落落的出现，绘画的能力又重新回到了他的身体中。听起来这有些太过匪夷所思，然而事实如此。至于究竟为什么会这样他不甚在意，在他身上怪事没少发生不是吗？就像很多年前的那个怪梦，倏忽来去，无迹可寻。

他看着执笔的手在便签本上流畅地滑动，脑海中生成的景象丝丝入扣地在纸面上再现，还是十多年前曾经画过的那幅画——星空下，抬头仰望的少女。那便笺本太过狭小，令顾子轩产生束手束脚的制约感，他画了一半，颓然弃笔。那感觉很不爽，就像带着沉重的镣铐在跳舞，难受得几欲发疯。他打算明天去买一张大一点的画纸，重新画一遍那幅星空下的少女图。

等他回过神来发现外面已经黑了。肚子咕噜咕噜地叫着，他胡乱煮了一包方便面吃进去，随后仰躺在床上。关了灯，在漆黑的夜里瞪大了双眼，蓦然觉得心情无比振奋，那情形好像漂泊在茫茫大海中的幸存者，终于看到了远在天边的海岸线，即便还有非常遥远的距离，但也会异常欣喜。

一直以来，顾子轩都浑浑噩噩、随波逐流地活着，没有目标，没有理想，没有激情，年纪轻轻，却暮气沉沉得像个行将就木的老头子。

落落的出现令他找到了一个值得去倾注努力的目标，找到了自己存在的意义。15 年前的那场惨案，落落因为帮他遭受了难以想象的惨剧。他一直深怀愧疚，但因落落的消失而无从回报。现在，老天开眼，又让他遇到落落。

转眼到了清晨，他被隔壁的吵架声吵醒。那是一对小情侣，似乎总是处于争吵之中，为一点点小事都能吵得天翻地覆，出奇的是吵完了又能像什么都没发生过一般继续腻在一起。这让顾子轩百思不解，然后颇感沮丧。他和唐珊在一起两年零六个月，几乎没有红过脸。这算是感情好吗？顾子轩从来没觉得。事实上他非常羡慕那些能够争吵的情侣，就算吵到天翻地覆，骂得狗血淋头，愤怒得恨不得直接咬死对方。起码那能让他觉得是在恋爱。而他们呢，太客气了，那句成语怎么说来着，对，相敬如宾。可是一对恋人，弄得跟两萍水相逢的陌生人，这算是什么情侣啊？这样温吞水的恋情竟然还持续了两年多，如果不是唐珊踹了他，顾子轩也许会就这么过一辈子吧。他的性格啊，不就是这样吗？说好听了是温和，说难听就是太窝囊。当然性格也是一方面，唐珊最受不了的是他那什么也不在乎的生活态度，没有上进心，颓废得像是随时随地都能死过去一般。

分手也好，顾子轩乐见其成。他觉得女人都是一种超级可怕的动物，一旦霸占你，就想要把你改造成她心里想要的样子。唐珊改造了他两年多，没有半点成就感，于是只能放弃。唐珊终于受不了他的各种颓废，提出分手，随后便找了一个奋发有为的青年才俊。那男人叫李烨，据说是某大公司的高管。顾子轩没见过，但有所耳闻。虽然有些黯然神伤，却也不得不承认对于唐珊那种自尊心强又好胜的女孩子，李烨才是最适合的。

说到底，两个人之所以无法在一起还是因为人生观的差异，顾子轩生性淡泊，而唐珊则过于功利。顾子轩有些时候也很纳闷，为什么对一件事情自己和别人的看法总是存在着巨大的差异？他一直以为是自己的问题，后来才察觉到这件事情的诡异。每个人都在谈论成功，好像生活在这个世界上不做出点什么事情就白走这一遭一样。这是什么狗屁逻辑，非要赚大钱出大名，才算是成功吗？似乎从来没有人认为家庭和睦幸福，人生平淡，能自由自在地生活才是最成功的。所以，分手对他们两个人都是最好的选择。

他拍了拍额头，发现自己最近脑海中总是出现一些莫名其妙的感慨。看了一眼手机，已经到了上班的时间。他不想去公司，事实上，从昨天下午不接主管的电话开始他就已经决定要辞职。

早上四点多才睡，他却不感觉疲惫，一想到今天能再次见到落落就很欢欣。然而这欢欣的情绪只持续了不到半分钟，就被令人厌恶的电话声冲散。是主管的电话，他想也不想直接挂断。不料铃声只停歇了一下，又响了起来。他不堪其扰，犹豫了片刻终于还是按下了通话键。

不出所料，劈头盖脸就是一顿斥责："顾子轩，你在哪儿？你还想不想干了？竟然敢不接我电话！我告诉你，一个小时内我要是看不到你，你就再也别出现在我眼前！"说罢，"咣当"一声挂了电话。

顾子轩握着手机愣了一会儿，气笑了，正纠结要如何找辞职的借口，现在可好，再不用费心去想。他真无法忍受为了那么一点钱去卑躬屈膝地当孙子，至于房租的问题，实在不行他还可以去找曹扬借，虽然他一直都不想去找曹胖子，但走投无路的时候也就只能硬着头皮去求助。对于曹胖子来说，几千块钱应该不算什么。那家伙虽然劣习无数，但在朋友义气方面尚算靠谱。至于下份工作，暂时还不在他的考虑范围之内。想到这儿，忽然整个人都变得轻松起来。他把手机扔到一边，吹着口哨从床上跃起，跳到地上，直奔洗手间。

一个小时之后，顾子轩正坐在路边的早点摊。喝掉碗里残余的豆腐脑儿，顾子轩直奔公交站。

一路心急火燎地赶到仁和疗养院，恰好还是昨天见到落落的那个时间。不出所料，他又见到了落落，她正被一个穿着黑色套裙的女人用轮椅推着，在院区的林荫路上慢悠悠地闲逛。那女人时而不时地逗落落说几句话，都是那种又简单又幼稚的话，就像哄一个年龄很小的孩子。

顾子轩在一边看得心酸无比，不管怎么样他都无法接受长大成人的落落是一个智力水平只相当于三四岁儿童的弱智。他依然记得姑姑和他说过的那番话，说落落的智力有缺陷，说她终其一生智商都只是幼童的层次，但在他的记忆中，落落虽然大多数时候痴傻，但偶尔表现出来的智商却要比他所见过的任何一个孩子都高。可是现在看来，姑姑的话并没有错。那是谁错了？难道是他的记忆出了问题吗？

他一直在后面静静地跟随着，直到被推着落落的女人察觉。那女人身材颇为高挑，年龄应该在 25 岁左右，鹅蛋脸，肤色白皙，下巴有些尖，鼻梁高挺，齐脖颈的短发，刘海向右侧微偏，发丝硬直，眉毛浓黑微扬，眼睛狭长，目光犀利，给人以极为强势且咄咄逼人的感觉。在此之前，顾子轩的注意力都在落落的身上，并未理会身后的推车人 。

“请问你有什么事儿吗？”女人定定地盯着他的脸，神色不善地问道。

顾子轩发现对方并不是昨天那个女护理师，穿的也不是疗养院的制式服装，心生疑惑：难道是落落的亲戚吗？看起来极为可能，就算不是亲戚肯定也有渊源，或许可以从她这里问到落落的详细情况。这些念头在顾子轩的脑海里飞速旋转，首先能够确定的是，无论她是什么身份，获取对方的信任是最为紧要的，因为这关系到今后是否能够顺利且合法地看望落落。

顾子轩简单地介绍了一下自己，为表示诚意，将钱包里的身份证一并交给对方察看。

女人拿着他的身份证看了半晌，稍倾，抬头颇有深意地瞟了他一眼：“那么，你就是昨天来这里搞推销的那个骗子了。”

顾子轩大囧，继而苦笑，看来自己昨天被逐出两次的事迹已经在这里广为流传了。正想着要如何才能解释清楚，女人忽地嫣然一笑：“不过我看你并不像她们说的那样。”

顾子轩没想到对方会如此说，如蒙大赦，原本想好的辩解之词都堵在喉咙里毫无用武之地。

“你不是个坏人，”女人继续说，“刚刚我一直在观察你，你看落落的时候，脸上的表情非常温柔，看得出你是发自内心地关心和在乎她，这是做不了假的。你认识落落，对吧？”

“嗯。”顾子轩点了点头，心里却是吃了一惊，下意识地想要去摸自己的脸，暗忖这女人观察力好厉害，心思也敏锐得令人惊叹。

“能说说吗？”女人把轮椅停在路边的靠背椅旁，期待地看着顾子轩。

顾子轩看了一眼落落，后者正坐在轮椅里专心致志地把玩着一个金黄色头发的芭比娃娃，脸上都是心满意足的笑容。他脑海中忽地浮现出那个被落落藏在砖窑里的糖果盒子，里面也有一个洋娃娃，只是缺了一条手臂。恍惚一下，脑子里像是猛地开启了一个按钮，那些本该尘封在心底的回忆忽然穿透15年的时光，纷至沓来。

从刚到大榆树镇的那个雨后初晴的黄昏开始，一直说到落落一家不告而别。没想到这一讲就讲了一个多小时，所有能回想起来的都巨细靡遗地讲了一遍。这么多年来顾子轩从来没有把这些事情说给别人听过，就算是唐珊他都没说过哪怕一个字。但此时此刻他却把这些讲给了一个萍水相逢甚至还不知道姓名的陌生人。他莫名地觉得怪异，就好像有什么东西从心里勾着他一样，让他不吐不快。心里正困惑着，抬头却发现对方似乎正在出神地想着什么，怔怔地盯着面前的虚空，脸上没什么表情，眉毛倒是紧紧地蹙在一起。

顾子轩犹豫着是不是要唤醒她。正在这时，一个身穿护士服的年轻女子急匆匆地向他们跑来。稍一接近，顾子轩便认出那女人正是昨天在落落身边的陪护。

“院长——”尚未走到近前，那年轻女子就一脸忐忑地喊了一声。

顾子轩听到陪护员喊那女人“院长”大大地吃了一惊。对方的身份他暗地里作了种种揣测，却无论如何都不会想到她会是这家疗养院的院长。

女人听到呼唤声，立刻从失神的状态中苏醒过来，转身看向对方，眼神迷茫了一下，霎时转为清明，脸上随即显露出严厉的神色。

“小郭，你怎么搞的？这都什么时间了。”

“院长，对不起，我真的不是故意的，我有点别的事情耽搁了一会儿。”穿护士服的女子可怜兮兮地解释。

“这次就这样了，下不为例。”女人面容冷峻地告诫道。

“放心吧院长，一定不会有下次。”被叫作小郭的女子飞快地点头，一脸的感恩戴德。

女人这才面色转缓，转向顾子轩，笑吟吟地伸出手：“我是康妮，这家疗养院的院长。先为昨天的事情向你道歉，我保证不会再出现此类事情。”

“没事儿，说到底我也有不对的地方。”顾子轩一边有些尴尬地说着，一边伸出手去和康妮握了握。她的手很瘦，冰凉，像一块冰，能摸到骨头。

康妮抽回手，眼神真挚，“你的经历让我想起了很久之前的事情，以后随时都欢迎你来看望落落。我有点事情要先去处理一下。”顿了一下，又转向护理师说道：“小郭，你可以顺便带顾先生转一下。”说罢不等顾子轩说什么就转身离去。

顾子轩看着康妮的身影渐行渐远，有种异样的感觉，就好像是被特殊对待了一般，但特殊在哪儿却又说不清楚。正困惑着，听到旁边的陪护员小郭长长地吐出一口气，如释重负的样子。

“你们院长很厉害！这么年轻就能管理这么大的疗养院。”顾子轩赞叹了一句。

“疗养院算什么啊！”小郭语带不屑，接着好像忽然意识到什么一般，迅速转移话题：“你很幸运啊！我们院长可不是对谁都这么和气。”接着又小声嘀咕了一句，“人长得帅就是不一样啊！”

距离那么近，顾子轩自然不会听不到。对方似乎也感觉到自己刚刚的话有些不妥，脸“唰”的一下就红了。两人之间的气氛也突然变得尴尬起来。正在这时，待在一边的落落忽然放下手中的洋娃娃，冲着小郭嚷了一句什么。顾子轩没听懂，但小郭马上去推落落的轮椅，转身对顾子轩解释道：“落落要喝水。”顿了一下，犹疑着问：“你和我来吗？”

自然没有不去的道理。顾子轩跟着两人转了一圈，转完之后已经快到中午，落落被那名叫小郭的陪护员带去餐厅用餐。疗养院的餐厅都是对内的，不接待外人，周围也没有什么填肚子的地方。顾子轩只得回市区，一边往门口走一边掏出手机。从早上到现在，手机一直处于关机状态。他按了一下开机键，屏幕亮起来，好多条短信呼啸着涌进来。多数是张亚楠发的，依然是求饶告罪，一副奴颜婢膝的嘴脸。往下翻了几条，竟然看到温水晶的名字，叫顾子轩不要冲动，有什么委屈要和她讲，什么事情都好商量。顾子轩怔了半晌，这让他有些意外，那女人虽然自私势利，但还不至于下作到和张亚楠他们一起来捉弄他的地步。难道张亚楠早上的话是真的吗？可他根本就不知道那个什么风尚集团的名字。正胡思乱想着，身后陡然传来一声刺耳至极的鸣笛。他吓了一跳，这才发现自己不知何时走到了道路的中央，挡住了身后车子前进的方向，慌忙闪到一边。车子擦着他的身体缓慢驶过。开车的是一个年轻俊朗的男子，狠狠地瞪了他一眼，脸上都是厌恶。毕竟是自己有错在先，对方态度虽然恶劣，顾子轩也只能忍受，当然，已经到了嘴边的“对不起”就无论如何也不想再说出来。

仗着自己有点钱，就恨不得用鼻孔看人，这样的家伙顾子轩见多了，多到都不想去费口舌争辩，当然在心底腹诽一番还是必要的。心里咒骂着对方，却不经意地向车里扫了一眼，车后座上戴墨镜的女子突然让顾子轩如遭雷击。

不可否认，那女人很美，即便被墨镜挡住了几乎一半的面庞，依然可以感觉得到，但也并非美到令人失神的地步。顾子轩感到震惊是因为那女人耳垂下侧的脖颈上有一个豆粒大小的嫣红胎记，像坠在耳朵下方的一颗珠子。很多年前的梦境中，那个叫晓寒的女孩也有着一模一样的胎记。

第 7 章

靠近

这个世界上真的会有这么巧合的事情吗？

车子早已经呼啸着驶离。顾子轩却依然怔怔地站在原地。

那痕迹实在是太过特殊，特殊到令他刻骨铭心、过目难忘。他无比急切地想要知道那女人的另一只耳朵下方的脖颈上是不是也有一个同样的胎记。念头一起，就像盛夏的野草，不可遏制地从心底滋生，蔓延。只可惜对方早已经离开，否则他绝对敢冲过去把那女人的头扭转过来去察看一番。他自己也知道这相当荒谬，晓寒并不是真实存在的，那不过是一个梦境。

正想着，手机铃声忽然大作。顾子轩吃了一惊，心里嘀咕，难道张亚楠那混蛋又阴魂不散地来轰炸他，去看屏幕，来电显示竟然是曹扬的名字。

如果有人在 15 年前告诉顾子轩，曹扬会成为他为数不多的几个好友之一，他肯定会一口唾沫吐到对方脸上，继而大骂一顿。然而命运就是这么奇妙，你根本无法预测到此时你恨不得食肉寝皮的混蛋，彼时会不会成为无话不谈，推心置腹的好友。

例如顾子轩，例如曹扬。

实事求是地说，顾子轩在过去的很长一段时间内都对曹扬抱着浓重的敌意。如果不是曹扬欺凌他，也就不会有那场雨中的群架，段青不会挨打自然也用不着找段勇来寻仇。不来寻仇，落落就不用为了救他而被段勇一伙儿捉到，随之而来的砖窑血案当然也不会发生。所以，这一切的罪魁祸首就是曹扬。现在看来这种想法完全不合情理，然而在彼时顾子轩的心中，没有比这更正当的理由了。他急需找一个发泄恨意的目标，段勇三人身死，段青不省人事，曹扬就成了唯一的人选。

砖窑血案发生之后，校领导为整肃风纪，以绝后患，或强制开除，或温和劝退了一批劣迹斑斑的学生。于是，等曹扬养好了手臂回到学校之后，惊愕地发现自己从前的那些跟班不是被开除就是被劝退，偶有几个侥幸残存的也都见他如畏蛇蝎，避之不及，就好像怕被他传染什么致命的病菌。往昔带着一群小弟呼啸来去的威风日子已如云烟一般消散，一个人走在校园中，形单影只的，像是一只野狗。这种凄凉的情况，他还是首次经历。本以为这就是人生中最灰暗悲惨的时候，但他错了。他从来不知道有一句话叫作“欺人者人恒欺之”。曾经被他欺凌过的那些人见他势弱，深埋在心底许久的怨念便都一发翻滚上来。事情开始反转，欺人者沦为被欺者。

眼看着曹扬的衣服被扯烂，眼眶被打青，本应该铆足了劲冲上去报复的顾子轩忽地觉得索然无味。如果自己真那么做了，他和曹扬，和那些坏学生又有什么区别？于是他决定冷眼旁观。然而，渐渐地，事情开始朝一个不可控的方向发展，那些没受过欺辱的学生也加入了惩罚曹扬的行列中。他们举着所谓的正义旗帜，开始了一场发泄一己私欲的狂欢。那一段时间似乎整个学校的学生都加入了针对曹扬的欺凌中，他们相互遮掩，串通、勾结、谋划，各种各样的恶作剧轮番在曹扬身上上演。起初，曹扬还去求助老师，但老师根本不信他的话，所有学生又都众口一词地指责他说谎。顾子轩无法想象那是一种什么样的绝望，求告无门，四面楚歌，所见的都是幸灾乐祸的扭曲面孔，而曹扬却只能独自默默地承受仿佛是来自整个世界的恶意。

某一次放学后，曹扬被反锁在学校存车处的杂物间。顾子轩路过听到里面曹扬低低的啜泣声。他停住，站在那扇绿漆斑驳的木门前，脑海中落落的身影和曹扬乌青眼眶的胖脸依次轮转，犹豫了许久，终于决定拔掉插销，放曹扬出来。

他不知道其实那扇绿门之后关着的不只是曹扬，还有他自己。

顾子轩永远都不会忘记，曹扬乍一看到他的那一瞬间，脸上的表情是如何的复杂。有无法相信的震惊，有如获新生的惊喜，有无可名状的困惑，反正复杂到无以复加的地步。若干年后，曹扬回忆起当时的情境，依然会颇为唏嘘地感慨。他衣衫破烂地蜷缩在漆黑一片的杂物间中，不敢高声求救，因为怕被听到之后遭受更残忍的欺凌。他不知道要被关多久才会被放出去，也曾想过会有人帮他开门，但就算是想破脑袋，也想不到这个人会是顾子轩。

那次是顾子轩童年时见曹扬的最后一面。第二天曹扬并没有来学校，随后的一周都没来。再然后就是听到曹扬转学的消息。又过了半年，曹扬一家搬出了大榆树镇。曹龙刚的生意越做越大，在市里买了大房子。随后的几年中，顾子轩偶尔能从街头巷尾的闲谈中听说曹家的只言片语，但都是曹龙刚又赚了多少钱，又开了几家商场，又开始做房地产之类的消息，和曹扬有关的却是一语皆无。

顾子轩高中毕业，勉勉强强考上庆山本地的大学。读大三的时候，有一段时间，他太过无聊，就去了庆山的一家酒吧兼职当服务生。结果没想到会在酒吧中遇到曹扬。时隔10年，曹扬从当初的小胖子，长成了大胖子。变化之大，顾子轩根本认不出来，以至于曹扬喊他名字的时候，他愣了好久，直到曹扬拍着胸口大喊着自己的名字，顾子轩才反应过来。

曹扬一直等到顾子轩下班。时近午夜，两个人又找了一家街边的小店，吃得杯盘狼藉，喝得天昏地暗。曹扬告诉顾子轩，他离开大榆树镇之后转学到了庆山的一所全封闭的贵族学校，并在那里混完初中，随后被送到美国。在美国的波士顿读了三年高中，之后进入一所当地寂寂无名的学院。念了两年不到就偷跑回来，被曹龙刚知道后大骂一顿外加扇了一巴掌。他却死活都不想再回去。曹龙刚没有办法，又通过关系把他弄进了庆山大学。但也只是挂个名，除了开学的时候去拜访一下学院里的诸位教授，送些礼物搞好关系外，其他时间就是到处玩。曹龙刚这几年生意扩张得厉害，每天都忙于处理各种事务，对于曹扬这个儿子，只要他不做出违法的事情，曹龙刚都是不闻不问、听之任之。

两人吃喝完已经是凌晨，临到分别，曹扬眼睛红红地搂着顾子轩的肩膀说："子轩，哥们儿还是要和你说声谢谢。"

顾子轩怔了一下才醒悟过来，当时他把曹扬从杂物间里放出来，曹扬一句话都没说就跑掉了。没想到时隔 10 年，曹扬竟然还记得对他道谢，这让顾子轩颇感意外。同样让他感到意外的是曹扬这个人还挺容易相处的，性格温和，没有什么架子，不会因为出身富有而显得盛气凌人。

从那之后，曹扬时常来找他，也没什么事儿，大多数时候是一起吃顿饭，聊聊天。时间长了顾子轩能感觉到曹扬每次来找他的时候情绪都很低落，但又不好深问，只能陪着他喝酒聊天。后来某次酒后闲聊，曹扬终于告诉顾子轩，他觉得自己很孤独，自从母亲去世之后，他便觉得自己在这个世界中孤零零地活着，父亲对他只有厌恶，恨不得他死了才好。他之所以时常来找顾子轩不仅仅是因为关系好，更因为在顾子轩这里他能找到一种同病相怜的慰藉。

得知真相之后，顾子轩有些啼笑皆非。有一句话说，幸福和不幸都是比较出来的。曹扬母亲去世，被父亲憎恨，但再怎么说也比顾子轩从小就父母双亡来得好一点。

顾子轩盘算着，等曹扬来找他的时候，就顺便说一下借钱的事儿，可又不知道曹扬什么时候会来。之前有一段时间，曹扬消失了一个月之久，再次出现时晒得跟坦桑尼亚土著一样。问了一下，原来去非洲猎狮子了。如果这次曹扬又不声不响的失踪一个月，等他回来，那顾子轩恐怕已经被房东赶出去睡大街了。心里担忧，却又抹不开面子主动打电话去说。没想到，天遂人愿，曹扬主动来找他，心下大喜，脑子里过了一遍想好的说辞，按下通话键，还未等说，便听到曹扬在电话里焦急地问："子轩，你现在在哪儿？"

“呃，我没在市里。”

“好，你说个位置，我去接你。”曹扬飞快地说。

顾子轩吓了一跳，“怎么了？发生了什么事情？”

曹扬叹了口气，“见面再说吧！”

顾子轩说了一个公交站点的名字。

曹扬听了之后就颇感诧异，“你怎么跑南城去了？”

顾子轩也叹了口“说来话长”的气：“等我有时间告诉你。”

半个小时后，顾子轩坐在曹扬的路虎揽胜里面，看着对方一脸如丧考妣的灰恶表情。

“到底怎么了？”

“这下哥们儿惨了，”曹扬砸了一下方向盘，“我家老头子要给我找个小妈。”

顾子轩乐了：“这不是好事儿吗？”

“好什么事儿啊好事儿！”曹扬满脸的肥肉都气得颤动起来，“老头子这么讨厌我，如果新娶的这个贱女人给他生了个儿子，那我肯定会被他剥夺继承权。真有一天老东西要是挂了，哥们儿可就一分钱都捞不着了。”

顾子轩听完曹扬的分析，顿感无语：“那怎么办？你还能逼着你老爸不娶媳妇？”

“我不能啊，不过你可以帮我让他娶不成。”

如果不是在车里，顾子轩绝对会被吓得跳起来：“别开玩笑，这我可没办法帮你。”

“子轩，你可是我最好的兄弟，这事儿除了你我真找不到别人。”曹扬哭丧着脸说。

“可是，要我怎么帮你啊？”顾子轩无可奈何地问。

一听顾子轩口气松动，曹扬满脸郁气立散，顿时兴奋地说道：“你就听我安排吧。放心，这事儿对你只有好处没有坏处。”

看着曹胖子熠熠闪光的小眼睛，顾子轩就莫名地感觉到后背一阵阵发凉，有种把自己放在案板上等待宰割的恐惧。

随后曹扬和顾子轩讲了他的计划。并不复杂，他打算让顾子轩伪装成高富帅，然后去勾引那个即将成为他后妈的女人。这个时候只要能趁机拍下几张顾子轩和那女人的亲密照片，就可以往对方的身上泼脏水，进而令曹龙刚打消娶那女人的念头。

“滚蛋，这事儿我可干不了。”顾子轩听完脑袋摇得像拨浪鼓。

“拜托了子轩，”曹扬哀求道，“你就真的忍心眼睁睁地看着哥们儿从此沦为一贫如洗的穷人吗？”

“我不是不帮你，这事儿太难了，我根本做不来。”顾子轩为难道。

“你都没做怎么知道做不来？”曹扬一脸埋怨道，顿了一下，表情又转为悲惨，“起码也要试一次嘛！子轩，哥就求你这一次，无论如何你都得帮我这一次，你要是不帮我，哥哥这次就死定了。”

顾子轩被磨得无可奈何，只好举手投降，“那咱丑话说在前头，要是干砸了，你可别怪我。”

“放心吧，我怎么会怪你。你能同意帮我，我已经想要跪在你面前高呼万岁了。再说，凭子轩你这么帅气，能甩我家老头子八十条街，我看着都恨不得扑到你身上亲你一口，怎么会干砸了？那女人也就是看上了老东西的钱，才会和他在一起，要是有个又有钱又帅的出来，保准会选择你这个新欢。”

顾子轩听得恶寒不已，但又无法拒绝，只得应道：“好吧，我听你的，你让我怎么办我就怎么办好了。”

“哈哈”，曹扬一边大笑，一边搂住顾子轩的肩膀大力摇晃，“这才是好兄弟嘛！”

顾子轩唯有无奈苦笑。

“这是什么表情嘛？一世人两兄弟，我还能坑你吗？”曹扬赌咒发誓，“我跟你说子轩，如果兄弟有你一半漂亮，早就没你啥事儿了。别看我家老头子又老又丑，穿的还跟个暴发户似的，但眼光相当靠谱。那娘儿们确实漂亮，特别是那双眼睛，媚得都能滴出水来。”

“说了这么多，我现在都不知道那女人长什么样。”

“别急别急，等准备好了，我会带你先去踩踩点。其实我有照片，就是不想给你看，因为照片远不如真人灵泛。不过你放心，绝对会亮瞎你的狗眼。”

顾子轩听得忍俊不禁。曹扬越是这么夸张地描述他就越觉他的话不可尽信。当然，他才不管对方长得妍媸美丑，本就怀着敷衍的心思，只盼着曹扬只是一时心血来潮，玩腻了之后放弃掉这个几近儿戏的计划。这样他既不会伤了曹扬的心，也不用做这件招人恨的事情。

正心里盘算着，曹扬忽地又转过脸来问他。

“你现在的工作怎么样？”

“辞了，今天刚辞。”

“我操，上天注定你帮我啊！”曹扬夸张大叫。

“你不要这么没人性。”顾子轩砸了曹扬一拳，“我和你说，我现在可是穷得要吃不上饭了。”

“放心吧，从现在开始你就是高富帅，高富帅从来不吃饭，要吃就吃鱼翅燕窝刺身牛排。”顿了顿，上下打量顾子轩，浓眉皱起，摇头，咂嘴，“啧啧啧，我跟你说，你这身衣服可一点都不高端大气上档次。先带你去买几身能穿得出去的衣服吧！”说罢转动方向盘，拐上香水园路，直奔庆山的顶级商场康安大道。

顾子轩向来不在意自己的衣服搭配，从来都是怎么舒适怎么穿。他身高 185 厘米，宽肩，细腰，不胖不瘦，身体比例十分标准，就算是很普通的衣服穿在身上效果也相当不错。他不知道曹扬口中的“能穿得出去的衣服”是怎么定位的，不过可以确定的是绝对和他的标准有着天壤之别。

曹扬带着顾子轩在康安大道的各种时装专卖店转了一圈，一边转悠一边指点江山似的点评。

“Armani，对你来说太板了。况且这家店的都是老款，不行不行。”

“Gianfranco Ferre 又太妖，GAY 才穿这个。”

“嗯，Brioni 看起来不错，不过子轩你身材偏瘦，哈哈哈，穿起来肯定会像竹竿子挑一件风衣。”

“Versace 不行，你气场弱，压不住这衣服。”

一个个陌生的单词从曹扬肥嘟嘟的嘴唇里蹦出来，顾子轩听得一愣一愣，他从没见到过曹扬如此的神态。怎么来形容呢？就像一名霸气十足的将军，穿行在排列整齐的队伍中，斗志昂扬地检阅着他手下最优秀的士兵。

顾子轩正为曹胖子无意中展现出来的精神状态所震慑，却不料对方突然驻足在一家店门前。那店的名字是Givenchy，顾子轩不认得，但却被奇怪的LOGO所吸引，还未等看清那LOGO上是什么图案，冷不丁被曹胖子的肥手捉住，直接扯着往店里走去。

“好了就这家，Gee-von-she，绅士，优雅，这是你最适合的风格。”

顾子轩不知道曹扬说的是些什么鬼话，便被推进试衣间，然后一件件衣服被送进来。他穿上走出去，在曹扬面前转一圈，然后等待曹胖子说NO或者YES，大多数时候都是NO，偶有几次YES。大约用了一个小时的时间，顾子轩和曹扬走出来。顾子轩手上提着大大小小好几个袋子。身后的导购员大声地喊着“欢迎下次再来”，笑得一张脸都快烂了。

曹扬付的账，顾子轩不知道花了多少钱，但试衣服的时候，吊牌上标的价格却让他看得心肝都颤。

“我说咱就是闹着玩，用不着这么大张旗鼓吧？曹公子您还真舍得下血本。”

这话刚说完，后脑就被曹扬扇了一下：“说什么废话，我家老头子多有钱你又不是不知道，这点钱和那个比算个屁啊！我曹扬分得清哪儿多哪儿少。更何况俗语云，舍不得孩子套不着狼，舍不得老婆抓不到色狼。我可不想在这些能用钱就搞定的事情上面有什么闪失。”顿了顿，曹扬又嬉皮笑脸道：“你也不用觉得受之有愧，现在咱俩不是朋友，是合作伙伴，是雇用关系。你就把这些看成工作服，是吧，老板给你发两套工作服很正常吧。”

发衣服有什么用啊，不如直接给钱。顾子轩在心里哀号，这下连借钱都没办法开口了。

一夜无梦，顾子轩第二天很早起来打了个电话给姑姑，汇报了一下最近的情况。无非是工作很好，不累，老板人不错，工资虽然不高，但还算顺心之类。当然不是实话，只是为了避免姑姑担心自己。临了，顾子轩拜托姑姑去他的屋子的床底下找一个糖果盒子，看看是不是里面有一张画。如果找到的话就顺便也把那个糖果盒子快递过来。姑姑问他都是一些破烂东西要那个干吗，他支吾着说不出原因，只央求姑姑寄过来。顾冬玲虽然表示怀疑，还是答应找到就给他寄过去。

顾子轩让姑姑找的糖果盒子就是当年落落藏在砖窑里的那个，他拿走了它，在事情发生的三个月之后。心里一直存着什么时候落落回来就能把这个宝贝盒子还给她的念头，却没想到会隔了这么久。

上午顾子轩去了一趟文具店，买了一些绘画用的工具和材料。刚刚把这些东西送回住的地方，就接到曹扬的电话，约他下午在附近的温都茉莉见面，那是一个新建成的小区。说要给他一个惊喜。顾子轩心里犯嘀咕，不知道曹扬这家伙又要搞什么幺蛾子。奈何拿人手短，只能依约前往。

顾子轩赶到的时候已经是下午 4:00，曹扬说马上就到。结果放下电话没多久，就看到远处一辆红色的轿车冲着他疾驰过来，三叉戟的徽标在阳光的照射下熠熠闪光，发动机的轰鸣声引得路人纷纷侧目，必是曹扬无疑。不过这辆车却从未见过。曹扬有两辆车，一辆是上次开过的路虎，另一辆也是 SUV，他不太常开，所以顾子轩也不记得是什么车。车贴着顾子轩的身边停下，车门打开，戴着墨镜的曹扬把肥硕的身体从里面费力地挤出来，和顾子轩并肩而立，一起打量着面前这车："怎么样？"

"酷！"顾子轩只吐出一个字。

"喜欢吗？从我一朋友那儿借的。这车不适合我，太骚得慌，不过却很适合你这种白白净净的公子哥。"

顾子轩瞪大了双眼："适合我？这车要给我开？"

"废话，高富帅要是没有一辆豪车来陪，还叫高富帅吗？"

"我只开过桑塔纳。"

顾子轩大三暑假的时候在姑父和姑姑的逼迫下考的驾照，偶尔拿姑父路学林的桑塔纳练手。

"会开就行，又不是让你参加拉力赛，你个怂货。"曹扬撇嘴表示不屑。

"我要是刮了擦了撞了，怎么办？我可赔不起。"

"没事儿，我那哥儿们说了，随便开，擦了刮了直接送 4S 店去修，到时候他会付账。"曹扬说罢，推了顾子轩一下，"上车吧，先试试手。"

两人上了车。顾子轩小心翼翼地驾驶着在信东路上转了一圈，逐渐熟悉了车的性能，然后便被曹扬指挥着拐进了康安大街。一路向西，驶进西二环，开到北二环的时候下了环路，进入香水园路。一直向南，开到香水园路与庆安街交会处的时候，车速降低，最后在一个叫作格兰山水的高档小区附近停下。

一路云里雾里，顾子轩不知道要去哪儿，全程被曹扬指挥着。问他，他也不说，只是笑着告诉顾子轩到了就知道了。走了一半的时候，顾子轩大体上已经猜到，必然是去见那个被曹扬恨得丧心病狂，如无意外就会成为曹扬后妈的女子。

顾子轩把车熄了火。两人从车子里出来，走进路边的一间看起来颇为高档的西餐店。里面人不是很多，角落处有一张长条桌，坐着五六个正推杯换盏的外国人，肤色有白有黑，不知道是哪个国家的，大声讲着外语，间或爆发出一阵大笑。

曹扬选了一个靠近窗子的位置，把菜谱扔给顾子轩，让他随便点。顾子轩知道来这儿吃饭不是正事儿，等人才是。随便点了一些食物，服务员记下之后，说了一声“请稍等”便离开。

“老头子不来找她的时候，她经常来这里吃饭。”曹扬望向窗外，渐斜的阳光穿过玻璃窗子投射在他的身上，颈部以下在阳光里，整颗脑袋在阴影中。

顾子轩吃了一惊，他以前一直认为这是曹扬在某个无聊的下午，突发奇想才搞出这么个计划，

然而现在看来，这显然不是一时心血来潮拍拍脑门就想出来的主意。因为曹扬甚至连对方的作息规律都掌握了，以他那种朝三暮四的悠荡性子，能做到这样的地步，可见下了多大的力气。

曹扬看了看手机：“现在是五点过一刻，还有一刻钟她应该就会来这里。”

“你怎么知道得这么清楚？”

曹扬笑了一下：“很简单，我给了这里的服务员一百块钱，他就很开心地告诉我那娘儿们每周四下午都会来这里用餐，位置已经预留出来，就是那个摆着预留牌子的桌子。一会儿人来了别老盯着看，今天只是让你来认识一下目标人物，计划还没开始呐！”顿了一顿，又低声问道：“对了，英雄救美的戏码你喜欢吗？”

顾子轩愕然："什么意思？"

"让你俩互相认识啊，不制造点巧合怎么能搭上线。"曹扬贼兮兮地笑。

"你想干吗？"

"找几个家伙演坏人，然后危急关头你出马解决掉他们，多酷啊！电视里不都这么演？"

"你不会是说真的吧？"顾子轩以手扶额。

"废话，人我都找好了。五个人，都是真正的痞子，专注混子领域十几年，溜门撬锁，调戏抢劫都是行家里手，演技那叫一个精湛，绝对不掺假。到时候你拳打脚踢都没问题，我告诉他们踹一脚加两百，打一拳加三百，破相了加一千。他们都表示希望到时候你能多动几下手，只要不往要害招呼，哪儿都行。"

"靠谱吗？"顾子轩忐忑地问。

"怎么不靠谱！"曹扬瞪了瞪眼睛，一副胸有成竹的样子，"放心吧，我都计划好了。"

曹扬说完，忽然门铃响。顾子轩坐的位置能看到店门，他无意间抬头去看，脑中惊雷炸裂，手里刀叉掉落，砸在盘子上，弹跳起，又跌到大理石的地面上，发出叮当脆响。

面前的景物渐次模糊，倏地远去。代之而来的却是 15 年前那个梦境中的画面。

"洋娃娃和小熊跳舞，跳呀跳呀，一二一；它们在跳圆圈舞呀，跳呀跳呀，一二一。小熊小熊点点头呀，点点头呀，一二一……"

稚嫩清脆的歌声从久远的记忆中骤然袭来，仿若一条深潜在幽暗冷潭中的鱼，忽地自水底直冲上来，“泼啦”一声跃出水面，全身的鳞片都在夕阳的余晖中闪烁着金亮的光彩。随着那鱼儿的跃动，那些本已沉淀在湖底的久远记忆又都飘忽着泛起。包括那个一直像坚韧的水草一样缠绕在顾子轩梦境中的小女孩，也一路哼着歌，在金色的阳光中跳跃着奔跑着，挣脱开记忆的束缚，猝不及防地穿过梦境侵入现实，然后同门口正走进来的那个女人的面容重合在一起。

这是不是太匪夷所思了？

因为那女人的眉眼依稀就是晓寒的样子。

如果晓寒也能够长大的话，那她必定也会是面前这女子的模样。

顾子轩尚处于失神状态，桌子下的腿就被曹扬重重地踢了一脚。

“含蓄点儿，别一直盯着啊！被发现就糟糕了。”曹扬胆战心惊地对他低呼。

顾子轩怔了一下才醒悟，原来曹扬等的人就是她。眼角余光瞄着女人走向摆着预定牌子的座位，心里的疑惑和震惊却变得越来越重，那女人举手投足，一言一笑，无论是神态还是语气皆像极了梦境中的小女孩。

“叫什么？”顾子轩急问。

“啥？”顾子轩问得快，曹扬一时没反应过来。

“我问你她叫什么名字？”

“啊！君晓寒。”曹扬低声回答。

如果按照现实的时间来算，梦境中六七岁的小女孩 15 年后也应该是二十一二岁的样子。而那个坐在不远处，微微侧着头，正在点餐，名字叫君晓寒的女子看起来似乎也就二十出头。这有点诡异吧？巧合也不会巧合到如此的地步！简直像是事先安排好的一般。某一瞬间顾子轩甚至怀疑是不是曹扬故意找一个和晓寒长得相似的女人来引他上钩。转念又否定了这个疑惑，因他从未和曹扬说过少年时的那个梦境，更别提梦境中的晓寒了。

“我没骗你吧！”曹扬挑着眉毛，脸上的表情仿佛在说，“怎么样，你这家伙也被迷得神魂颠倒了吧？”

顾子轩沉默不语，他根本没工夫搭理曹扬，脑海中翻滚的全都是儿时那些梦境中的画面。通常情况下，无论梦境如何真实，那也只是局限在身处梦境之中的感受，当醒转之后，关于梦境的记忆就会在很短的时间内消散。然而这对顾子轩来说却不同，每一个画面都记得异常深刻，就像发生在现实中他亲身经历过一般。

愈是回忆他便愈是觉得匪夷所思，心神已从猝然一瞥的震惊中恢复过来，疑惑渐生。他的理智告诉他一个在梦境中存在的虚拟人物是不可能出现在现实中的，但无比荒谬的是面前却有一个和晓寒酷似的女人。这该怎么解释？难道说他经历的那些梦都是真实事件的映照？可是别忘了在那些梦境中，他是以另一个身份出现的，而且是作为主观的意志来驱动人物的行为，这就又出现一个问题——抡起锤子砸倒晓寒父亲的究竟是自己还是晓寒的爷爷？

顾子轩的脑子乱成了一锅粥，他恨不得把那个叫君晓寒的女人直接扯过来问个清楚。这当然不现实，贸贸然冲上去询问人家的隐私，很可能会被当成疯子大骂一顿。那就只能“曲线救国”，先接近她，然后再委婉问出事情的真相。转念想到这和曹扬的计划颇为契合，心中稍安，原本抵触的敷衍心理顿时转变为积极。

“走吧，人也见到了。”曹扬示意顾子轩离开。

顾子轩心中叹息一声，恋恋不舍地向君晓寒的方向看了一眼。正要起身往门口走，忽然发现一个金黄头发的外国白人端着一大杯扎啤跌跌撞撞地从餐厅角落位置走向君晓寒的座位，先是伸手拍了拍君晓寒的肩膀，然后用蹩脚的中文磕磕巴巴地问：“这位，美丽的小姐，我能请你喝一杯吗？”这话刚说完，角落处另外几个老外都嘻嘻哈哈地大笑起来，嘴里呜哩哇啦地说着什么，从脸上猥琐邪恶的表情就知道他们说的多半不是什么好话。

君晓寒显然并不喜欢被这醉鬼搭讪，脸上浮现出厌恶的表情，摇头说“NO”。拒绝的声音很大，那群老外自然也听得到，顿时爆发出更大的哄笑声。如此干脆利落的拒绝似乎令那老外颇感懊恼，本就有了七分醉意，看到对方就一个人，怒气上来，端着装满啤酒的玻璃杯就想往君晓寒的嘴里灌。

看到这里，顾子轩再没办法袖手旁观，推了曹扬一下：“你先走。”说罢便向君晓寒处冲过去，将要到达的时候，伸手从隔壁座位扯了一把靠背椅抡起来直接砸在那老外的脑袋上。“咔嚓”一声响，力量之大导致椅子腿俱折。在老外的惨叫声中，顾子轩扯住还处于呆愣状态中的君晓寒便向外逃。逃到门口的时候，身后已经传来杂乱的脚步声，夹杂着“Fuck”和“Bitch”之类的咒骂声。

跑出西餐店，顾子轩下意识地就向停车的地方跑去，只是刚跑出几步才想起不能让君晓寒和曹扬碰面。正迟疑着，那群老外已经从餐厅中追出来，喝骂着奔向他们。

“这边。”君晓寒指着小区的大门喊。

顾子轩顿悟，君晓寒就在小区里面住，必然熟悉这里的环境。而且这样高档的小区，有门禁，门口还设有保安，没有门卡是不能随意出入的。思及至此，便立刻跟着跑过去。两人顺利进了小区，藏身在1号楼左侧的灌木墙后。隐隐听到门口处传来争吵的声音，似乎还有惨叫声。过了片刻声音渐止。

两个人半蹲着身体屏气凝神，这时顾子轩才发现君晓寒和他距离近得呼吸可闻。他甚至能嗅到淡淡的清香味道。再看她的面容，眉眼精致，鼻梁高挺，皮肤细腻白皙，像是官窑烧出来的上等瓷器。五官完美得像是通过什么工具精算出来的一样，简直找不到半点瑕疵。或许是因为刚刚的一阵疯跑，脸色潮红，额头一层细密的汗珠。正打量着，冷不防君晓寒转过脸来看他，顾子轩慌忙转移视线。

“我们要藏在这里多久啊？”君晓寒担忧地问。

顾子轩把头伸出去看了一下，并未见到可疑情况：“那帮家伙应该走了。”

“会不会又跑回来啊？”

“你先躲在这里，我出去看看。”

“好，你要小心啊！”

顾子轩出去转了一圈，听到有人说几个喝醉了的老外硬闯进来，还把门口的保安打伤，最后被闻讯赶来的保安队制服送到附近的派出所，这才确定那几个家伙不会再回来，转回到之前躲藏的地方把君晓寒叫出来。听说没事了之后，君晓寒两腿一软，若不是顾子轩扶着她，几乎瘫在地上。

君晓寒看起来无比虚弱，额头豆大的汗珠滚滚而下，刚刚脸上的潮红已经褪去，转为泛着冰冷之色的煞白，微仰着脸恳求地看着顾子轩，连说话的声音都颤抖起来：“我不行了，腿软，不听使唤了，我就住在 5 栋 6 单元。你能把我送回去吗？”

看到君晓寒这副模样，顾子轩吓了一跳，伸手去摸她的额头，立刻缩回来，热得烫手。刚刚还好好的忽然之间就病得这么严重？顾子轩没学过医学自然想不明白，心中半是担忧半是欣喜，担忧的是君晓寒如山崩一般的病痛骤然来袭，不知道会不会很严重；欣喜的是他正好在身边，可以顺其自然地亲近她、照顾她。这种矛盾的心理令顾子轩倍感煎熬。不过这种煎熬很快就消失了，因为君晓寒竟然四肢抽搐着晕厥过去。

顾子轩顿时慌了，打横抱起君晓寒就往小区的门口跑。他不知道君晓寒究竟病得有多严重，心猛地就悬起来，忽然有不好的预感，就像 15 年前父母双亡的那天早上。他在心中大叫着晓寒你要挺住啊挺住，甩开双腿，拼命向前跑。还未等跑到门口，就见到一辆褐色的奥迪迎面驶来，他站在路中间，拦住那辆车。司机是个秃了顶的中年男人，听顾子轩说有病人，二话不说就让顾子轩上了车，随后直接驶向最近的医院。

一个半小时后，顾子轩坐在病房内，床上躺着还在昏睡中的君晓寒。床头的架子上挂着静脉滴注的药瓶，药液一滴一滴地流入她的身体里。医生说就是普通的风寒，只是发病太急。很危险的，如果不及时送过来可能会有其他并发症产生。暗地里顾子轩觉得君晓寒这病未必不是因为餐厅中受到过度惊吓。好在高烧已经消退。

太阳早已经落山，暮色渐起。走廊里脚步声和说话声掺杂在一起，熙攘而喧嚣，顾子轩却觉得整个世界都安静下来，就像只有他和君晓寒两个人存在，细细的呼吸声都近在耳边。他现在可以肆无忌惮地去贪看君晓寒，不用害怕被发现，但眼神一落到那美得令人心醉的容颜上就会不由自主地滑向耳垂下边那枚嫣红的印记。他已经再三地检查过那枚印记，两只耳朵都有，位置、形状都和晓寒一模一样。只是这还是不足以证明君晓寒就是梦境中的晓寒。姓名、面容，甚至是独特的身体特征都可能用巧合来解释其相似性，然而经历是唯一的，是不可能出现任何巧合的。

但他却有点怕去探寻君晓寒的过往，如果不幸的是君晓寒的童年经历真的能够和他的梦境相互印证，这就意味着他生命中前25年来一直所坚信的世界观彻底崩塌了。他不算是绝对的唯物主义者，但即便如此，这样超自然的事情真的发生在自己身上，无论如何都没办法坦然接受。

脑子里乱纷纷地转着各种念头，冷不防手机忽然响起，他吓了一跳，掏出来看，发现是曹扬打来的。

“怎么样？怎么样？勾搭上没有？”曹扬语气中透着抓心挠肝的急切。

顾子轩放低声音：“我在医院。”

“你被打了？”曹扬的声音陡然升高了八度，“严重不？等着，哥哥这就去看你。”

“不用不用，”顾子轩赶紧拒绝，“我没事儿，是她，她病了。”

“啊？”曹扬颇感意外，“怎么会病了？”

“别问那么多了，有时间再和你说。”

挂了电话，顾子轩抬眼去看，正对上君晓寒清亮的眼睛。“你醒了，”顾子轩有些发慌，不知道刚刚和曹扬的通话是不是被她听到，又殷勤地问了一句，“感觉怎么样？好点了吗？”

君晓寒没有回答，挣扎着想要坐起。顾子轩赶忙伸手去扶，又从隔壁的空床拿过一个枕头塞到她的后背。君晓寒十分顺从地配合顾子轩的举动，只是两只眼睛一眨不眨地看着顾子轩的脸。脸上无悲无喜，整个过程一语不发，沉默得像是一个哑巴。

顾子轩被盯得有些毛骨悚然，坐回椅子上，看着君晓寒，勉强扯出一个微笑来：“你还不知道我的名字吧，我叫顾子轩。”

“你是曹扬雇来的对吧？”君晓寒突然冷冷地道。

顾子轩惊得几乎从椅子上翻过去，语无伦次地辩解道：“什么？谁是曹扬？我不认识你说的这个人。”

“你的演技好差劲。”君晓寒嘴角一撇，脸上浮现出不屑的笑容，挑衅一般地朝顾子轩伸出手，“你敢把手机给我检查一下吗？”

“呃——”彻底完蛋，顾子轩张口结舌地僵住。他不知道君晓寒是如何看穿他的，联想到发病之前君晓寒并未表现出对自己的怀疑，那么，最大的可能就是刚刚接曹扬电话的时候被苏醒过来的君晓寒听到。令他困惑的是，电话中他根本没提过曹扬的名字，也并未透露任何能推测到曹扬的信息啊。

“他让你来干吗？”君晓寒又笑起来，好像颇为满意顾子轩的反应，带着戏谑的表情打量着顾子轩的脸，“长得不错，来勾引我吗？他给你多少钱？刚刚餐厅中那群王八蛋也是他找来配合你的吧。哼哼，还真是下了不少功夫。如果不是刚刚听到他给你打的那个电话，我还真以为遇到一个路见不平的英雄呢！”

这一番话说得顾子轩羞愤交加百口莫辩，曹扬的计划确实是让他勾引君晓寒，但餐厅中那些外国流氓却和曹扬没半分钱关系。只是真真假假掺杂在一起，根本没办法去辩解。事已至此，无论做什么都挽救不了被拆穿的结果，要怪就只能怪曹扬偏巧在君晓寒将醒未醒的时候打来那通电话。既然被识破，也就不用再继续演下去，心里觉得松了一口气的同时也颇感失望。因为这意味着他不会再有接近君晓寒的机会，也就彻底堵死了探寻其身世的可能。

尴尬地站起身，顾子轩觉得自己的脸颊都在发烧，看都不敢去看斜倚在床头的君晓寒，低着头直奔门口而去。

“等一下。”

刚要走到门口，却听到君晓寒忽然在身后喊了一声。他站住，转过身去。君晓寒瞪着他，脸罩寒霜地迸出一句话：“顺便告诉曹扬那个死胖子，让他乖乖等着管我叫妈吧！”

第 8 章 重逢

无论生得多么漂亮的女人发起火来都是可怕的。

顾子轩长这么大从未被人像刚刚那样羞辱过，最痛苦的是因为理亏而没办法去辩解。他还不知道该怎样向曹扬去交代。虽然曹扬打来电话的时机不对，但如果他再谨慎一点，接电话的时候去病房外面，那么想必结局也不会变成现在这样。他懊恼地走出医院，想着找一个什么样的借口才能避免曹扬得知噩耗之后迁怒自己，绞尽脑汁地想了半天，脑子依然一团糨糊。转念想到是不是可以先拖一段时间，过个十天半个月再通报失败的结果起码会显得自己已经做出不懈的努力，就说用尽各种方法，不幸的是君晓寒确实对自己没感觉，反正曹扬绝对不可能去找君晓寒求证事情的真相。

想通了之后顿感轻松了许多，哼着歌去公交站找回去的车。要换乘两次，还好兜里还有几枚硬币。原本身上的几百多块钱在给君晓寒看病的时候花得一干二净。却不想偷鸡不成蚀把米，钱花掉了，不但没有任何回报，反而被狗血淋头地大骂了一顿。站在车厢中，看着车窗的玻璃中倒映出自己一脸的衰相，顾子轩不禁摇头苦笑。

一个半小时后，顾子轩下了公交车。手机上的时间显示20:30。腹鸣如鼓，之前和曹扬在餐厅点的餐根本就没来得及吃几口。蓦然想起住的地方还有两捆挂面，几枚鸡蛋。香喷喷的鸡蛋面似乎已经摆在面前。顾子轩吞了吞口水，加快往回走的脚步。

当一个人走背运的时候，往往会觉得整个世界都在和自己作对。顾子轩也不例外。就在他筋疲力尽，饿得要死，眼看就能回到家中好好休息的时候，愕然发现自己的房门上出现了两把锁，一把是他的自不必说，另一把簇新粗壮的挂锁却不知道是哪个混蛋加上去的。这就意味着即便他能打开自己的锁，他依然进不去屋。他懊恼地狠砸了几下房门。隔壁屋的租客听到声音便走出来告诉他缘由。原来房东下午的时候来过，锁也是他加的，说要是顾子轩不赶紧把拖欠的房租交齐，就别想再进去。

顾子轩气急败坏地打电话给房东质问他怎么能这么做。接通了电话，未等质问的话说出口，却反而被对方劈头盖脸地一通指责。顾子轩属于那种即便是自己有理气势上都会弱三分的人，更别提拖欠房租的是他。最终不出所料地败下阵来。他和左右的邻居都不熟，借钱的话想都不用想。

站在空荡荡的走廊里，两侧都是紧闭的房门，顾子轩无比沮丧。猝不及防地就跌进如此无奈的困境中，令他有些欲哭无泪。难道真的要露宿街头了吗？长长叹了一口气，转身，一边往出走一边翻看着手机里的电话簿，他的眼睛停留在唐珊的名字上。或许可以打给她碰碰运气。两人虽然早已不是情侣，但依然是朋友。

他一点都不在乎自己窘迫的惨状被唐珊知道，事实上，之前的工作就是唐珊的男友李烨帮忙推荐的。

还是那个熟悉的电话号码，拨过去，连忙音都没有便快速接通，悦耳的声音在耳边响起："对不起，您的电话已停机，请您续交话费……"

顾子轩愣了一下，随后爆了一句粗口。

没办法了，他不知道该往哪里去，漫无目的地走在街上。街两边灯火辉煌，店铺中人流熙攘，有推杯换盏据案大嚼的食客，有衣着时尚闲庭信步在商场的妇人。他忽然想到曹扬买给他用来勾引君晓寒的"工作服"还在屋子里，他一次都没穿过，不知道能不能退回去。或许应该找几把趁手的工具把门上的锁撬开。脑海里不时冒出各种想法，冷不防一阵凉风骤起，带着雨腥气，漆黑的夜空中不知何时已阴云密布。那雨来得极快，还未等顾子轩反应过来，就已经倾盆而下。豆大的雨滴劈头盖脸地砸下来，冰凉。顾子轩一个激灵打了个寒战，转头四顾，发现街的斜对面有一家无人自助银行可以避雨，撒腿狂奔过去。

就在他穿过马路的时候，忽然一辆出租车飞驰而来，雪白的灯光穿透层层雨幕晃得顾子轩睁眼如盲。下意识地退后一步去闪避，不料身后也有车驶过，顾子轩便被重重地刮了一下。惊呼声中，身体不受控制地旋转着飞了出去，结结实实地摔在雨落如注的沥青路面上。刺耳的刹车声随即响起。顾子轩侧躺着，脸贴着冰冷的路面，在车灯照射下，眼前的雨滴落地面后溅开如同莲花朵朵绽放。随后是车门开关的声音，几双鞋子朝他跑来。有人蹲下身，把他翻过来，雨水砸在脑门上，砰砰的响声直达耳鼓。陌生的男人拍打他的脸颊，大喊着什么。

意识倏地回归，剧烈地咳嗽，左臂和后脊背像是被砸碎般痛入骨髓，又有个女人的面容出现在视线中。看起来颇为眼熟，直到对方喊出他的名字时才记起，是那个仁和疗养院负责接待的刁蛮丫头，前后两次被赶出去也是拜她所赐。没想到这么巧会在这里遇到。难道撞了自己的是她吗？本想问她究竟是怎么回事儿，还未等开口，就看到那丫头掏出手机神色慌乱地打电话。他的意识很清醒，但耳鸣得厉害，听不清说什么，只是见她一直点着头。是在报警么？他心里想着。不知道过了多久，也许十分钟也许一小时，顾子轩被赶来的救护人员抬上了救护车，那女孩子一路上都坐在身边陪着他。

手臂上插着针管，袋装的药液随着车子的行进微微晃动。真是晦气，几个小时前刚把君晓寒送进医院，转瞬间就轮到了自己。更令他沮丧的还是因为车祸，似乎他这辈子就和这类可恶的惨事最为有缘。脑子里乱七八糟地翻涌着各种各样的念头。那女孩坐在身边不时察看一下药液的输入情况。慢慢地，或许是药物的原因，顾子轩的意识开始模糊。陷入昏迷之前，脑海里转的念头竟然是庆幸，庆幸自己终于不用露宿街头了，至于自己是不是受了很重的伤，反倒被抛到九霄云外去了。

等他再次醒来的时候已经是早晨，阳光从窗帘的缝隙中渗进来，他眯着眼睛看着那些光线，关于昨晚上的记忆一一浮现。他的右手臂打着石膏，看起来似乎骨折了，脑袋上缠着绷带，除此之外似乎没有更严重的损伤，至于腿上大大小小的擦伤已经自动被他忽略了。心下松了一口气，独臂支撑着身体坐起，倚靠在床头，环顾四周。这病房看起来相当高档，宽敞，窗明几净，最稀奇的是只有他一张病床，旁边还有沙发、茶几等设施，床对面是巨大尺寸的液晶电视。顾子轩叹了口气，不知道自己被送进哪家医院，也不知道是谁为自己垫付的治疗费用，唯一确定的是除了欠了一个月的房租之外，似乎又要欠下不菲的医疗费。真是屋漏偏逢连夜雨，船迟又遇打头风。正心烦，门被拉开，蹑手蹑脚走进来一个人，看到他醒着，立刻就吵嚷起来："呀，你醒了啊！"

顾子轩看了她一眼，是上次在疗养院赶他的那个女护士，于是没出声，把头转到一边。

那大小姐走到近前，一屁股坐在顾子轩床边，嘴一撇，开始数落他："哎，我说你这人太小心眼了吧，还带记仇的，有劲没劲？男子汉大丈夫，别和我一个小丫头一般见识。"

顾子轩被说得有些尴尬，心里却不以为然，她说得倒轻松，换作是她被那么羞辱不定哭成什么样。

"我叫方媛，你可以叫我媛媛。"说着那女孩伸出手，大大的眼睛眨巴眨巴地看着他，"您大人有大量，放小女子一马呗！"

这个叫方媛的女孩子这么热情，和前两天驱逐他时的态度差别极大。联想到昨天夜里的事情，顾子轩不得不怀疑她的目的。没理她伸出来的手，反而盯着她的眼睛冷冷地问："是你撞我的吧？"

方媛陡然瞪圆了眼睛，弹簧一样从床上跳起来："喂，我说你别诬陷好人啊。撞你那孙子逃了，是本姑奶奶好心好意把你带到这里。"

“真的不是你？”

“当然不是我。”方媛鼓着腮帮子气呼呼道。

“好吧，”顾子轩在方媛咄咄逼人的目光下败下阵来，“那我谢谢你把我送到医院。能告诉我这是哪家医院吗？医疗费是你给我垫付的吗？我先声明，我现在身无分文，没办法立刻就把钱还给你。”

“喂，你这人好奇怪，我也没说管你要钱啊！而且也不是我替你垫付的钱。对了，这里可不是什么医院，是疗养院啊。昨天我和孙医生去接一个客户，结果对方把时间改成下周，我们回来的路上正好遇到你被撞倒。反正是空车，而且你又是院长特别提到的重要客户，就顺路把你带来院里救治一下。不用太担心，你只是有点轻微脑震荡，外加手臂骨折了而已。所以呢……”方媛顿了一下，似笑非笑地看着顾子轩，“就算是管你要钱也是我们院长来要啊！”

这番话对顾子轩来说信息量略大，愣怔了片刻，用幸存的左手指着自己的鼻子不可思议地问道：“我什么时候变成你们的重要客户了？”

方媛摊了摊手：“我怎么知道，反正因为前几天的事儿被骂了一顿。你说你这尊大神没事儿和我们小妖过不去干吗啊，认识我们院长，直接说就完了嘛，还假扮成臭推销的，你当你是皇帝啊还来个微服私访。”说到最后，怨怼之意溢于言表。

“什么叫假扮，”顾子轩争辩，“我真是臭推销的啊，呸呸呸，我本来就是做销售的，”说到这里，顿感沮丧，“而且是个超级烂的销售员，烂到被人家踢出来。”

“啊，你被辞退了？”

“是啊。”顾子轩顿了顿，说：“另外，我发誓我之前真不认识你们院长。”

“可是院长说你是重要客户。”

顾子轩惊愕：“她真这么说？”

“那还有假。”方媛撇了撇嘴，看了一下手表，“好了，你安心养着吧，我得去上班了，中午的时候我会来看你。如果你有什么需要，就按床头的呼叫器，会有别的同事来照顾你。”说罢转身走了。

方媛走得果断，等顾子轩想到要问她见没见到自己手机的时候，早已人影皆无。没有手机，顾子轩自己又是数字记忆白痴，除了他自己和姑姑的手机号码之外其他人的都记不住。这样一来，他必须在下周末之前打电话给姑姑报平安，否则忽然消失掉，以姑姑的性格绝对会杀到庆山来找他。不过手机丢了也有一个好处，那就是现在没有任何人能够找到他，包括曹扬。这显然是一个非常靠谱的躲避方法。之前困扰于不知道该如何解释“君晓寒引诱计划”的失败，现在好了，一个不可抗因素出现，无论如何都怪不到他的身上。

顾子轩松了一口气，重新躺倒。

就这样平平淡淡地过了一个星期，顾子轩已经开始爱上这里的生活了。住院的第二天，他就吊着还打着石膏的手臂在疗养院里面转悠，靠着方媛的指点，很顺利地就找到落落。落落还是之前见到的样子，只是令他意外的是她的双腿竟然是正常的。负责照顾落落的专职护师小郭哭笑不得地告诉顾子轩，是因为落落见有行动不便的老人坐轮椅，觉得好玩就吵着自己也要坐，怎么劝都不听，又哭又闹。她没办法，只好去医疗器械部领了一架轮椅给她，这才不闹了。结果这几天坐够了，便又恢复双腿走路。就在小郭的讲述过程中，肥硕的落落竟然还蹦蹦跳跳地朝顾子轩做了一个鬼脸，孩子心性展露无遗。

无论再怎样不肯相信，顾子轩都无法回避这个事实。落落的心智确实还是三四岁孩童的阶段，一言一笑，行为举止都是小孩子的做派，没有半点虚假掩饰的成分，完全是自动自发的天性使然。或许这未必不是一种幸运，一颗童心纯真无瑕，开心时便笑，悲伤时就哭，没有成人世界的尔虞我诈，也没有各种欲念缠身，世界简单得只剩下“善恶”两字。

起初的时候，落落对于陌生的顾子轩尚存畏惧，相处了一天之后，逐渐熟悉起来。到后来，一会儿不见顾子轩就开始“小顾小顾”地喊着。关于称呼的问题，不管顾子轩怎么威逼利诱，她都拒绝叫顾子轩为“子轩”。顾子轩暗想，或许是因为落落眼中只有 15 年前的那个自己才是真正的“子轩”。

这一周多的时间中，顾子轩一次都未见过院长康妮，也没有任何人来催他缴住院的费用。既然这样顾子轩也乐得自由自在。他当然不相信这个世界上有白占的便宜，所以除了一些必需的治疗以外，其他的项目都被他拒绝了。就想着能省一点省一点，否则说不定要还多久才能还得清。因为这事儿方媛还专门过来对他批评教育一通。怎奈顾子轩主意已定，无论方媛说什么都不肯答应。好在除了手臂需要注意一下之外，其他的伤势都很轻。

周末的时候，顾子轩借用方媛的手机给姑姑打了个电话，说是手机丢了，正在补办，在此期间有什么事情打这个电话就可以找到他。又问上次要求她寄来的东西是否寄出，姑姑说还没有，他就让姑姑把地址变更成疗养院的地址。

顾子轩已经和方媛混得很熟。小丫头年纪很轻，不过 20 岁，庆山护理学院高等专科毕业，古怪精灵，酷爱八卦，来疗养院不到半年，里里外外，大事小情，家长里短都一清二楚。譬如院长康妮家世显赫，单身，而且似乎没有什么追求者。譬如保安队的小李和某个护理师正在偷偷约会。譬如负责财务的陈姐和法务的小齐曾经在一家公司共事，且矛盾重重。顾子轩倒是对康妮的事情很感兴趣，但方媛也所知不多，只知道没回国之前一直在美国工作，至于为什么会忽然回国，以及究竟和落落有什么关系这种内幕，可不是她所能了解到的。

疗养院的医生说他手臂上的石膏大约四周左右就可以拆掉，到第 3 周快结束的时候，顾子轩就开始有些焦虑，他发现自己有些喜欢上这里的生活了。手臂没好的时候他还有理由不离开，现在他已经找不到任何借口赖在这里。一想到出去之后还要面对那些乱七八糟的事情他就觉得整个脑袋都大了一圈，恨不得手臂再折断一次才好。

不知道是不是上天听到了顾子轩的心声，忽然有一天方媛来找顾子轩，问他嫌不嫌弃护理师的工作，院里有护理师职位空缺，原本女性较多所以这次要招男性，如果他有意向的话可以尝试一下云云。顾子轩简直不敢相信世界上还有这么巧的事情，自然满口答应，随后又担心会不会因为专业不对口被拒。方媛笑嘻嘻地说其实男性护理师不要求什么专业技术，只要有把子力气就足够了，说白了，就是要找一个能够干重活的力工。

事情的进展出乎意料地顺利，顾子轩手臂上的石膏还未拆掉，负责行政人事的就通知他可以去面试。面试官是一个长得相当漂亮的女人，名字叫胡思瑶。她自我介绍是康院长的助理，负责行政人事等工作。她先是问了一些顾子轩家庭背景之类的问题，接着又问到顾子轩的学历、所学专业及之前做过什么工作之类的问题，态度说不上多么热情，也不算冷漠，脸上挂着的笑容虽然显得亲切，但一看就是很公式化的那种。不知道是不是顾子轩太敏感，总能隐隐约约地感觉到对方身上透露出一股子厌恶和敌意，这令他有些莫名其妙。按说两个人第一次见面，没有任何利益冲突，不可能存在敌意的。顾子轩心中忐忑，觉得自己恐怕没戏了。不承想，那女人忽然在临结束的时候告诉他他被录用了，稍后会有负责人力资源的人来和他谈薪资待遇问题。

转折之强烈令顾子轩有些不知所措，直到另外一个人来同他谈薪资待遇问题的时候，他还没有从这些困惑中挣脱出来。既然想不通，他也就不去纠结这个问题，只当是自己的错觉。反正对方已经承诺录用他，这就足够了。即便是日后被找茬，大不了再次被踢出去，还能有更糟糕的吗？他又不是没被辞退过。

正式上班的时间是下个月的月初。还有十多天的时间，到那时他手臂上的石膏应该也可以去掉了。职位名称虽然写的是护理师，但如同方媛说的那样，工作内容非常庞杂，不仅包括随车接送客户，还有后勤采买、基础设施维护等工作，实质上无非是个勤杂工而已。顾子轩所求不多，能让他留下他已经感恩戴德，何况还欠着院方近一个月的医疗和住院费用。手头又十分拮据，心里琢磨着，不知道院方会不会同意以工代偿。

对于顾子轩能够通过面试成功录用，方媛完全是一副不出所料的表情，似乎早已经预见到了这个结果。回想起胡思瑶的厌恶和敌视，顾子轩暗感震惊，看来自己能被录用，方媛的推荐起到了关键作用。她一个小小的基层员工，竟然能影响到整个疗养院的人事任用，背景貌似颇深啊。方媛倒是一点都不低调，吵着嚷着要顾子轩请她吃大餐，以慰劳她的功绩。顾子轩无法拒绝，只能举手投降，许诺等拿到工资即兑现。

顾子轩融入新的工作环境非常快，毕竟他已经在这里待了一个多月。工作强度也算不上大，只是有些琐碎，有时候还要值值夜班什么的。对于顾子轩欠院方的医疗费用，院方也给出了解决方案，还算比较人性化，每个月的工资扣掉一半。顾子轩松了一口气，虽然按照他的工资水平全部还清了几乎要用一年，不过好在院方为员工提供食宿，总的算下来每个月到手的工资比之前的工作多。

时间又过了一个月，顾子轩一直惦记着自己那些被房东锁在屋子里的东西，也不知道是不是已经被房东扔了出去。找到方媛借了一千块钱，又借了后勤采买的面包车回到原来住的地方。看到房间还锁着，顿时松了一口气，敲开隔壁的房门要到房东的电话，打过去说明情况，好说歹说房东同意开锁还他东西，但不仅要补齐拖欠的房租，租房时预先支付的押金也要扣下。顾子轩理亏，想着对方尚算够意思没把他的东西扔掉，也就不再和他计较。

院方提供的宿舍是双人间，但因男性员工稀少，仅有的几个也都在城区有家，因而顾子轩得以一人独占一间宿舍。等顾子轩归拢完东西，回到行政楼，刚要进门，就看到方媛面色惶急地往出跑。

“怎么了这是？”他闪开身子，以免挡住方媛的路。

却不料方媛一把扯住他的手臂：“快跟我来。”

“去哪儿？”

“2号楼的一个患者挂在露台的栏杆上了，非常危险。已经打电话通知了患者的家人，也报了警。不过最少也要20分钟才能过来，就怕坚持不到那个时候。你快跟我去看看。”

两人急急忙忙地赶往2号楼。转过林荫路，远远地，顾子轩就看到正对自己的四楼上，有一个人一动不动地悬挂在楼台栏杆的下方。等到了近前才发现，那是个女人，已经失去意识，长长的头发垂下来，遮挡住面容，下颌有一道血迹从脸部延伸出来，滴到胸部，血迹斑斑。伤处可能来自头部，由出血量来判断伤势应该不太严重。女人原本穿着粉色的睡袍，但因下摆挂在栏杆上，导致露在外面的身体只穿着一条黑色的内裤，裸露的身体骨瘦如柴。

露台上站着几个满脸惶急的女护理师，手足无措地乱成一团。好在还具有一定的常识，没有贸然伸手去拉那女人，万一拉扯时用力过大睡袍出现断裂，女人必然会摔下去。因而只能任凭女人吊在那里，等待着专业的救援人员赶到。幸运的是目前情况尚算稳定，女人穿的睡袍质量不错，没有出现撕裂现象。

情况危急，救援人员一时半刻无法赶到，现场一片混乱。方媛说已经通知了康妮院长，但从市区赶回来也得需要一段时间。

转头四顾，除了一些围观的疗养者，其余人都是医生和护理师，并没有看到院方的任何一个管理人员在场。不得已，顾子轩只好站出来指挥，先是命令方媛找几个人去一层的房间中尽可能多地取一些床垫和被褥铺在下面。毕竟四楼不是很高，这样即便人掉落下来，也能起到缓冲作用。然后他跑到四楼的露台，把几条窗帘连接起来制成绳索，大约有十米长，一端绑在自己的腰间，另一端系在露台的栏杆上，同时让那几名护理师排成排拉住窗帘绳索，一点点地把他往下放。

2号疗养楼一共四层，只有36间房，每一间都堪比五星级酒店的总统套房，豪华至极。层与层之间的举架很高，远超过一般的住宅。虽然只有四层，但从高度来说却将近20米。

从小到大顾子轩都不是那种逞英雄的人，通常情况下只有被逼迫到退无可退的时候他才会爆发出来，就像小时候被曹扬欺辱，如果不是再没办法逃避他绝对不会采取那种激烈的反击方式。他自己都不知道为什么事情会变成这样，起初他只是想要救人，但看着那些人在自己的指挥下变得镇定有序，心里面却涌出一种无法言喻的感觉，兴奋、喜悦……无比美妙的存在感。就是被这种感觉冲昏了头脑，他以为他能做一个英雄，救人于危难之间。可是随着自己被一点点地放下去，刚刚一时发热的脑子霎时冷静下来，身体无法控制地在半空中旋转，地面上围观的人声“倏”地远去，恐惧感骤然席卷而至，耳际嗡鸣，头晕目眩。

“我不行了，快拉我上去。”他陡然发出一声惊恐的大喊，拼命挣扎起来。

上面虽然有几个人，但都是女孩子，咬牙坚持下还算能支撑住顾子轩的重量，但顾子轩猛一挣扎，力度上传，其中两个女孩便握不住绳索，“哎呀”一声跌坐在地上，其余几个也被顾子轩的重量直拖向栏杆处，眼看着就要撞上，情急之下，所有人都松开了手。绳索迅速向下滑动，好在另一端还系在栏杆上，待绳索全部滑尽，顾子轩猝不及防地悬停在半空中，腰几乎要被勒得断掉。

“子轩，坚持住，你能行的。”方媛在下面朝着顾子轩大声喊道。

恍惚中，顾子轩的意识又回到15年前的那个夜晚，隔着篱笆，落落把棍子递给他，大大的眼睛映射着漫天的星辰，一遍又一遍地告诉他要勇敢一点。刹那间，所有的恐惧都如潮水一般退去，眼前恢复清明。

“拉我上去，快。”他大声喊道。

上面的几个女孩子再次捡起绳索一点点地把他往上拉。待到经过那女人身边的时候，他摆动身体，荡过去，伸手将她抱住。两个人的重量加在一起，绳索发出不堪重负的声音，好在上面又新添了几名保安生力军，并没有再次出现绳索脱手的状况。眼看着两人一点点上升，就快要升到露台的栏杆位置，顾子轩忽然感觉到怀里的女人身体扭动了一下，发出了一声抽气般的呻吟。

糟糕，她醒了。

顾子轩脑海中刚刚转过这个念头，怀里的女人已然睁开眼睛。看到被一个陌生的男人抱在怀里，那女人陡然发出一声刺耳至极的尖叫，随后手抓脚蹬，疯狂挣扎，野兽一般。顾子轩尚未反应过来，脸上已经被抓出五条深深的血道子。顾子轩既要躲避开那女人胡乱的攻击，又不能松开双手，这就导致两个人在半空中摇晃的幅度越来越大。上面拉着绳索的人则苦不堪言，不仅没有拉上去，反而降下来许多。顾子轩心中焦急，还未等开口催促，绳索又一次脱手。伴随着楼下围观人群的惊呼，两人坠落到绳子的尽头时再次停住。承受了全部重量的顾子轩如被重锤猛击，眼前发黑，口角溢血，就连另一端被绳索系住的栏杆都开始变形弯曲。

突如其来的坠落令那女人停止了挣扎，反而死死地抱住顾子轩的身体，仿佛溺水之人捞到一根救命的稻草。顾子轩被勒得喘不过气来，半天才缓过来，腰部疼痛得像是要折断一般。好在上面的人再次开始把他们向上拉，女人也不再挣扎。顾子轩暗叫好险，正准备松口气，谁料腰间忽地一松，打成死结的绳索不知何时竟然开了，上拉下坠，即使在腰间缠了好几圈，也在一瞬间抽离，等他反应过来伸手去抓，早已为时晚矣。

两人大叫着从半空中摔落下来，“砰”地砸在厚厚的床垫子上。好在从绳索的尽头至地面的距离至多只有十米，方媛又在下面垫了约有七八十公分的床垫和被褥。但即便是这样，顾子轩还是觉得五脏六腑都似乎被摔得挪移了位置，痛得连吸气都要小心翼翼，唯恐口张开得太大，一颗心从喉咙里滚出来。

那女人趴在他身上，两条手臂依然紧紧地抱着他，头发散开，露出面容，眼窝深陷，皮肤松弛晦暗，头发花白一片，年龄看起来似乎有六十开外。不知道是不是惊吓过度，她一直紧闭着双眼，但能感觉到她的呼吸。顾子轩松了一口气，总算是把她救了下来。

能住在院里的顶级房间，自然不是平常人。反应过来的医生护理员们一拥而上，测试心跳血压，察看四肢头颈，直到确认无事，这才七手八脚地把那女人从顾子轩身上扯下来，放到早已备好的急救床上，迅速推走。只剩下顾子轩还躺在床垫子上一边喘息一边望着阴沉的天空发呆。不过，这种状态只持续了几秒钟，方媛的脸就遮挡住了顾子轩的视线。

“喂喂喂，你没事吧？你没事吧？不会摔傻了吧？”方媛一边喊，一边伸出手猛抽顾子轩的脸。

顾子轩被猝不及防地扇了一巴掌，顿时龇牙咧嘴地叫起来：“你打我干什么？”

方媛吐了吐舌头：“我不是怕你被摔傻了嘛！”一点都没有做错事的觉悟。

“没摔傻也被你抽傻了。”顾子轩瞪了她一眼，揉了揉被打的脸颊，有气无力地伸出另一只手，“还不拉我一把。”他浑身的骨头都像散了架一样，一点力气都用不出来。

“不行，你别动，”方媛打了一下顾子轩伸出来的手，“先躺着，我帮你检查一下。”

“检查什么？”顾子轩一脸莫名其妙。

“看你的四肢断没断掉，五脏移没移位。”

“别查了，我没事，你看我这不是好好的嘛。”

“我跟你说，我在市中心医院实习的时候见到过一个被车撞了的蠢货，身上也就擦破了几块皮，以为自己没事儿，傻呵呵的还找朋友去喝酒，结果酒还没喝一口，就开始狂吐血，没等救护车来就死了。尸检结果是肝脏破裂。”

顾子轩听得打了个激灵：“你是成心吓我吧？”

“废话多，姑奶奶这么忙哪有时间吓唬你。”话音未毕，方媛就把顾子轩的一只手臂扯过来捏了起来，“痛的话就喊。”检查完四肢，又伸手逐个部位按压顾子轩的前胸，当按到腰部的时候，顾子轩凄惨地叫了起来。掀开T恤的下摆一看，环绕着腰部，一片青紫的痕迹。

“腰椎有可能有些错位。没事儿，咱院里老李是骨科专家。”方媛说着，伸手把顾子轩从床垫子上拉起来，笑道：“当英雄嘛，总归要付出点代价。”

顾子轩龇牙咧嘴地扶着腰，瞪了她一眼：“你以为我想这样吗？”

“不管怎么说你救了一条人命。走吧，Hero，我带你去看医生。”

一直到两人走在往诊疗室走的路上，救援人员才姗姗而来，但那女人的家属却迟迟未见。方媛说的骨科专家是个年近半百的老先生，确实很有水平，只在顾子轩腰部捏了几下就断定只是有些扭伤，休息几天就好了。同时建议他晚上用热毛巾敷一下腰部，这样能好得快一点。顾子轩答应着，正要把T恤穿上，诊疗室的门就被推开。当先一人是那个曾经面试过他的院长助理胡思瑶。但顾子轩看到随后进来的人时，空中一道霹雳炸响，脑子霎时变成一片空白。

他无论如何都想不到会在这样的情况下见到君晓寒。

“他就是顾子轩。”胡思瑶走到顾子轩身边，“冒死救下您母亲的就是他。”语气不阴不阳，颇为耐人寻味。

不会这么巧吧！顾子轩满脸惊愕，手上的T恤都忘了穿，就那么光着膀子傻站在那儿。君晓寒似乎也没想到曾经意欲对她图谋不轨的混蛋竟然没过几天忽然变成了危急关头冒死救她母亲的大恩人。脸上表情震惊、疑惑、羞愧、尴尬，几息之间，轮番变换，精彩得像是习得川剧的绝活变脸一般。

这个时候，通常来说，作为被救人家属的君晓寒应该对施救者顾子轩表达深深的谢意。然而君晓寒只是怔怔地愣在那里，顾子轩也呆立当场。两个主角都不在状态，其他人又都摸不清状况，整个屋子都陷入了尴尬的气氛之中。好在君晓寒很快反应过来，上前拉住顾子轩的手，不停地说着感谢的话。不过，从顾子轩的角度看来，君晓寒的眉梢眼角多多少少带着一些心不甘情不愿的虚情假意。想到自己刚刚冒着生命危险把那女人救上来，却被如此对待，心头顿时火起，把 T 恤套上，硬邦邦地对君晓寒说了一句："我是这里的员工，不用客气了，这是我应该做的。"

言毕也不顾其余人等有何反应，径直穿过众人走出门去。却没料到刚走出门就看到康妮正向这边匆匆而来，脸上都是担忧，但在看到他的一瞬间变幻成另一种淡然的神情，转变之快，顾子轩都没有察觉。诊疗室就在走廊的尽头，顾子轩向出走，自然避无可避，一张臭脸都被康妮尽收眼底。

"谁惹你了？脸色这么难看。"康妮伸手把他拦住。

康妮毕竟是院长，顾子轩不好给人家脸色看，只好勉强笑了一下，否认道："没人惹我，就是腰疼。"

"我听说了你的英勇事迹。你的腰没事吧？"

"没事没事，"顾子轩连忙摆手，"医生说好好休养几天就行。"

“哦，那就好。这样吧，给你半个月的带薪假期，好好休息一下。”

顾子轩呆了一下，没想到康妮这么善解人意，赶紧道谢：“多谢院长。”听到身后门响，猜想君晓寒那些人可能跟出来，遇到不免又是尴尬，立刻向康妮告辞：“那我先回去了。腰疼得受不了。”说罢，慌忙离去。

回到宿舍，顾子轩把身上的衣服换掉，冲了个冷水澡。擦拭身体的时候能从镜子里能看到腰部的青紫淤痕非常严重，灼烧一般的痛。想到君晓寒那女人片刻之前的虚伪就气不打一处来。为了救她的母亲自己几乎丢了性命，却连真心实意的感谢都没能得到。他开始相信这是一个巧合，君晓寒和记忆中的女孩只是长得相似而已。因为他真的无法接受梦境中的那个纯如水晶一般的女孩会变成现在这个模样——虚伪、功利、蛮横、无礼，丧失掉所有美好的东西，被这个乌糟糟的世界完全地浸染。

脑子里正转着这些，忽然敲门声响起。他猜想可能是方媛，胡乱地擦了擦身体，走出洗手间，找了件短裤穿上，顶着一脑袋湿淋淋的头发去开门。却不料门后站着的是君晓寒。愣了一下，他想不通这女人还来找他干什么。心中本就有气，又没有其他人在场，自然不必隐藏愤怒的情绪，隔着条门缝，硬巴巴地质问：“你来干什么？”

“对不起，我错怪你了。”君晓寒忽然道歉。

“什么意思？”顾子轩有些莫名其妙。

“我以为这次还是你和曹扬搞的把戏。”

顾子轩恍然大悟，原来君晓寒依然觉得这次还是针对她的圈套。怪不得在诊疗室里面她的表情那么复杂，道谢也显得虚情假意。是啊，如果怀疑对方已经丧心病狂到为了欺骗自己而不惜牵扯到亲人身上，没有大打出手已经是非常克制了，难得她还能装出一副感谢的表情来。

“我刚刚看到了视频图像，如果不是你，我妈就摔死了。当时那么危险，我觉得不可能是骗我的。之前在诊疗室对你态度那么恶劣，实在是太无礼了。希望你能接受我的道歉。”

“也许这次还是骗你的也说不定。”顾子轩赌气道。

君晓寒摇了摇头，十分笃定地说道：“不可能，我刚刚问了康院长，你是在两个多月前出车祸受了伤之后才来到这里，我算了一下日期，正好是你送我到医院的那一天，你应该是从医院离开之后出的事儿。说实话，对此我觉得很内疚，如果当天我没那么粗鲁地大骂你一顿，可能你也不会出事儿。”说到这里，她叹了口气，“其实你不能怪我。你想啊，上次你和曹扬是要骗我的吧，我妈又在这里疗养，今天发生意外，你又忽然出现，救了我妈，而且还是这家疗养院的员工，实在是无法不让我起疑心。你说对吧？”

顾子轩想了想，君晓寒说的也确实符合常理，换作是他或许也会产生类似的怀疑。

“能让我进去吗？或者你就喜欢这样说话？”君晓寒指了指门缝。

顾子轩颇感尴尬：“屋子里比较乱，你等我穿件衣服。”说完松开一直扶着门的手，不再阻止君晓寒进入。

由于刚搬完家，无论怎么收拾，短时间内都是没办法把屋子收拾整洁的，顾子轩只好放弃。俯身去翻装衣服的行李箱，打算找出一件干净的衬衫来穿。刚打开箱子，就感觉到有一只手在轻轻地抚摸他的腰部。

“看起来伤得很严重，医生怎么说？”君晓寒的声音在身后幽幽地响起。

她的手很冰，触碰到他身体的时候，顾子轩打了一个激灵。下意识直起身，绷紧脊背。

“只是有些擦伤。”

“是吊那个绳索造成的对吧？”

“嗯。”

“还疼吗？”

“疼。”

说完这个字，顾子轩陡然转过身。二人鼻尖相碰，呼吸相闻。君晓寒惊了一下，呼吸一窒，眼睛陡然瞪大。顾子轩看着她的大眼睛，闻着她身上淡雅的香水味，心脏跳动骤然急促起来。

似乎感受到了顾子轩的紧张，君晓寒下意识地向后退了一步。

顾子轩深吸了口气才压下心底的欲望：“你妈妈没事儿了吧？”

提起这个，君晓寒表情就变得很沉郁，低低地叹息了一声，“睡了。自从我爸死了之后她精神就不太好，几年前还好些，近两年越来越严重了。”

听到君晓寒说到这个，顾子轩立刻想到 15 年前的梦境。他绞尽脑汁地回想，把刚刚救过的老妇人和曾经出现在梦境中的那个满脸阴郁的漂亮女人相互对比。片刻后，颓然放弃。前者是没有在意，所以记不太清；后者是因为时间久远，记忆斑驳，反正两个都是面目模糊，自然无法相互印证。

顾子轩正想着，君晓寒忽地盯着他问：“你能答应我一件事儿吗？”

“什么？”

“如果可以的话，我想请你吃顿饭？”

顾子轩自然知道她是要感谢他，刚想拒绝，君晓寒“倏”地贴近他，呵气如兰地说道：“不许你拒绝。”

君晓寒的眼睛长而媚，眼波潋滟。顾子轩顿时就迷离在那双眸子里说不出话来。

“好，那就定在明天晚上。我来接你。”说罢，君晓寒飘然而去。

顾子轩呆立在原地，半晌才回过神来，心在胸腔里跳得急促。

转眼到了第二天，顾子轩专门去看了住在2号楼401室的那个女人。他听方媛说这女人有严重精神疾病，犯病的时候还挺危险的，所以她住的房间都是特制的，屋子里所有东西都没有尖锐的棱角，就连墙壁都贴着一层厚厚的防护泡沫。隔着玻璃门看着她躺在床上昏睡，脸型似乎差不多，只是晓寒的妈妈年轻美丽，而床上的女人苍老丑陋，一副病入膏肓的样子，因而顾子轩最终依然无法将她与梦境中的晓寒妈妈对应上。

经过一晚上的休息，顾子轩的腰好了很多，起码淤青明显消退。中午的时候方媛来给他送饭，神秘兮兮地问他要不要听一个好消息。然后不等顾子轩回答就竹筒倒豆子一样说了出来。原来院里决定要表彰顾子轩，据说还有很丰厚的物质奖励。顾子轩最开始还在想能奖励他多少钱，后来想起自己还欠院里不少医疗费，恐怕钱发到手上，转眼又都得交回去。这么一想，原本还有点兴奋的心情立刻就平复了。

方媛对顾子轩的反应非常不满意，按说听到这个消息怎么也应该很开心才是，可是对面这家伙竟然连笑容都没有。顿时觉得自己的一腔热血付诸东流，心有不甘之下就缠着顾子轩让他答应奖金到手立刻请吃饭，直到顾子轩同意这才心满意足地离开。

吃完午饭后，顾子轩从还未归置完的箱子里把之前新买的绘画工具翻了出来。既然被康妮院长放了假，这段时间倒是可以试试看能不能把绘画的能力重新捡起来。待阳光弱一点之后，顾子轩就走出去，在树阴下支了一个画架，信笔描绘周围的景物。但画了好几张都找不到感觉，只好一张一张地扯下来，团成团扔在脚下。如此反复几次，就有些心力交瘁，想着是不是要改日再来。正要把画夹、画板都收拾起来，忽然看到落落从楼里跑出来，在不远处的草地上欢呼跳跃，清脆的笑声飘满天空。恍惚间，好像又见到了那个在夕阳的巷子里抡着棍子向着他疯跑的女孩。

好像身体里的某个按钮突然被激活，强烈的绘画欲望攫住整个灵魂。似乎是用了很短的时间，顾子轩就完成了一幅画。但实际上花费的时间却相当长，看太阳在天空中移动的位置就能看得出来。他太专注了，以至于忽略了时间的流逝。他画的是第一次见到落落时的画面。阴雨初晴的黄昏，冲出云海的夕阳，穿着红雨鞋的小女孩披着满身的阳光冲着他温柔地笑。他的两手都是油彩，画到最后笔已经不知道被他扔到哪里去了，完全靠手指的涂抹完成了最后的工作。他久久地站在那幅画前，15 年前的夕阳穿透画纸，记忆的闸门再次开启。

“你真是越来越令我惊讶了。”忽有人出声赞叹。

顾子轩蓦然从回忆中挣脱，这才发现康妮正站在他的身边。

“如果不是亲眼看到，我绝对不会相信这么棒的作品会出自你的笔下。”康妮盯着颜料尚未干透的画布，瞪大了眼睛，“看得出来你没受过专门的训练，但却很有天赋，”她顿了顿接着说，“或者，应该说你是个天才。这么多年我看过不少所谓画家的作品，也曾附庸风雅地收藏过一些，但今天我看到你的画，我才知道我收藏的那些都是垃圾。”

这样的称赞是顾子轩从来没有听过的，更何况说出这番话的还是康妮。从他进了疗养院就没少从方媛那里听到关于康妮的八卦。自小生活在美国，大富之家，极其聪明，哈佛商学院的MBA，没回国之前据说是华尔街某投行的高管，年薪千万美元。被加诸这许多修饰的人所具有的眼界就算低也不会低到哪儿去。

“再说下去，我就要飘起来了。”顾子轩被夸得有些不好意思。

“相信我，你当得起。”康妮微笑道，忽然又问，“有没有想过要在这条路上继续下去？”

“当一名画家？算了吧，”顾子轩笑了笑，“我只是画着玩儿而已。那太不切实际了，我知道自己有几斤几两。”

“错，你不知道。”康妮伸出纤细的手指在顾子轩面前摇了摇，“我认识好几位颇有名气的画家。他们的努力是你想象不到的，但无论付出多少心血，他们的画作中流露的都是刻意雕琢的匠气，没有一个人的画作像你的这幅这么生动而富有灵气。有些时候你不得不承认，天赋这个东西是最大的不公平，无论怎样的努力，在有天赋的人面都显得不堪一击。你花费千百倍心血所达到的境界，人家举手投足间就能越过。你懂我说的意思吗？你所具有的是所有人都羡慕嫉妒到发狂的天赋。你应该珍惜这种上天赋予你的才华，而不应该浪费它。相信我，假以时日，你的名字会被很多人知道。”

“你真的这么认为？”顾子轩有些惊讶。

“是的，没有比这更确定的了。”

“那你觉得我这幅画能值多少钱？”

“无价。”

“好吧。”顾子轩把已经干透的画布从画架上扯下来，笑着递给康妮：“送给你，康院长。你刚刚说了这辈子我从没听过的赞赏。”

“你不信我？”康妮接过那幅画，语气有些变冷。

“我信。”顾子轩一边收拾绘画的工具一边笑着说道：“你不知道我多希望这个世界上所有人都和你一样，哈哈哈，这样我轻轻松松画一幅画就能衣食无忧了，何必窘迫到几乎要流落街头的境地。可惜啊！这个世界上只有一个你。”

“我可以证明给你看。”

“怎么证明？”

“我去给你这幅画找一个买家。”

“好吧，随你。”顾子轩看了一眼将要落山的夕阳，君晓寒晚上要请他吃饭，时间已近，他还要去准备一下，只好歉意地对康妮道："我晚上还有点事儿，要先走一步了。"说完拎着装着画架画板的口袋向宿舍走去。走到十几步，忽然转过身，"对了，院长大人，如果你真把那幅画卖出去，记得要请客啊！"

只剩下康妮还站在原地，手中拿着那幅画，看着渐渐远去的顾子轩，一直冷冰冰的脸上忽然浮现出淡淡的笑容。

第 9 章 困惑

君晓寒请顾子轩吃饭的地方叫厚味居，隐藏在一片颇为破落的居民区里。平房，七八张桌子，没有包间也没有 VIP，就一间大屋子里挤着，隔着一道门帘子就是后厨。只有夫妻两个人，典型的夫妻店。男主人既是跑堂的伙计又是做菜的厨师，四十多岁的样子，满脸络腮胡子，看着凶悍其实非常和善。女主人倒是颇为娟秀，小脸小身段，有小家碧玉的婉约气质。

如果不是君晓寒带他来，打死顾子轩也找不到这么隐蔽的地方。听君晓寒介绍说是家很有些年头的老店，店主姓褚，是庆山鼎鼎有名的鱼脍名家，成名于民国初年。一家小店能存活百年是有原因的。“谷雨见鲥鱼”，年年如斯，准确无误。鲥鱼娇贵，出水即亡，但鱼肉非常娇嫩。褚大厨功夫了得，用薄薄的猪网油将稍微腌制过的鲥鱼裹起来，撒上葱白、姜丝和黄酒旺火清蒸，出来后鲜汁饱满，用筷子在鱼身上轻轻一戳，能见鱼汁如泉涌，脂质尽融于汤，吃起来鲜而嫩，肥而美，鱼汤肥腴醇厚。张爱玲三恨之一说的就是“鲥鱼多刺”。虽味美无比，就是吃起来麻烦，不愧为长江三鲜之首。顾子轩对此毫不了解，只是觉得美味得要把自己的舌头吞了下去。

两人一边吃一边说着话，从最初的生涩逐渐变得熟络起来。自然会说起第一次见面，曹扬裹挟顾子轩设计她的事情。也没有什么可隐瞒的，反正事情早就败露，顾子轩就把事情的始末告诉给君晓寒。谁知道君晓寒听完之后竟然颇感意外，原来她一直以为那几个老外也是曹扬雇来演戏的，现在得知事情真相更是对顾子轩的见义勇为感激无比。

“你知道吗？曹扬前些天来找过我一次，质问我是不是把你杀了。然后你猜我怎么回答的？我恶狠狠地说是，不仅把你杀了，还把你剁碎了喂狗。哈哈，你想象不出来他当时的表情有多么精彩，一张胖脸吓得煞白。他真的信了，真的相信我把你给杀了。”君晓寒大笑着说。

虽然是玩笑话，但顾子轩却听得有些心惊肉跳，笑着解释道：“当天晚上我被车撞了，手机也丢了，手臂骨折，在床上躺了一个月。我这人脑子笨，记不住电话号，所以也没办法告诉他一声。”

君晓寒带来一小坛黄酒，只给自己倒了一小杯，其余的都推到顾子轩面前。顾子轩对酒没什么偏好，平常都喝啤酒白酒，倒是很少喝黄酒，此时发现黄酒配鱼脍，倒别有一番风味。那酒入口温润绵软，十分醇厚，度数又低，连喝了几杯都没有醉意。奇怪的是君晓寒只是喝了一小杯，就有些不胜酒力的样子，脸颊酡红，配上迷离的眼神，盯着顾子轩看的时候就有些媚眼如丝的味道。

顾子轩心跳如鼓，口干舌燥，只能不断地喝着鱼汤来掩饰。

“如果不是在医院听到你和曹扬的那个电话，说不定你们真的成功了。”

正喝着汤，听到君晓寒如此说，顾子轩呛了一下，一边剧烈地咳嗽，一边对着君晓寒猛摆手，断断续续，涕泪横流地笑道：“你是成心的吧！想要呛死我。”

即便顾子轩咳得很惨，君晓寒还在兀自说着，只是伸手从纸抽里抽出餐巾纸递给顾子轩。

“我第一次见到你就觉得有些熟悉，就像一个认识了好多年的朋友，虽然分别了很久，但再见面的时候依然会觉得亲切。可是我又很清楚地知道咱俩之前从来没见过。很奇怪，一看你的眼睛，就又觉得似曾相识。那天在医院我把你赶跑了，之后的几个月我一直都在想我究竟在哪里见过你的眼睛。”

顾子轩总算从呛咳中缓过来，听到君晓寒的这番话，心里就如同暴风雨下的海面一样，波涛翻滚，浊浪排空，但脸上却不得不佯装古井无波：“那最后你想到了吗？”

“想到了！”君晓寒点头。

“是谁？”顾子轩虽然知道不可能是自己，但心还是猛地抽紧。

君晓寒却没有继续说，而是伸手给顾子轩倒酒，又给自己倒了一杯水，然后柳眉一展，问道：“你有没有遇到过很诡异的事情？”

顾子轩有些莫名其妙：“我不太懂你是指什么。”

“就是那种很难用常理解释清楚的事情。”君晓寒解释道。

顾子轩一下就想到了车祸后做的那个怪梦，下意识看了一眼君晓寒，心想再诡异还能比这个更诡异么？摇头否认：“没有吧！”如果说有的话，君晓寒势必会盘问不休，他说谎话的水平奇烂无比，肯定没办法立刻就编一个圆滑的谎来敷衍她，这样倒不如直接否认来得简单。

君晓寒似乎早就预料到顾子轩的回答，话音刚落，她便开口道：“我 5 岁的时候，爸爸在私人开的黑煤窑挖煤，因为塌方死在下面，连尸体都没挖出来。后来我妈妈带着我改嫁到另外一个城市。继父是个酒鬼，因为酗酒，丢了工作，大多数时候都在外面鬼混，偶尔回来也是醉醺醺的倒头就睡。继父的父亲，也就是我的爷爷，患有严重的老年痴呆症。我隐约记得妈妈说过爷爷不能动也不能说话，只能坐在轮椅上，吃饭撒尿都要妈妈伺候。妈妈在街上摆了一个卖针头线脑的杂货摊，早出晚归地经营着。有时候我也跟着妈妈去街边看摊，但大多数时候妈妈把我留在家里照顾爷爷，给他喂水，擦脸。”

听到这里，顾子轩整个人都像扯满的弓一样绷紧，他已经可以确定君晓寒就是梦中的那个晓寒，因为她描述的内容都和自己经历过的梦境一模一样，却无论如何也想不通为什么自己的梦境会同君晓寒的经历相互印证。虚幻和现实在一瞬间交缠在一起，无法分辨。

“我清楚地记得那是一个夏日的黄昏，我把爷爷的轮椅推到院子里，因为妈妈说偶尔让爷爷晒晒太阳对身体有好处。这个时候，奇怪……不，应该说是神奇的事情发生了。原本口眼歪斜，脸只能朝向一侧的爷爷竟然转过脸来盯着我看，两只眼睛熠熠发光，一点都不像平常那样浑浊和呆滞，反而是灵动且清澈的。”她忽然停住，目光灼灼地盯着顾子轩，下一秒就伸出手来，隔着桌子去摸他的脸：“你的眼神和爷爷的一模一样。这就是我想到的，也是为什么会觉得熟悉的原因。”

顾子轩木然地呆坐着，任凭君晓寒的手贴在他的脸上。他发现君晓寒的眼睛亮得吓人，眼眶中有泪水滚动。他能想象得到，她必定沉浸在回忆中，那些夏日午后，他们一起度过的美好时光。他还记得她在夕阳下跳舞的美丽，还记得她喂自己水喝时的乖巧，还记得她的撒娇和搞怪……但最后，记忆不可避免地会滑向那个充满血色的时刻。不知道君晓寒是否还记得，顾子轩却希望她永远忘记。

两个人都沉浸在对过去的回忆中。就在这时，音乐声忽然响起。君晓寒倏地醒转，尴尬地抽回自己的手，去翻包里的手机，看了一眼，关掉，带着些歉意说道：“我们今天先到这里怎么样？我有点急事要去办一下。”

顾子轩怔了一下，没想到君晓寒会突然就要离开，忙问：“需要帮忙吗？”

“不，不需要，是我的一些私事。”

“好的，那你快去吧！”

君晓寒看来是真的觉得抱歉，轻轻地捏了捏顾子轩放在桌子上的手，“下次我再好好请你。”顾子轩自然推说客气。到收银台结了账，两人出了店门，一起往君晓寒停车的地方走去。时间刚过晚上8:00，暑热消退，夜风轻拂，浑身舒泰。停车位置不远，两人很快走到。君晓寒拉开车门，俯身从副驾驶的位置上拿出一个硬纸袋，笑着递给顾子轩。

“是什么？”

“送你的，不许拒绝。”

纸袋里是个呈矩形的小盒子，包装成礼品的模样，上面还用红色丝带扎成一个漂亮的蝴蝶结。

“好吧，那我就收下了。”

“那我走啦！”君晓寒捋顺了一下被夜风吹乱的头发，坐进车里。

“快走吧！”顾子轩帮她关上门，摆了摆手。

车子启动，离开。顾子轩站在原地，直到看不见车子的影子。他长长吐了口气，脑子里已经是纷乱一团。虽然心里早已有君晓寒就是晓寒的怀疑，但之前一直认为是巧合，只是刚刚君晓寒的一番话已经将那些不确定性彻底击碎。无论他接受与否，梦境中的晓寒就是君晓寒无疑。认清了这个现实，他就开始纠结于要如何同君晓寒相处，曾经有一瞬间他心中又一股冲动想要把那个梦境讲给她听，还好及时地把这股冲动压下来。因为说出来的结果只有一个，那就是被君晓寒认为他是个疯子。最后他摇头叹息一声，决定把那个怪梦永远都放在心里。至于君晓寒，还是顺其自然吧，本就不应该抱有什么奢望的。正暗自神伤，忽然有嗡鸣的震动声从袋子里传来。顾子轩吓了一跳，把那盒子拿出来。声音就是从盒子里传出来的。撕掉包装纸，打开盒子，里面是一款时下最流行的手机。手机屏幕亮着，显示着来电人的姓名——君晓寒。

按了接听键，就听到君晓寒在电话那边咯咯地笑：“惊喜吧，哈哈，这是我的手机号，记住啦。”

“咳咳，这礼物有点贵重吧！”

“就是一个礼物而已，我听说你手机丢了，就送你一个呗，这样下次我找你的时候会很方便。而且我还有事儿求你。”

“啊？什么事？”

“下个月我结婚，希望你能来。我这个人没什么朋友，娘家那边也没什么亲属，不想场面太难看，所以——”

“啊，恭喜恭喜。没问题！”

“那就这样说定了啊！到时候你可一定要来。”

“嗯嗯，一定。”

挂断电话，顾子轩怔怔地发了半天呆。消息太突然了，他根本没想到君晓寒真的会嫁给曹扬他爸，而且还这么急促。在顾子轩看来，君晓寒和曹龙刚两个人在一起无非是情色交易。曹龙刚已经年过半百，君晓寒却正值妙龄，两人之间是否有真爱已经不重要，重要的是利益。曹扬曾经说过，曹龙刚身体不是特别好，还有心脏病，如果某一天出现什么意外，曹家的偌大家业，恐怕少不了君晓寒的一份。这也是曹扬一直都在担心的事情，现在看来，曹扬的阻挠显然已经彻底失败了。

可是，真的会是这样吗？君晓寒真的是因为想要分曹龙刚的家产而嫁给他吗？顾子轩无比排斥这个理由，因为他无论如何都不想承认君晓寒是一个为了钱财不惜出卖色相肉体的女人。但事实上是，君晓寒没有工作，出手阔绰，衣着奢华，开着一辆奥迪跑车，母亲住在价格昂贵的疗养院中。以上种种，顾子轩似乎想不承认都不行。

沿着街边漫无目的地闲逛，脑子里思绪纷乱。顾子轩正走着，忽然一声刺耳的鸣笛，一辆破旧不堪的捷达轿车嘎吱一声停在他的身边。车窗摇下，露出一个女人的面孔。路灯昏暗，起初顾子轩并没有看清是谁，直到那女人喊了一声他的名字。

“唐珊，怎么是你？”

“这么惊讶干吗？为什么不会是我？”唐珊乜斜了顾子轩一眼，顺手推开副驾驶的车门，“上来，这几个月你消失了吗？手机关机，去你公司找你，他们说你早都辞职了。要不是今天碰上，我还以为你出什么事儿了呢。什么情况啊我说你？李烨好不容易帮你介绍的工作，你怎么不声不响就辞职了？害得李烨被指责了一顿，说介绍过来的人一点不靠谱，不仅能力差，还没有责任感。”

唐珊伶牙俐齿，顾子轩被劈头盖脸地一通数落，连还嘴的空隙都没留，趁着对方停歇，马上恼怒地反驳道：“那能怪我吗？你知道他们怎么对待我的，一群人坑我一个，都是那群王八蛋逼我的啊！”提起这个，顾子轩就火大，把张亚楠捉弄他的事情，以及辞职的前因后果都说给了唐珊听。

还没等顾子轩说完，唐珊的火就上来了，不禁破口大骂起来，并扬言要带顾子轩去找那群混蛋讨回公道。最后反倒是顾子轩好说歹说才把她的情绪给平复下来。

“我错了，这事儿确实不怪你。不过子轩，你总是这样可怎么办啊！从我认识你的那天你就被人欺负，到现在还是这么怂啊！”说到最后，唐珊又是一副哀其不幸怒其不争的口气。这种对话自然不是头一次出现，顾子轩也早就懒得和唐珊去争辩。唐珊也知道自己说一百遍一千遍也改变不了顾子轩，但她就是见不得顾子轩受气被欺负，以至于每次遇见都会重复一遍这个话题。

“好了好了，我不说了还不行嘛，你看你看，又是这副表情。”唐珊无奈道，顿了一下，“你应该不急着回去吧，既然遇见了你就跟我走。我和李烨今天约了两个大老板，关系都很不错，如果谈得好，看看能不能给你找个活儿干。”

“不用了吧，我现在有工作。”子轩拒绝道。

唐珊转过脸颇为惊讶地看了他一眼：“行啊你，什么工作？”

“疗养院护理师。”

“别骗我。”

“真没骗你。”

“护理师能赚多少钱啊，你一个男人怎么去干那个啊，伺候老头老太太吃喝拉撒的，糟不糟心啊。你姑姑知道吗？不行，你还是别干这个了吧！”

顾子轩想说凭什么啊，我这个护理师的工作可比之前那破推销的强多了，但看唐珊那么热心，就把已经到了嘴边的话咽了回去。唐珊一片苦心，自己要是拒绝显得太不近人情，反正到时选择权在自己这边，她再怎么强势也不可能把他绑去吧！

“我跟你说，我和李烨打算自己干。要是真能成，你就过来给我们帮忙，看谁还敢欺负你。”

看着唐珊满脸的关切，顾子轩心中颇为感动，活了二十多年，真正关心他的人，除了早逝的父母，姑姑和姑父之外，唐珊可算作第一了。两人是情侣时一点不来电，做朋友便成了最好的选择。唐珊比顾子轩小一岁，但若论心理上的成熟度，两个顾子轩捆一起都抵不上一个唐珊。因而，这么多年来，顾子轩自愿或不自愿地没少被唐珊“照顾”。

“你真敢用我啊？先说好，我可啥也不会干，只会吃。”顾子轩开玩笑道。

“别把自己说得那么不堪，”唐珊白了顾子轩一眼，“我又不是第一天认识你，你什么样我还不了解啊，你的缺点就是懒散，要是真想做什么，我绝对相信你能比所有人都做得更好。退一万步说，就算你啥也不会干又能怎么样，一个闲人我还养得起。”

“停停停，再夸我就飘起来了啊。”

“真拿你没办法，”唐珊叹了口气，接着又问：“对了，你去过君悦没？”

顾子轩摇头：“没去过。”

“走吧，今儿个姐姐带你见见世面去。”唐珊一扫沮丧之气，意气风发得像是一个得胜归来的女将军。一踩油门，捷达车的发动机发出喘气一样的声音，接着浑身一颤，吱吱嘎嘎地向前冲去。

顾子轩坐在车里听着车子发出的声音，牙酸的同时更觉得胆战心惊，真怕什么时候这车忽然解体，变成一堆零件在公路上飞驰。幸运的是顾子轩的担忧并未发生，一直开到君悦酒店的停车场，车子还完好无损。两人下了车，进了大厅，说了包厢的名字，就有穿着华丽，身材高挑的女侍者在前面优雅地带路。据说这酒店是省内唯一一家超五星级的酒店，凡是到庆山来的名流政要，无不选此处为下榻之地。

据唐珊说，李烨订的是一个叫“云水谣”的小包间，听着名字倒是透着一股雅致。等两人随着侍者进了包间的门，就看到两胖一瘦三个男人已经正在一边吃一边闲聊，间或嘻嘻哈哈地笑着。

其中一个又胖又高的是李烨，另外的一胖一瘦顾子轩却不认得，想必就是唐珊片刻前所说的两个大老板。

顾子轩看到李烨看向自己时脸色一沉，但旋即又恢复到满脸笑容的模样。他一直知道李烨不太待见他，也理解，毕竟他之前和唐珊有过一段。男人嘛，多多少少都会有点嫉妒之心。因而，自从他和唐珊分开以后，就有意识地和唐珊保持距离，并慢慢疏远，就是怕因为自己影响他们两人的关系。

“对不起，对不起，秦总，岳总，路上堵车，来晚了。”唐珊一进屋就满脸歉意地说道。

“小唐你太不地道了，来这么晚，自罚三杯吧！”率先说话的是中等身材的瘦子，脸型瘦削，光头，三角眼，面相猥琐，如果粘上毛的话就活脱脱是一只大老鼠成精。

“秦总说得对，不自罚三杯真说不过去，等你半个钟头了。是吧，李烨，有半个钟头了吧？”在一边添油加醋的是一个又白又矮的胖子，塌鼻凸眼，脸部的皮肤坑坑洼洼的像翻转了的石榴皮，一边说着一边还不忘回头去找李烨求证。

后者干笑了两声，竟然随声附和起来：“唐珊确实不对，该罚该罚。”

顾子轩看着李烨那张胖脸就生气，自己女朋友要被人灌酒，当男友的不去解围也就罢了，反倒助纣为虐，这算是什么东西啊！唐珊想必也没料到李烨会这样说，脸上的表情就有些僵，但很快就恢复正常，眼看着三个杯子都已经斟满了酒，只能勉强笑道：“好，我认罚。”说罢就要伸手去端酒杯。

顾子轩看不下去，伸手拦住唐珊，抢过酒杯，转向那两人，赔笑道："两位老总，唐珊来晚了是因为我，这酒啊该我替她喝。"说完，也不等二人同意与否，一口一杯，瞬间将三杯酒都灌了进去。酒店的杯子有好多套，喝红酒的有高脚杯，喝白酒的有瓷盅，喝啤酒的话大多用三两多的广口玻璃杯。那两人也不知是恶作剧使坏还是真的对唐珊心有不忿，53度的飞天茅台满满登登地倒了三大广口玻璃杯，至少有一斤的量。

三杯酒喝完，其余四个人都呆立在当场。谁也想不到顾子轩会突然冒出来去抢喝三杯罚酒。这么一搅和，场面就变得有些尴尬。饭局是李烨和唐珊两人约的，请的是秦、岳两人，自然是对秦、岳二人有所求。唐珊本应喝罚酒表现自己的低姿态，却不料被顾子轩搅了局，秦、岳两人必然觉得心里不爽。李烨的脸都黑了，好不容易约来两人，本打算招待好了，就能拿到供货的名额，却不想会出现这样的状况。唐珊也是手足无措，不知如何是好，她心里清楚顾子轩是为她出头，但也不免有些怪他多管闲事。

姓秦的瘦子冷笑了一声，看了顾子轩一眼，又转头看向李烨，"李烨你也没给我们介绍一下，这位是……"

没等李烨说话，唐珊抢先介绍道："我弟弟，不太懂事，您二位别往心里去，说不定以后还得请两位老总多多关照。"

"可别这么说，"岳胖子冷哼了一声，皮笑肉不笑地道："小伙子很有量嘛！我看啊以后的发展不可限量，哪儿还需要我们这种小人物照顾啊！你说是不是，老秦？"

此时坐在椅子上的顾子轩却觉得天旋地转，眼前一阵阵发黑，周围几个人说话的声音时近时远，飘飘渺渺的听不真切，肚子里翻江倒海，加上之前和君晓寒吃饭的时候就喝了不少黄酒，劲头上来，捂着嘴就往洗手间跑。好在包间的位置距离洗手间不远，顾子轩冲进去就是一阵狂吐，吐得肠子痉挛、天昏地暗。吐完盖上马桶盖子，在上面坐了好久才缓过神来。起身推开厕所的门，脚步虚浮地走到洗脸池跟前，用冷水洗了两把脸才觉得七魂六魄归了位置。然后踉踉跄跄地从洗手间出来，还未等辨明包间的方向，就听到有人喊他的名字。回身仔细一看，发现喊他的人竟然是康妮。

“啊，康院长，这么巧你也在。”顾子轩靠在走廊的墙壁上，眼睛有些呆滞地看着康妮，尽量想要把自己的身体站直，但身体却不由自主地贴着墙向下滑。

眼见顾子轩就要滑到地面上，康妮赶紧上前一步扶住他的身体。浓郁的酒气扑面而来，她被熏得几欲窒息，蹙眉问道：“怎么喝了这么多的酒？”

对于刚刚在包厢里的遭遇，顾子轩心里满满的都是怨念，康妮一问，就不忿地抱怨道：“妈的，有两个混蛋，灌——灌我。”

“谁灌你的？”

“不——不知道。”

康妮被气得笑了：“在哪个房间，我去看看谁灌的你。”说到最后语气渐冷。

“就——就是——那——那个。”顾子轩迷迷糊糊地伸出手指胡乱指了一下，连他自己都没有看清方向，强烈无比的困倦感猝然袭来，眼皮如同坠了一千斤的巨石，猛地将他扯进一团黑暗中。

康妮看着瞬间昏睡过去的顾子轩摇头苦笑，回头去叫身后一直站着的助理，“小雨，你过来帮我扶着他。”然后又喊来一个服务生，“你俩扶着他跟我来。”

从顾子轩起身跑出去至现在已经过了 15 分钟之久，唐珊心里担忧，她知道顾子轩的酒量很差，但刚刚把秦岳两人哄好，她怕自己出门去找顾子轩的话会再次触怒对方。

李烨正和秦、岳两人谈到关键处，包间门忽然被打开，闯进来好几个人，又都是陌生人。从顾子轩来之后李烨心里一直压抑着的怒火就都爆发出来，指着闯进来的康妮几人喝骂道：“你们谁啊？不知道敲门吗？没看我们正在谈事儿吗？”

康妮不理李烨的喝骂，环视了一下屋中四人，刚要问是否有人认识顾子轩，话还未等说出口，唐珊已经喊出顾子轩的名字。圆桌围着四个人，有五把椅子，空着的那个位置的桌面上摆着还残留酒渍的酒杯。康妮径直走过去，脸上还笑着，拿起其中一个杯子，转脸看岳胖子，厉声问：“你灌他酒了吗？”

岳胖子哆哆嗦嗦地站起身：“康总，您，您怎么来了？”

“哦？你认识我？”康妮颇感意外。

“我是庆山通信的小岳啊，之前有幸在集团的年会上见过您一面。”

“那好，我问你，你灌他酒了？”康妮语气冷得呵气成霜，顿了顿又看向姓秦的瘦子，“还有一个，是你吗？”

“对不起，康总，我觉得肯定有什么误会。”秦瘦子摇着手，满脸惊恐地辩解道。

“哦，误会。”康妮笑吟吟地重复着后两个字，若无其事地对李烨道：“对不起，这是一个误会，你们接着谈，相信以后会有更大的误会。”说罢，转身离去，带走了顾子轩，只留下唐珊木然呆立，转身看了一眼其余三人，庆山通信的岳总还在张着大嘴，秦姓瘦子魂不守舍地站在那里不知道在想什么，李烨则在一旁一头雾水。

唐珊的心整个向下坠去，这下什么都完了，被视为救命稻草的两个大人物恐怕自身难保，更别提照拂他们，只求不要因此事而被迁怒就好。姓岳的称那女人为康总，又吓得面如死灰，背景恐怕深厚到难以想象的程度。但更让唐珊感到匪夷所思的是：她是为了顾子轩出气。她不是第一天认识顾子轩，如果这个世界上排一个最了解顾子轩的榜单，那她绝对是 No.1。上次见他的时候是在几个月前，那个时候，顾子轩贫困潦倒，还是她求李烨帮他推荐了销售办公用品的工作。没想到就这么几个月之间，顾子轩竟然勾搭上了这么厉害的女人。真是可恶的家伙，隐瞒得这么深，还说什么做疗养院的护理师，傻子才会相信。

顾子轩不知道自己睡了多久，昏昏沉沉中曾听到有人叫他的名字，努力挑起眼皮，眼前的人一会儿是康妮，一会儿又变成了君晓寒，倏忽间好像又回到了大榆树镇的河边，落落站在柳树下冲着他甜甜地笑，笑着笑着又拉起他的手跳舞，嘴里面哼唱着的就是那首一直魂牵梦绕的旋律，但这次却能听出词句，只是那歌词似乎并非是汉语，他听不懂含义。接着场景忽然换到了砖窑内部，落落被那几个坏孩子围着，绝望地哭泣，他拼命想要冲过去救落落，却被段青死死按着，眼看着落落就要被欺负，光影变幻，被围在中间的落落又变成年幼的君晓寒，坏孩子则变成了她那个混蛋继父。他看到一个白发苍苍的老人挥舞着锤子冲过去，将那男人打倒，又看到君晓寒高高举起的锤子，眼前一片殷红。

他猛地从梦境中醒来，发现自己躺在一个陌生的房间，陌生的床上，被子里的身体光溜溜的什么也没穿，他吓了一跳，第一个念头是难道自己又做怪梦了，看了一下手臂，上面有一处疤痕，是小时候学自行车摔倒被玻璃碎片割伤遗留下来的。这才确定自己没做梦。躺在松软的床上，揉着胀痛的太阳穴想了好久，只记得醉酒前的一些场景，醉酒之后的都忘得一干二净了。他都不知道自己是如何来到这里的，也不知道这里是什么地方。

他掀开被子，下了床，看到床前的矮凳上放着一套男式的睡衣，穿上，走到窗前撩开窗帘向外面看了看，太阳已经升起，天空湛蓝，是一个好天气。蹑手蹑脚地走出门，发现有一道旋转的楼梯通向楼下，同时传来热油的嗞嗞声。踩着楼梯，一步一步向下，下面是个开放式的客厅，面积极大，恐怕有近百平方米，全是落地的玻璃窗，窗外绿草如茵，林木葳蕤，晨光从林木间射过来，仿若置身于树林中一般。

楼梯尽了，他踩在地板上，看到一个女人穿着天蓝色的居家服，背对着他一边哼着歌一边在煎着鸡蛋。他恍惚了一下，这个画面似曾相识。很多年前，车祸没发生的时候，妈妈也曾这样给他准备早餐。香喷喷的煎蛋，美味的豆浆。他思量着要怎么打招呼才不会显得尴尬。正在这时女人转过身，把煎好的鸡蛋倒进餐盘里。

他顿时目瞪口呆，因为他发现那女人是康妮，脑子“嗡”一下，这才依稀想起昨天晚上曾经在酒店里遇到过她。可是之后又发生了什么他一点都想不起来，想必醉倒之后被康妮带回来，想到自己刚刚是光着身子的，羞愧得恨不得地面上裂出一条缝来让他钻进去才好。

康妮自然也看到他：“你醒了，要不要先去洗个澡，早餐马上就好。牙刷和毛巾在第一层抽屉里，你拉开就能看到。你的衣服昨天脏了，我帮你洗净烘干，也在浴室里。”

顾子轩脸红脖子粗，几乎不敢直视康妮的脸，唯唯诺诺地点了点头，然后木然地被康妮推进了浴室。洗漱完毕，穿好衣服，当两个人面对面坐在餐桌两端的时候，顾子轩依然尴尬得要死。早餐有煎得焦黄的鸡蛋、牛奶、切片面包、培根和蔬菜沙拉，虽然很丰盛，但都是西式的风格，用的自然也是刀叉。顾子轩更喜欢肉馅包子就着咸菜喝粥，现在却没有选择的余地，只能笨拙地拿着叉子对付盘子里的煎蛋。心里却祈祷着康妮千万别提昨晚上发生了什么，因为他一点都不想知道。此时此刻，他只盼望能够尽早离开这个对他来说如同热锅一样煎熬的地方。

可惜天不遂人愿，康妮慢条斯理地吃着蔬菜沙拉，一点都没有想要尽快吃完的意思。间或抬头瞥他一眼，那双锐利的眼睛，每次扫过他的身体，他后背的汗毛都会刷地立起。顾子轩机械地咀嚼着嘴里的食物，舌头的所有味蕾似乎一起失灵了，味同嚼蜡一般。两个人谁都不说话，只有餐具互相碰触的声音在空旷的客厅中不时响起。顾子轩知道不可能一直沉默下去，他偷眼打量康妮，那女人正端着杯子小口啜着牛奶，微仰着头，修长的脖颈展露无遗，因为昂着首，她的胸部挺起，睡衣上就显出两个明显的凸点。顾子轩慌忙收回目光。

却不料康妮如有所觉般瞥了他一眼，一边拿起餐巾擦嘴角的奶渍，一边淡淡地问道：“你昨天怎么喝那么多酒？”

并不是顾子轩担心的话题，松了一口气，咽下口中食物，喝了口水，然后把事情的来龙去脉说了一遍。

康妮“哦”了一声，又道：“以后不要喝那么多酒了。”

“嗯。”顾子轩点头。

“因为你酒后会失言。”

“啊？”

“你想不想知道你昨天晚上都说了什么？”

“……”

“你喜欢君晓寒啊？可是你俩应该刚刚认识吧？你以前就认识她吗？”

“……”

“她要结婚了？”

“……”

“你知不知道你昨天晚上喝多了抱着我痛哭流涕地哀求我不要嫁给那个姓曹的老头子？我想了一下，姓曹的应该是曹龙刚吧？庆山的土大款，啧啧。”康妮咂着嘴，一副等着看好戏的可恶模样。

如果现在有人能够提供给顾子轩一把上满了子弹的手枪，顾子轩绝对会把所有的子弹都射进自己的脑袋。他昨晚上究竟做了多少令人发指的事情啊！他有种想要跪在康妮面前求她别说的冲动，因为他无比恐惧康妮接下来会说出更令他羞愧的事情。

好在康妮没有继续说下去，反而深表同情地安慰道：“放心吧，我不会说出去的。”

听到这句话，顾子轩如蒙大赦。

“不过我也希望你答应我一件事情。”康妮目光炯炯地盯着他的眼睛。

“你说。”

“帮我画一幅画。”

“这么简单？”

“嗯，那是我做的一个梦，我讲给你听，你帮我画出来，怎么样？”

“成交。什么时间？”

“不急，等我准备好了就会找你。”

“没问题。”

康妮朝顾子轩伸出手，笑容从嘴角荡漾开，狭长的眸子闪烁着幽深的光芒。

顾子轩下意识地伸手去握，和上次相比，这次要温暖好多。

吃完早餐后，康妮问顾子轩要去哪里。顾子轩这才想到康妮刚给他放了几天假，但除了疗养院似乎也没有别的地方可去。康妮便说正好她也要回疗养院，不如一起。顾子轩心里其实不愿意搭康妮的车，但却没办法拒绝，只好同意。只是车还未等驶出庆山市，就有电话打进来，掏出来一看，有些熟悉，接通之后就听曹扬在电话那边大吼，质问他这些天死哪儿去了，为什么一直没有联系他。顾子轩哀叹一声，说这段时间发生了太多的事情，电话里说不清楚。曹扬却说，既然电话里说不清楚那就当面说吧，随后说了一个酒店的名字，让顾子轩必须过去找他。还未等顾子轩答应，那边就挂了电话。

放下电话，顾子轩有些发怔。手机昨天晚上才开始用，目前只有两个人知道号码，一个是君晓寒，一个是唐珊，君晓寒自然不可能把手机号告诉曹扬，至于唐珊，曹扬和她的关系不过泛泛之交，除非曹扬事先就已经和她说好一有自己的消息就马上通知给他。

脑子里转着这些想法，康妮已经把车拐到另一条路上。“圣世园酒店，我知道那个地方。”她说。曹扬讲电话的声音那么大，她听到一点都不奇怪。

10分钟后，康妮把车停在圣世园酒店的门前。顾子轩从车上下来，和康妮告别，径直走向酒店的旋转门，刚进了酒店的大厅就听到曹扬喊他的名字，转头发现那家伙正窝在窗子附近的沙发里朝他招手。还是一如既往的胖，只是相比两三个月前显得颓唐了一些，胡子拉碴，头发也长了。顾子轩走过去，坐在他对面的沙发上，还未等开口说话，就闻到一股扑面而来的酒气。看样子曹扬昨天夜里没少喝，现在还是宿醉方醒的状态。

“你认识康妮？”曹扬劈面就问道。

顾子轩点了点头：“对啊，怎么了？”

曹扬不答，继续问：“你怎么认识她的？”

“她是我老板。”

“老板？你什么时候跑到风尚那边去了。”

“风尚？”顾子轩有些莫名其妙，“是仁和，仁和疗养院，她是院长。”

“你好像曾经和我说过。”

“是说过。”顿了一下，顾子轩好奇问道：“你也知道她？”

曹扬脸上的表情变得很复杂，“岂止是知道。哼哼，我最好的一个朋友就是因她而死。我劝你最好离她远点。你知道她有个绰号叫‘黑寡妇’吗？”

“什么意思？”

“第一，她酷爱穿黑色衣服；第二，她曾订婚两次，两任未婚夫全都意外死亡。我那朋友就是她的第二任未婚夫，婚前两周，坠楼而死，警方判定是意外坠落。都说她命中带煞，凡是接近她的人都厄运连连。总之，你信我一句离她远点。”

没想到康妮的身后还有这么多隐秘的故事，顾子轩确实有些震惊，只是转念一想和他有什么关系，道听途说向来做不得准，退一步说就算康妮真的像磁场一样不断地向周围释放着厄运辐射，他似乎也用不着担心，因为两个人原本就活在两个截然不同的世界中，要说有什么联系，那也仅存在工作中。

顾子轩摇了摇头：“你太抬举我了。人家是富家女，能和我这个穷小子有什么关系，就算我真的想要接近她，恐怕人家都会把我赶得远远的。”

曹扬诡秘一笑：“像你长得这么帅，就算是穷小子也有好多富家女想要对你投怀送抱。”

“你快歇了吧。”顾子轩无奈地耸了耸肩。

“随便你吧，等你被那女人吃得骨头渣都不剩的时候别怪我没警告你啊！”曹扬自然能看得出顾子轩对他的忠告不甚在意，也就不再多说，转而又问起顾子轩消失了两个多月的原因。于是顾子轩又把这段时间的悲惨遭遇讲述了一遍，只是涉及君晓寒的部分都略去。曹扬听罢，大力地拍了拍顾子轩的肩膀，说没想到其中还有这么多的曲折，然后大手一挥说要好好抚慰一下顾子轩那备受摧残的身心。

顾子轩知道曹扬口中的“抚慰”无非就是喝酒泡吧找女人这

三种，就摇头说不去，曹扬眉头一皱，说去也得去，不去也得去，随后站起身来不由分说地就扯着顾子轩上了车。车发动时突然哀叹一句：“以后这样的机会可不多了啊！”

想想也是，曹扬和君晓寒早就闹得势同水火，等君晓寒当了他后妈，枕边风一吹，他老爹曹龙刚可能就不会再对他这么放纵。他也没敢多问，怕碰触到曹扬的痛处。

随后，曹扬开车把他带到了一个叫作塞纳河的温泉洗浴中心，招呼顾子轩说这家的按摩师手法非常好。顾子轩松了一口气，被指引着趴在其中一张按摩床上，曹扬则趴在另外的一张上面。两张按摩床并排放着，间隔很近，曹扬一边享受女按摩师柔软的手在身上游走，一边闷声闷气地道：“我家老头子下个月结婚。”

“啊，这么快！”顾子轩故作震惊。

“别提了，运气太差，如果前段时间你没出事儿，没准事情还有转机，现在说什么都晚了。你不知道，君晓寒那婊子手段有多高明，找人跟踪我，阴我，黑我电脑，我现在有好多把柄在她手上。老头子要是知道我那些事儿，估计会打断我的腿然后再和我断绝父子关系。所以我只能认命了。估计以后就要看她的脸色做人了。”

自从君晓寒说结婚的事情，顾子轩就知道曹扬彻底失败了，却没想到背后还有这么多曲折。当时曹扬来找他打算阴君晓寒的时候，他还觉得曹扬有点过分，现在看来当曹扬想要对付她的时候，君晓寒说不定早已经开始给他挖坑设套了。一想到外表柔弱温婉的君晓寒不动声色地把曹扬玩弄于股掌之上，顾子轩就心生寒意。

“真他妈的心有不甘啊！”曹扬愤愤不平，转脸看向顾子轩沮丧道："子轩，你帮我想想，看看有没有什么办法能够扭转乾坤。"

按摩师正按到脖子上，顾子轩的脸陷进按摩床的圆形孔洞中，如同一只把头埋进沙子中的鸵鸟，听到曹扬问他，也只能冲着地面敷衍道："都已经到这步田地了，还有什么办法啊！"心里却想，君晓寒的婚礼自己恐怕是无法去了，如果被曹扬知道他和君晓寒私下有交情，想必会恨死他。

曹扬本就没指望顾子轩能够提供什么回天之策，长吁短叹了一番之后也就不再说这个话题，转而嘻嘻哈哈地调戏起年轻貌美的女按摩师。按完之后时间已经快到中午，两人出去找了一家湘菜馆吃午饭，结果午饭一直吃到天黑，曹扬终于成功地把自己放倒了。顾子轩一口酒没喝，一直都在听曹扬说着一些陈年旧事。大多数都是抱怨，抱怨曹龙刚对他妈妈不好，在外面拈花惹草，甚至怀疑是曹龙刚害死他妈妈。说到最后，曹扬恨意翻涌，眼冒凶光，一副直欲择人而噬的恐怖表情，顾子轩软语安慰，心里却一片冰寒，父子本应该是世界上血缘最浓的亲人，曹扬却视曹龙刚如仇人一般。

曹扬到家后，一直睡到第二天中午才醒来，浑浑噩噩的，一副七魂六魄都消散了的模样。看到顾子轩一直陪着他，旋即又兴奋起来，非要晚上再喝一顿。顾子轩知道曹扬心中烦闷，借酒消愁，只是这样下去可不是办法，刚劝了两句，曹扬就变了脸色，厉声叫顾子轩闭嘴，说要是不陪他那就快滚，别他妈唧唧歪歪让人听着心烦。顾子轩气得浑身颤抖，摔门离开，刚关上门就听到屋里传来东西破碎的声音。

君晓寒的婚礼定在8月8日。眼看着就到了婚礼日期，顾子轩却没想好找什么借口推掉君晓寒的婚礼邀请。好在君晓寒这段时间一直忙于筹备婚礼，一次都没有来疗养院，也就避免了当面拒绝的尴尬。顾子轩觉得侥幸的同时也有些失望，想着也许君晓寒当时只是顺口一说并没有真的想要邀请他去。他喜欢君晓寒，曾经视若生命，但显然君晓寒并不把他当作什么重要的人物。心中打定主意如果君晓寒不再提这个事儿，他也就权当没有过。如果真的提了，那就只能实话实说，告诉她因为曹扬的关系自己无法参加。

一直到婚礼的前一天，顾子轩都没有接到君晓寒的电话，就连一个短信都没有。看来真的只是随便说说。他在心里想着，长长地叹息，虽然早已料到，但心底还是有些不舒服，倒不如从一开始就不要给他希望，这样也不至于如此受伤，更为可恨的是康妮还来问他是不是也接到了请柬。得知并未收到之后便怂恿顾子轩同她一道去。顾子轩心中懊恼，却不好表现得太明显，只是委婉拒绝了。

据康妮说婚礼规模很大，邀请了庆山的各界名流。曹龙刚毕竟是庆山首富，结婚这么大的事情，大肆操办也是意料之中的事。婚礼当天，天气极佳，云淡风轻，阳光灿烂，但顾子轩从一大早上开始就觉得坐立不安，心神不宁，额头青筋嘣嘣地跳着，无论做什么都不在状态。眼看着上午马上要过去，一切似乎都在正常的轨道上，悬着的心刚刚要放下，电话铃声却骤然响起。他掏出来看是曹扬的号码，心就咯噔一下，想着一定不要发生什么事情，按了接听键，就听到曹扬在电话那边厉声道："我杀了君晓寒！我杀了那个婊子！"

第 10 章

约定

君晓寒没死，只是被醉醺醺的曹扬从楼梯上推下去，摔得很惨，当场昏迷。然而对她来说，鼻青脸肿、肋骨折断都不算什么，最严重的是她肚子里已经两个多月的胎儿流产了。曹龙刚气得心脏病几乎发作，当即放话同曹扬断绝父子关系，以后形同陌路永不相见。

趁乱逃跑的曹扬第二天凌晨便在市区的住处被警察以故意伤人的罪名逮捕。媒体猜测，如果受害人君晓寒真的追究下去，曹扬将面临至少三年的有期徒刑。

这些消息都是顾子轩从本地的娱乐新闻中看到的。康妮当时也在现场，她说事情发生之前，曹扬和君晓寒在楼上发生激烈争吵，随后君晓寒便被推下楼，下身大出血，染得洁白的婚纱一片殷红。无论如何顾子轩都想不到君晓寒已经怀了曹龙刚的孩子。可能君晓寒自己也不知道，因为早在一个月之前，两人一起吃饭的时候，君晓寒还喝了酒。虽然心急如焚但他却没办法去探望。康妮看他心忧若死，就说自己可以去探望一下，顺便带着他，两人确实没有什么交情，但君晓寒毕竟也算是疗养院的客户，去探望并不算突兀。顾子轩听完激动得想要拥抱康妮，当然只是想想而已，他可没胆子去尝试。

事发当天君晓寒就被曹龙刚送到庆山的一家私立医院，曹龙刚是该医院的大股东，能确保君晓寒得到最好的治疗。去看望君晓寒之前，康妮问顾子轩有没有想要带的礼物，顾子轩想了想说有，然后买了一个洋娃娃，是那种很老的款式。他几乎翻遍了庆山的玩具礼品市场才找到。康妮的评价是太土了，顾子轩却知道这个就是君晓寒小时候最喜欢的那种。

两人去的时候是事情发生的三天后。君晓寒的病情转好，情绪也渐趋稳定，只是额头还缠着纱布，脸上残留着淤青。康妮和顾子轩的出现令君晓寒感到惊讶，一迭声地说着感谢的话，笑得很开心，表现得相当坚强，只是没想到看到顾子轩送的那个玩偶后情绪骤然失控，号啕大哭起来。除了顾子轩，没有人知道君晓寒为什么会抱着一个洋娃娃涕泪横流。顾子轩也没想到君晓寒的反应这么大，他的动机很单纯，就是想要君晓寒开心一点。小时候君晓寒最大的心愿是得到一个漂亮的洋娃娃，他只记得这个，却没料到儿时朝思暮想的东西 15 年后收到还有这么大的效果。看了一眼哭得无比伤心的君晓寒，顾子轩脑子"嗡"地响了一下，心想坏了，知道君晓寒喜欢这种洋娃娃的人恐怕没有几个，要是她问起的话，自己要怎么解释？送礼物都选新款的送，况且君晓寒这么大了，洋娃娃分明不符合她的年龄。这么有悖常理的事情，要圆起来确实比较困难。

君晓寒这么一哭，在场的人都有点不知所措，曹龙刚不在，除了康妮和顾子轩，其余的都是医院的护理人员。康妮那么聪明，肯定猜得到是顾子轩惹的祸，瞪了顾子轩一眼后，走过去把君晓寒抱在怀里软语安慰。顾子轩思绪烦乱，不忍看泪眼婆娑的君晓寒，只好跑到外面去抽烟。只是抽了第一口就被呛得咳嗽不止。他能感觉到心里有些痛，不剧烈，温吞吞的，像是一把钝刀子在缓慢地割着。他爱君晓寒，这是没办法否认的，从见到她的第一眼就爱上了，但现在所有的一切都决定了他只能默默地暗恋，像是一个鬼鬼祟祟的小偷，盯着不属于自己的东西，奢望有一天能偷到手。他自己也清楚这奢望很不现实，他技巧拙劣，而她则被各种强大的防盗设施所围绕，他能做的只是远远地眼巴巴地看着而已。若是不自量力地想要偷走，最好的结局是身陷囹圄。

他坐在长椅上，心情灰恶，手指忽感灼痛，烟已经烧到了尾巴，抖着手把烟蒂摁灭在椅子铁制的扶手上，又丢进旁边的垃圾箱。该回去了吧，他想着，刚要站起，就见康妮正走向他。

“走吧！”康妮说。

“现在？”他心有不甘地反问。

“看也看过了，现在不走你还想干吗？”康妮瞪了他一眼。

“不能再等一下吗？”他有些哀求地看着康妮。

“曹龙刚来了，你再去不合适。”康妮叹口气，说出实情。

“哦，知道了。”仅存的一点侥幸陡然泄了。

“我发现我之前想错了。”康妮突兀地说了一句。

“想错了什么？”顾子轩有些莫名其妙。

“我以为你俩已经在一起了，却没想到你只是在暗恋她。”

“你怎么知道？”顾子轩有些心虚地反问。

“因为我旁敲侧击地问了君晓寒一下，发现她没什么反应。”

“拜托，你一个院长，这么八卦真的好吗？”顾子轩有些恼羞成怒。

“八卦之心人皆有之。”康妮笑得很可恶，顿了一下，又问：“你送那个洋娃娃有什么寓意？”

“没，没有啊！”顾子轩结巴了一下。

“告诉我的话，没准我能帮到你哦。”康妮诱惑道。

“真的没有。”顾子轩不为所动。

“切，你这人真没意思。”康妮面露不满。

“是啊，本来就很无聊。”顾子轩摊手，一副死猪不怕开水烫的模样。

“虽然你这么不够意思，但作为院长的我还是决定要送你一个礼物。”康妮大度地说。

“不要，我什么都不需要。”深知吃人嘴短，拿人手短的顾子轩摇头拒绝。

“你真的确定？你都不知道我要送你什么啊！”

“当然确定，院长你对员工这么好，连手纸都给发，我真的什么都不缺。”顾子轩脸上都是感恩戴德的神情。

“你这话说得还算有良心，”康妮喜笑颜开，“不过我还是觉得我这个礼物你会很喜欢。”

“院长大人，没有你这样的，你这属于强买强卖啊！”顾子轩愁眉苦脸抱怨道。

康妮哼了一声，按了一下车钥匙，一边打开车门一边对顾子轩道：“你这人真是不知好歹，不知道多少人想要我的礼物。再啰唆，你就自己坐公交车回去。”

顾子轩看了一眼头顶天空翻滚的云海，立刻闭紧了嘴，一声不吭地钻进车子。果不其然，回去的路上就下起了雨。雨越下越大，瓢泼一般，无论雨刷的频率有多快，都无法看清前面的路况。虽然已经快到疗养院，但为了安全起见，康妮还是把车子停在路边，打开双闪。两个人在车里，豆大的雨点砸在车身上，发出密集的噼啪声。

“对了，忘了告诉你一个好消息。”康妮停好车，侧过脸看顾子轩。

顾子轩转头看她，“什么好消息？”从他的角度望过去，康妮的脸型瘦削，线条凌厉，宛如刀削斧劈一般，一双狭长的眸子在昏暗的车厢里闪着熠熠的光。

“你那幅画，我把它卖了。”康妮语气中的开心溢于言表。

顾子轩“噗”地一笑：“别逗了。”

“真的。”康妮嗔怒地瞪了他一眼。

“我才不信，别告诉我买家是你啊。”顾子轩笑着说。

“当然不是我。”康妮断然否认。

“也不是你的客户、朋友什么的？”顾子轩逼问。

康妮咄咄的目光忽地闪烁了一下：“我承认我认识画廊的老板，不过买家我真不认识，我只是以我个人名义，把它寄到纽约的伊森画廊。”

“听起来好像是真的啊。”

“就是真的。”康妮气得伸手要抽顾子轩。

“好了好了，我信了你。”顾子轩赶紧护住自己的脸，等康妮收回手，才问道："卖了多少钱？"

康妮伸出一根纤细的手指，笑吟吟地看着顾子轩。

看到康妮的笑脸，顾子轩瞬间呆了一下。她平常总是板着脸，一副生人勿近的冷酷模样，长相算得上美丽，但如罩寒霜的眉眼就算离远了看一下都会让人心生寒意，于是偶尔的笑就如同山河解冻般炫人眼目。

"1 万美元？"顾子轩吃惊地瞪大了眼睛。

康妮伸手迅雷不及掩耳地拍了一下他的脑门，"别做梦了，你只是一个寂寂无名的小画家，1000 美元。"

"今天的汇率是多少？"顾子轩赶紧把手机上的计算器打开，转头激动地问康妮。

"兑换人民币 6200 多，你那么兴奋干吗？"

"废话，那是我的钱我能不激动嘛。"顾子轩攥拳狂呼。

康妮嘴角弯起，盯着顾子轩："好好想想再说。"

顾子轩陡然想到那幅画他已经送给康妮了，顿时如同漏了气的皮球般颓丧下来："好吧，我替你激动一下还不行吗？"

"瞧你那点出息！ 6000 块还值得激动？等你的画卖到一百万的时候再激动也不迟。"

"不少啦，顶我俩月工资呐！我觉得跟做梦一样，就我那涂鸦一样的东西也会有人喜欢，而且还花钱买？嘿，真是好神奇！"

"你喜欢吗，绘画？"

"喜欢啊！说了可能你不相信，小时候，大约 10 岁的时候遭遇了一场车祸，车祸之后，忽然开始喜欢画画。不过当时年纪小，只是瞎画着玩，又没恒心，后来就扔了，直到最近才捡起来。"

“那你想要听听我的建议么？”雨势渐弱，康妮一边说一边重新将车启动，上路。

“好。”

“我建议你最好能去有针对性地深造一下。我把你的画给一位朋友看过，他说你的画灵韵有余，技巧不足。如果在技法上能够加以雕琢，假以时日，你能达到更高的境界。这是他说的原话，我转述给你听。”

“你是说我应该去系统地学学？”

“对。”

“还是算了吧，学费我都交不起。另外，我哪有时间啊？”顾子轩无奈地耸了耸肩。

“子轩，你相信我吗？”康妮眼睛一眨不眨地盯着顾子轩。

顾子轩一怔，有些不敢直视康妮利若刀锋的目光，下意识道：“信，当然信啊！”

“我可以提供给你经济上的支持，但有个条件，你要和我签约，由我来当你的经纪人。你觉得怎么样？”

“你说真的？”顾子轩有些无法相信。

“当然。”康妮笃定地点头，脸上表情严肃，一点都不像开玩笑。

“为什么要帮我？”顾子轩有些困惑。他和康妮非亲非故，认识的时间满打满算也才两三个月，真正相处的时间则更少。之前两人只是单纯的老板和员工的关系，但自那次醉酒之后，他和康妮之间的距离似乎拉近了很多，相较于老板，他更乐于把她当作朋友。也许这在很多人看来是职场的一大忌讳，然而康妮似乎很享受顾子轩和他处在一个平等的地位，可以轻松自由地谈笑，不用顾忌彼此的身份。顾子轩有时候会想可能因为康妮从小到大都生活在美国，所以对上下级这种等级观念并不看重。但就算是朋友能做到这地步的也不多见，如果康妮不是这么能干，顾子轩几乎要无比自恋地怀疑康妮对自己有其他的想法了。

康妮再次启动汽车，音调忽地扬起："因为我欣赏你啊，不想看到你的天赋被浪费，另外你也不用很感激我，我是个商人，从来不投资没有回报的产品，按照国际惯例，你以后所有的作品都将由我来经营，每一件卖出去的作品，我都会抽取价格的35%~40% 作为佣金。"

"虽然你把自己说得像一个奸商，但我还是觉得我占了好大的便宜。"

说话间，车子从最后一段山路穿行而出，车外雨已经停了，漫天的乌云都散得干干净净，阳光恢复热辣，直射在潮湿的地面上，雾气蒸腾。康妮减缓车速，穿过疗养院的大门，直向疗养区驶去。

"啰啰嗦嗦的，你就说 OK 能死吗？"康妮不耐烦道。

"嗯，这听起来好像卖身契啊，"顾子轩装模作样，"这么大的事情你总要给我点时间好好考虑一下吧。"

康妮为之气结，瞪了顾子轩一眼，无可奈何地说道："好吧，给你一个月的时间考虑。"说罢，车子"嘎吱"一声停在员工宿舍楼的门口："你可以下车了。"

"那啥？"顾子轩有些扭捏地说，"我不怎么会说感谢的话。"

"省省吧，"康妮阻止他继续说下去，"你要是有良心的话，就努力点，别让我亏了就好。”

顾子轩已经打开车门，走下去，闻听康妮的话，立刻回头不满地抱怨道：“不过，我还没同意！”

“关门吧！”康妮不耐烦地催促。

顾子轩把车门关上，康妮忽然在车内把副驾驶一侧的车窗降下，板着脸对顾子轩道：“忘了说，我已经帮你预定了芝加哥艺术学院秋季学期的课程。我建议你这段时间好好学学英语。”说完车窗关闭，发动机轰鸣一声，车子倏地离去，只剩顾子轩目瞪口呆地站在原地。

随后的一周，康妮再也没有出现，对于康妮说已经帮他预定了什么芝加哥艺术学院秋季学期课程的话，顾子轩没当真。他查过，芝加哥艺术学院可是全美专业排名第一的艺术学院，美术专业更是在世界各大名校中首屈一指。他之前上的大学连国内重点都算不上，更遑论这种世界名校了。所以他只当康妮是在和他开玩笑，一点都没往心里去，还是优哉游哉地过着日子，有工作的时候就工作，没工作的时候就在院里面晃悠。或者支起画架画几笔，或者去找方媛胡侃，偶尔也去陪落落疯一会儿。

一个周六的下午，外面下着淅淅沥沥的雨。方媛忽然跑来找他。说刚接到院长的电话，让他们两个一起去市里接一名重要的客户，至于客户信息和目的地则会稍后发到方媛的手机上。顾子轩很奇怪，他的工作内容虽然很杂，但却不包括随车出去接客户。这种工作都要有专业的护理经验，他这段时间倒是接受过一些基础的护理培训，只是水平还远远达不到专业。方媛也不知道为什么康妮会点名让顾子轩去，只说让你去就去得了，哪来那么多废话。顾子轩无奈，只能满头雾水地上了车。一直到车子快要进市区的时候，方媛才收到信息，看完之后面露惊愕，把手机递给司机师傅看了一眼。司机师傅点了点头，表示知道。顾子轩当时正用手机玩游戏，根本没注意，但等他发现此行的目的地是曾经和康妮去过的那家医院时，心就在胸腔里猛烈地跳动，他终于想通了康妮为什么点名让他去接。因为那个所谓的重要客户一定就是君晓寒，她就是康妮之前神秘兮兮地说要送他的“礼物”。

果然，两人最终来到的是君晓寒的病房。他们进去的时候，君晓寒正抱着腿屈身坐在窗边的沙发上，眼睛看着外面。听到声音，就转头看向他们。她脸上的淤青已经消退，额头眼角的伤处也结了痂。脸色虽然显得憔悴，但却依然美艳不可方物。

不知道是不是错觉，顾子轩觉得君晓寒转头看到他的那一刹那，眼神从呆滞木然中忽然泛起了神采。

“现在就走吗？”君晓寒开口问道。

“你已经准备好了吗？”顾子轩以为她在担心天气，便补充了一句，“外面的雨很小，不影响的。”

“没什么可准备的，越快越好，这里像个笼子一样。”君晓寒急不可耐地道。

“那好，车子就停在楼下，有什么东西需要带吗？”

“都在那个包里。”君晓寒指了一下放在门口的一个很小的拉杆箱，又仰脸问顾子轩：“可以走了吗？”

“走吧。”顾子轩说。

君晓寒从沙发上站起，穿上鞋子，一言不发地向外走去。

屋子里只剩下方媛和顾子轩两个人。方媛看了一眼顾子轩，撇了撇嘴，小声问道：“这是什么情况？”

顾子轩没说话，只是耸了耸肩，表示自己也不清楚，说罢拎起拉杆箱去追君晓寒。一路上，顾子轩都在疑惑，他不明白康妮是如何说服君晓寒住进疗养院的，君晓寒虽然流产，但受的伤并不重，完全能够自己照顾自己，而且就算是想要继续在医院接受护理，这家医院足可以提供细致的服务。唯一的原因可能在于她的母亲，这么长时间未见，心里自然充满了挂念。

到达之后，康妮并没有出现，代替她来迎接君晓寒的是助理胡思瑶。这女人向来对顾子轩横眉冷对，顾子轩也习惯了。

和君晓寒的妈妈一样，君晓寒也被安排在2号楼，只不过是3层。来之前，房间已经根据君晓寒的喜好进行了重新布置，包括家具的摆放和装饰的颜色等。方媛说这是针对贵宾级客户的私人定制。除了房间布置之外，院里还为君晓寒配备了两名24小时贴身服务的护理师，以及随叫随到的支持团队。

只是，君晓寒对院方提供的护理师人选不太满意。胡思瑶很贴心地拿出平板电脑，重新调出一份名单出来让君晓寒挑选。君晓寒看都没看电脑的屏幕，伸出手指着正要离开的顾子轩，不容置疑地说道：“就他吧。”

胡思瑶愣了一下，随即歉意笑道：“对不起，君小姐，他并不是专属护理师。”

“没关系，不是有两个人选嘛，另外那个随便选一个护理师就可以了。”君晓寒无所谓道，盯着胡思瑶，眼波流转，语气忽然变得凌厉，“怎么，你觉得我是那种要死掉的人么？我不需要两个护理师！”

胡思瑶脸上的职业化笑容一点都没有因为君晓寒的蛮横态度而受影响，依然语声清脆：“好的，既然您这么要求，那就如您所愿。”说罢转向顾子轩，厉声厉色道：“顾子轩，你听到了么？从今天开始你就是君晓寒女士的专属护理师，必须要保证24小时贴身服务，如果因为服务不周被投诉，那可别怪我让你滚蛋。”

被一个漂亮的女人指着鼻子说“我要你”，顾子轩尚是第一次遇到。他不知道是应该在脸上表现出受宠若惊还是羞愤交加。心底当然是欢欣雀跃，能时刻陪在君晓寒身边，这可是之前他想都不敢想的美事儿。只是感到困惑，胡思瑶说得对，他根本就不是护理师，只是一个打杂的而已。君晓寒为什么会这么坚定地选择他？这有点说不通啊！难道是恶作剧么？只要他一点头，就会跳出一帮人哈哈大笑着指着他的鼻子说，别他妈癞蛤蟆想吃天鹅肉了，也不瞧瞧你那德行。可是胡思瑶已经把话说死，他不可能拒绝，就算是真有什么恶作剧他也只能硬着头皮顶上去。心底正自忐忑，转眼看到君晓寒亮晶晶的眼睛盯着他，嘴角微微弯起，促狭地笑，好像在说：“哈哈，被我捉到了吧，看你往哪儿跑。”

另外的护理师由胡思瑶指派，只是胡思瑶刚说了护理师的名字，就被君晓寒打断。“明天再说吧，”她慵懒地打了个哈欠，“我累了。”完全是一副不耐烦至极，要赶人离开的模样。

胡思瑶没办法，只好告退，临走时别有深意地看了顾子轩一眼。顾子轩被瞪得寒毛直竖，也不知道对方为什么就对他有那么大的敌意。其他人也随着胡思瑶一道离开，屋子里就剩下顾子轩和君晓寒两个人。气氛一下变得暧昧起来，顾子轩本来也想离开，但却被君晓寒叫住，说有事情要吩咐他做。顾子轩只好站在门口候着。

君晓寒在各个屋子中转悠，四处打量，像一头巡视领地的母狮子。转悠了一圈之后，又回到客厅，脸上的表情看起来对房间的布置相当满意。随后把自己扔在宽大米褐色思特莱斯沙发上，整个人都陷进去一样。

“你知道我为什么要到这里来吗？”君晓寒改变姿势，变成侧躺在沙发上，一只手撑着头，微微弯曲的长发从一侧披散在胸前，波光流转的眸子定定地盯着顾子轩问道。

虽然已近初秋，庆山的天气依然炎热。夏衣单薄，顾子轩眼睛落在君晓寒那凹凸有致的美好身形上，隐约可见的胸前轮廓，以及长腿翘臀，能清晰地感觉到自己的心“砰砰”地跳得十分激烈。他下意识地吞咽了一大口口水，以至于君晓寒忽然问他的时候，他都没有听清问话的内容。君晓寒重复了一遍，他才听懂，自然摇头表示不知。

“为了你。”君晓寒目光灼灼地盯着他。

“我？”顾子轩受了惊吓一般地反问。他去接君晓寒的时候确实揣测过君晓寒来这里的原因，但无论如何都想不到自己会是关键所在。

“对啊，就是为了你。”君晓寒点头，浅笑吟吟。

“康妮没和你说我什么吧？”

想到康妮之前曾经和他说过送他礼物之类的话，顾子轩的心就悬了起来，他不知道康妮究竟和君晓寒说了什么，才把君晓寒弄了过他来。难道告诉她顾子轩暗恋她么？不会是把他曾经酒后说过的胡话都说给她听了吧！顾子轩的心里如同吊了十五个水桶一般七上八下，脑子里纠结着，下意识地就把正转着的想法说了出来。

这次轮到君晓寒莫名其妙，细细的眉毛挑了一挑："你说康院长吗？没说什么啊，我只是问她可不可以来这里住几天，她当然说可以。"君晓寒顿了一顿，忽然盯着顾子轩的眼睛狐疑地问道："你觉得康院长会和我说你什么吗？"

听了君晓寒的回答，顾子轩暗地里松了一口气，赶紧敷衍道："我怎么会知道康院长会和你说我什么。我只是好奇你为什么会选我，而且还那么坚定。刚刚胡思瑶助理说得对啊，我连专属护理师都不是，所以我以为康妮院长和你说了我什么好话，促使你会选我。"

"我来这里可能和康妮院长有一点关系，她当时建议我转到这里修养，因为她说要帮我约一个非常有名气的医生。但我选你却和她一点关系都没有。"

"那我能问一下你为什么选我吗？"顾子轩顺势问道。

君晓寒却没有立即回答，而是从沙发上坐起，站起身来径直走向顾子轩，直到近若咫尺才停住，微仰着头直视顾子轩的眼睛，目光中满含着柔情蜜意。"因为我喜欢你啊，这个原因够了么？"君晓寒顿了顿，又蹙着眉头埋怨道："喂，你是不是太迟钝了啊，我送你的手机里只有我一个人的号码啊。人家是女孩子，难道真的要站在你面前和你表白你才会明白吗？"

顾子轩结结实实地吃了一惊，如果下巴能够伸长，那么此时他的下巴必然已经砸在脚面上了。这个答案是他朝思暮想的，但真的就这么被君晓寒当着面清清楚楚地说出来，他就有种如梦似幻的虚假感觉，最先涌上心头的不是欢喜，而是疑惑和惊愕。就像偶然买一注彩票却中了大奖，得到消息的时候第一感觉必定是怀疑，怀疑这是不是个玩笑，然后才是震惊和激动。顾子轩此时就有种中了大奖的感觉，而且是那种超级巨大的，按照常理就算他积攒十辈子的人品都不会砸在他脑门上的大奖。

"这样的玩笑可开不得啊！"顾子轩勉强笑道，脸上的表情却比哭都难看。

君晓寒秀气的眉毛扬了扬，眸中光芒四射，伸手点着顾子轩的胸口，一字一顿地说道："谁——说——我——是——开——玩——笑——的？"

两个人之间的距离近得几乎呼吸相闻，加上君晓寒咄咄的目光和无比强势的语气，顾子轩顿时就慌了，躲闪着君晓寒的眼神，结结巴巴地说道："可是，你已经结婚了。"

"那又怎么样，"君晓寒声音忽然昂扬起来，"我喜欢你和结婚有关系吗？我喜欢谁是我的自由啊。你觉得我和曹龙刚很配吗？他老得都能当我爸了，无非是个交易，他贪图我的身体，我想要他的钱财。如此而已。你以为他真的想要和我结婚么？如果你这么想那你就太单纯了。我跟你说啊，有钱的男人没有一个希望把自己吊死在一棵树上。"

君晓寒这番字字诛心的话听得顾子轩浑身冒冷汗，敢如此赤裸裸地将自己的心迹剖露出来横陈在他的面前，足以证明君晓寒之前说的话并不是玩笑，另一方面也显露出她温婉美丽的外表下坚硬生冷的一面。

骤然的转变令顾子轩产生惊慌失措的感觉，他喜欢君晓寒，这点是毋庸置疑的，也许从许多年前那个夏日午后的第一次相见就喜欢上了。但之前都是小心翼翼地隐藏在心底，仿若一株一直生活在阴影中的植物，可现在忽然一下暴露在强烈的阳光下，整个人都蒙了一般。

看着近在眼前的君晓寒，都能嗅到她身上淡淡的香气。修长的脖颈，白嫩的肌肤，诱人的双唇……你这个屄货，快点吻她啊吻她啊，一个声音在顾子轩的脑中号叫，但就在顾子轩环住君晓寒的身体，俯身去亲她的时候，口袋里的手机忽然响了起来，顾子轩顿时像是受惊的兔子一般跳了起来。大好的气氛消散殆尽，两个人只得尴尬地分开。顾子轩掏出手机，看到是方媛的电话，心说这个死丫头就会破坏好事儿，谁料接通之后还未等他说话，方媛就在电话那头压低声音急切地说："快出来，曹龙刚来了。"

顾子轩愣了一下才反应过来方媛说的是谁，脑子顿时就像被奔跑的快马踢中一样轰然爆响，一刹那间思维停顿，只有方媛的声音还在耳边回荡。冷汗立刻渗出来，如果被曹龙刚看到他和君晓寒在一起，而且还这么亲密，恐怕百口莫辩了。

君晓寒见他神情异样，便问他怎么了。

顾子轩告诉她曹龙刚来了。

君晓寒的脸也白了，迅速跑到门口，拉开门去看了一下，又小心关好门，转回身伸手拦住想要夺门而逃的顾子轩："不行不行，已经过来了，你不能出去，去躲到卧室的床底下。"

“为什么要躲？我们也没干什么。”顾子轩心虚地辩解。

“是没干什么，但曹龙刚不会那么想。听我的，我是为你好。”君晓寒一边惶急地劝说顾子轩一边不由分说地把他推到卧室，俯身掀起床脚的帷幕，指着床下催促道：“快点快点，记住不要发出声音。”

顾子轩没办法拒绝，只能俯身爬进床底下。那床是欧式风格的，看起来非常华丽典雅，除此之外，对顾子轩而言最大的优势是床板距离地面较高，下面显得很宽敞，趴在下面竟然不会感觉很压迫，床的四周有带花纹的暗红色帷幕遮挡，遮蔽得非常严实。只要不掀开帷幕，没有人能知道床下面会有什么。顾子轩趴在床下面，听着君晓寒的脚步声远离，心中疑惑渐起。

这栋楼房间的格局大同小异，他不止一次地进入过其他空着的房间，因而对房间的布局非常熟悉。顶级的套间有两个客厅，三个卧室，一个衣帽间，两个洗手间，一个厨房，一个露台，一个女用房，各种家具一应俱全，想要藏个人还真不是什么太难的事情。但君晓寒却连思考一下都没有就把他藏到最接近客厅的这间卧室的床下。他不知道君晓寒是如何做出的选择，难道早在她刚刚四处巡视的时候就已经想好了出现意外状况的时候要把他藏在何处么。可是她又怎么会知道曹龙刚会恰好在此时赶来这里？

正疑惑着，开门声响起，虽然知道对方肯定看不到自己，顾子轩还是下意识地屏住了呼吸。起初两个人的说话声音都很低，隔着厚厚的帘幕，顾子轩听不太清楚。片刻之后，不知道是因为什么，君晓寒忽地大喊了一声。

“你为什么要把他放出来，你知道他会杀了我。”

“他毕竟是我儿子。”男人的声音有些沙哑，应该就是曹龙刚无疑。

“难道我肚子里怀的就不是你儿子吗？”君晓寒号啕大哭了起来。

男人语调转缓：“事情已经这样了，就算杀了他，你肚里的孩子也活不过来。你不要哭，我把他送到国外去，永远也不让他回来。”

“我不管，你答应过我要让他一辈子蹲在监狱里。”

“够了，”曹龙刚断喝一声，“还嫌不够丢脸吗？我曹龙刚这张老脸都被你们两个丢尽了。你看看报纸上、网络上都怎么写的，说我为了女人把自己儿子送进监狱，说你们两个争家产大打出手。”

君晓寒不说话，只是低声啜泣。

见君晓寒哭得伤心，曹龙刚又软语规劝：“好了，晓寒，不要生气了，跟我回去吧！”

“回去干吗？等着你儿子杀了我吗？我才不回去，不用你管我，我喜欢住在这里。”君晓寒负气道。

“说什么蠢话！”曹龙刚的声音陡然高昂，怒气冲冲，“你也不看看这里住的都是什么人，不是疯子就是傻子，非要来这里住，你脑子有问题么？你妈是个疯子难道你也疯了吗？”

“我妈不是疯子。”君晓寒大声抗议。

曹龙刚冷笑了一声：“对，不是疯子！你说她不是疯子，那你为什么都不敢陪着她，每次来都只是离得远远地看着，你怕什么？”

“你闭嘴！曹龙刚你给我闭上你的臭狗嘴！”君晓寒忽然歇斯底里地尖叫起来，“就算她是疯子，她也是我妈。老娘嫁给你，你也得管她叫妈。你以为你是什么好货么，你那个儿子屁本事没有只会吃喝嫖赌，活着的唯一目标就是盼着你赶紧死掉。你是他老子，你以为你还能是什么好东西吗？我告诉你，你们全家就没有一个好东西。”

“是啊，我确实不是个好东西，那你为什么还死皮赖脸地跟着我，你大可以离开去找个更好的啊？你为什么不滚啊？赶紧滚啊！老子正打算找个更好的。不过你可想好了，老子的钱你一分都别想带走，身上穿的衣服也都给我脱下来。还有你那个疯子老妈，如果不是老子每个月掏大把的钱养着她，雇好几个人看着她，用最好的药，住最好的房间，接受最好的治疗，她早都死了吧。你应该还记得她两年前的样子吧！被绑在疯人院那种铁床上，戴着嚼子，浑身青一块紫一块，臭得像是刚从臭水沟子里捞出来一般。你信不信，明天她就会被重新送回精神病院。”

曹龙刚这番话说得冷漠至极，作为外人的顾子轩听了都觉得无法忍受，想必君晓寒更是觉得锥心裂骨。果然，过了半天都再未听到君晓寒的说话声，只有哽咽的声音在曹龙刚的咒骂间隙隐隐传来。脑海中浮现出君晓寒满面泪痕的可怜模样，顾子轩觉得胸口无比憋闷，有一种想要出去把曹龙刚暴打一顿为君晓寒出气的冲动。但最终还是忍住了，他知道自己出去除了为君晓寒添上一堆麻烦之外，给予不了任何帮助。

“孩子都没了，你以为你还有什么能要挟我的么？我告诉你君晓寒，老子是给你面子才来接你，你爱回不回，老子还真就不伺候你了。”曹龙刚恶狠狠地威胁着，话音方落，门被打开，又“咣”的一声被摔上。

屋子忽地安静下来，君晓寒的哭泣声开始凸显得无比悲切，顾子轩猜测曹龙刚已经离开了，可是他却不敢出去，他怕万一那混蛋忽然又转回来。又过了十几分钟，顾子轩终可确定曹龙刚不会再回来，这才从床底下爬出来，蹑手蹑脚地走到客厅。

君晓寒正坐在沙发上低声啜泣，浑身被气得不停颤抖，满脸都是泪痕，见顾子轩出来，伸手把泪水擦干，扯着嘴角勉强笑了一下，“你觉得这样的王八蛋值得我爱么？这个世界上大概没有人比我更不相信爱情了。说得好听啊，其实不过是交易而已。”君晓寒说完顿了顿，然后站起身来，转身走到窗边，抱着双臂，看向外面淅淅沥沥的雨。过了好一会儿，她的声音再次幽幽传来，像是掺了秋雨一般带着凄冷的寒意，“我妈就住在我头顶上的房间，现在，是我和她之间最近的距离。曹龙刚说得没错，她是个疯子。自从那次意外之后她的精神就不太正常，她一直觉得我是个灾星，是个魔鬼。你记得我和你说过的吧，那件诡异的事情，爷爷杀了想要强暴我的继父，虽然无论从哪一方面来看这都是匪夷所思的，因为一个帕金森晚期失去行动能力的老人，竟然杀掉一个成年男子，这是不合常理的。但经过警方的取证之后，确实排除了我的嫌疑。然而，在她的心里我才是那个杀了继父的凶手。因为当她进门的那一刹那我正握着那把血迹斑斑的锤子。你知道吗？当时我只是想要把爷爷扶起来，但那锤子一直攥在他的手里，攥得那么紧，我好不容易才把那锤子从他手里弄出来，却没想到正好她推门进来。就算是过了这么多年，我都无法忘记她当时的表情有多么惊恐。她那是看到我之后才会有的那种反应。虽然她一直告诉别人杀了继父的是爷爷，但我知道她从来就不相信，无论她说得多么坚定，那也只是为了保护我。从那之后她再也没有抱过我，晚上睡觉的时候她也会哄我睡觉，然而一旦我睡着了，她就立刻离我远远的，好像我身上有瘟疫一样。

“她怕我又爱我，想要远离我又狠不下心来把我抛弃。我当时那么小，无从了解她心中的纠结与恐惧，只是觉得妈妈对我冷淡疏远了很多。随着时间的推移，那件事情开始从我的记忆中变淡，能在夜里睡得踏实，没有噩梦，也不再害怕一个人独处。但并不是所有东西都会被岁月冲淡，对她而言我拿着染血凶器的画面日复一日地在她的脑海中重演，一遍一遍循环，已经成了她挥之不去的梦魇。她经常从噩梦中惊醒，随后便开始整夜整夜地失眠。精神也变得越来越差，就像失去了魂魄的行尸走肉一般。她连自己都无法照顾，更别提照顾我。从那以后，我开始养活自己，每天早上我都推着那辆小车去街边摆摊，邻里街坊可怜我，都来照顾我的生意，虽然赚不了多少钱，但勉强可以养活我和我妈。事实证明，人在艰难的环境中确实会很快地成长起来，我十岁那年就学会了做各种家务，甚至我妈妈之前弄的卖针头线脑的杂货摊也被我经营得不错。虽然辛苦，但那却是为数不多的一段令我觉得快乐的时光，因为一切似乎都可以自己掌控。然而好景不长，有一天我从外面回来的时候，发现我妈不见了，我跑出去到处找她，每一处她曾经去过的地方都找遍了，却一直都找不到。我还记得那天下着大雨，当我半夜回到家的时候，看到有一个女人站在家门口遮雨台下，我一走近她就喊我的名字。我认出那是妈妈的妹妹。她拉着我说让我和她回家，我摇头，说要等妈妈回来。她说妈妈不会回来了，我问她为什么，她说有人看到妈妈从庆山东桥上跳进了波涛滚滚的庆山江。”

顾子轩走过去，和她并肩而立。外面雨势转大，也起了风，风裹着雨噼里啪啦地打在窗玻璃上，与此同时顾子轩的心中也像是刮起了一阵狂风暴雨。无论如何他都想象不到自己当时的行为会阴差阳错地造成这样难以预料的悲惨后果。从窗玻璃的反射中能看到君晓寒悲伤痛苦的表情，他想不到任何话来安慰她。还能说什么？难道告诉她那个打死她继父的人并不是她爷爷而是他么。别逗了，会被人当成疯子的。他能做的只是静静地听她讲述。

“我当然不信。”君晓寒继续说着，语调平缓，就像说一个虚构出来的故事一样，“我号啕大哭起来，最后哭得失去了全身力气。我不知道我是什么时候睡过去的，等我醒来之后已经是第二天的早晨。我躺在一个陌生房间的床上。那女人正在把我的衣服一件件地从行李袋中拿出来放进床边的衣柜。我忽然明白过来，原来在我昏睡的时候她已经把我带到了她住的地方。我立刻大哭着要回家，那女人忽然放下衣服转过身来，抡起手臂狠狠地打了我一耳光，冷冷地说以后这里就是你的家。我被打蒙了，眼前金星乱闪，耳朵里轰鸣一片，整个脸颊瞬间就肿了起来。她恶狠狠地警告我如果不听话还会再打我，我吓坏了，把所有的哭声都咽回了肚子里。

“就这样，我开始和那女人一起生活。她很凶，对我非打即骂，唯一值得高兴的事情是我终于能去上学了。她没有工作，是个暗门子，靠卖淫为生。那个时候我终于明白为什么我妈很少提及她这个妹妹。她和我妈的眉眼很像，但更漂亮，眉梢眼角都带着妩媚的春情。因为长得不错，所以在北城一带颇有艳名。那时候经常有形形色色的男人来到我们住的地方找她。我经常一边趴在桌子上写作业一边听着隔壁屋子里那女人发出各咱声音。有一年她爱上了一个做服装批发生意的男人。男人大约四十多岁，长得不错，风度翩翩，迷得她神魂颠倒，天天梦想着和那男人结婚。那段时间她很少骂我，每天都容光焕发地做一桌子菜等着那男人来。忽然有一天，那男人说做生意资金周转不开，她二话没说就把这几年卖身攒下来的钱都交给了那男人。结果那男的之后再也没有出现过。她疯了一样找他，但那男人告诉她的名字是假的，住址也是假的，所有的信息都是假的，之后的几天她不吃不喝地把自己锁在屋子里。无论我怎么敲门她都不答应，一副要把自己饿死的样子。就在我打算找警察把门撞开的时候，她自己走出来，瘦得骷髅一般，径直坐在桌子边一语不发地吃光了半盆米饭。

“我松了一口气，知道她挺过来了。日子又开始恢复到以前的样子，不过糟糕的是她开始吸毒，最开始只是大麻之类的东西，后来开始吸食海洛因。我知道她总有一天会把自己搞死，但却没想到那一天来得那么快。我还记得那年的秋天，我上完晚自习回家后，看到她的卧室门开着，她躺在床上口吐白沫人事不省，我立刻打电话给 120，但还未等被送到医院她就停止了呼吸。那时候我十八岁，和她在一起生活了整整八年。

“后来收拾遗物的时候我在她的柜子里发现一封信，是写给我的。你无法想象我读完信之后有多么震惊。原来我妈并没死，而是被她送进了精神病院。她说当年去我家看望我妈的时候，发现我妈正在磨一把菜刀，一边磨一边说等我回来的时候要把我杀掉，因为她的女儿已经变成了恶魔。惊恐之下她叫来警察把我妈带走，然后骗我说我妈跳江自杀了，目的只是为了不让我去找她。我所不知道的是那女人每个月都去看望我妈，定期缴费给精神病院，但却一直瞒着我，瞒了八年。

“我按照信里说的地址，找到那家精神病院，很顺利地见到了我妈，然而第一眼看到那个女人的时候我几乎已经无法辨认出她了。她才 40 岁，却苍老得像是七八十岁一般。头发花白一片，面容枯槁，双目无神，我不知道这八年她究竟是怎么熬过来的。我看着她，但她的眼神却没有焦点一般四处游移。我喊了她一声，她好像忽然从梦中惊醒一样，定定地看了我一眼，接着就如同被踩到尾巴的猫一样从地上跳起来，满脸都是惊恐，指着我凄厉地大喊，我怔了一下才听清楚她咒骂我是‘魔鬼’。”

“说到这里，君晓寒苦涩地笑了一下：“我是她女儿啊，她却视我为魔鬼。我想要接近她，可是刚走近两步她就号叫着用头去撞会客室的铁门，疯了一样想要逃出去。看着她那疯狂的模样我只好退回去，喊医生来帮忙。我问医生为什么会是这样，医生告诉我说她有狂躁症和妄想症，犯病的时候会很危险，具有攻击性。于是我只能在一个有方形窗口的铁门后看着她被注射了镇静剂，然后被用皮带绑在床上。从那以后我每周都去看她，当然只是远远地看着。就这样持续了半年多的时间，我逐渐发现那家精神病院不仅环境很差，而且其中的护理人员对病人非常粗暴，甚至有虐待的嫌疑，因为我总是发现我妈的手臂上、脖子上有很多淤青。我找到院方投诉过，但对方却辩解称那是病人自己不小心造成的。我没有证据因而没办法去证实。当时唯一的想法就是能把她换到一个更好的地方。我找了本市的几家环境不错又有资质、能够接受精神病人的疗养院，但价格都贵得吓人。没办法我只能先去赚钱。

"那时我上高三，成绩很差，根本考不上大学，就算能考上我也没有钱去读。几乎没怎么考虑我就退学了，然后去一家快餐店当服务员。干了一个月之后发现钱赚得太少，就算不吃不喝，靠这份工作攒够送我妈去疗养院的钱，估计也要三四年之久。无论是我还是我妈都等不了那么长的时间。后来我听说去夜店陪酒赚钱比较多，就打算去找一家夜总会当陪酒小妹。因为我还算长得不错，很容易就被录用了。没想到上班的第一天我就遇到了曹龙刚，他陪他的一个朋友来唱歌，点了我去陪酒。虽然他年纪比较大，但看上去却很有活力，完全看不出是50多岁的老头子。那天我只陪他喝了两杯酒，他却塞给我一千块小费。他问我做这行多久了，我说今天是第一天，他眯着眼睛在昏暗的灯光下凝视了我半天，忽然问我是不是很需要钱。我说是。他从包里拿出几摞钱，数都没数就把那些钱都塞进我的包里，问我够不够，我不清楚一共有多少，反正那么厚的一大摞，最少也有三四万。我呆呆地点头说应该够了。他就说先拿去花吧，如果不够再找他要。说我这么漂亮的女孩子，要爱惜自己，不应该跳进这样的污水坑。然后问我有没有手机，我掏出我的诺基亚，他接过去输入一串号码进去，说'这是我的电话号，我的名字叫曹龙刚，有事情就给我打电话’。说完转身就走了。那一瞬间我忽然感动得泪如雨下，他连我的真名都不知道，更不知道我要用这笔钱来干什么，就能够把这么多钱借给我。从小到大我从来没被这么信任过，心里满满的都是对他的感激。我追上他告诉他我需要钱的原因，并发誓说一定会把钱还给他。他听我说完之后，只是笑了笑，说如果是这样的话他有个更好的建议。然后第二天他开着车把我带来这里。

“那时这里的院长还不是康妮，设施也没有现在这么好。我一来到这里就决定无论如何都要把我妈送到这里来。相比那个破破烂烂的精神病院，这里无疑就是个天堂。可是在说明了来意之后，院方并不同意接收，给出的理由是私人疗养院只对特定的人开放。说白了，所谓特定的人指的无非就是权贵和富豪，而我妈显然不符合入院的标准。无奈之下我只能再次求助曹龙刚。虽然当时曹龙刚还不是庆山的首富，却也在庆山当地颇有名气，经过他出面，对方才同意接收，不过所缴纳的费用之多却让我感到绝望。

“于是短短的两天，无论是人情还是金钱我都对曹龙刚欠下了难以偿还的巨债。现在想想，这就是曹龙刚的高明之处。能够把生意做到这样地步的人无不是人精。每天面对各种尔虞我诈钩心斗角，最善于察言观色揣测人心，像我这种涉世未深的女孩子，想要把我玩弄于股掌之间对他来说简直太容易了。可笑我当时还觉得自己命好能够遇到这么好的人。后来我每次遇到困难的时候曹龙刚都会及时出现帮我解决。慢慢地我发现自己开始习惯于有困难就去找他，习惯于去信赖他依靠他，就这样，我一步一步不由自主地陷入曹龙刚编制的罗网当中。等我醒悟的时候已经无法自拔。

“那是一种很诡异的感觉，我知道我对他的不是爱，但却无法离开，我想要生存下去就只能死死地抓住曹龙刚这棵大树，就算“这棵树”又老又丑，还结满了充满巨毒的果实，因为我已经没有选择的机会。起初我还对他充满感激，毕竟他在我最困难的时候帮了我，但后来我逐渐发现，除了和我母亲有关的外，我所遇到的那些困境竟然大部分都是他在暗地里谋划的，目的当然是让我去找他去求他，进而欠他越来越多的人情，最后彻底成为他的玩物他的附庸。从一开始他就已经计划好了，我就像他手中的一颗棋子，无论怎样都逃脱不出他的控制，只能顺从地走到他想要的位置。我以为我得到了他的帮助却不知道自己失去了整个人生。”说到此处，君晓寒长长地叹了一口气，旋即又面露痛苦之色。

“有句话说知人知面难知心，别看曹龙刚表面上看着和善儒雅，但其实他的心理非常阴暗扭曲，和他那个儿子一样，骨子里充满了暴力的倾向，而且更甚。说了你恐怕都不会相信，有一次我都不知道因为什么惹他生气，他就疯了一样把我按在茶几上，抡起玻璃质的烟灰缸砸断了我一根手指，你看，现在这根手指都无法弯曲。”君晓寒一边说一边把手掌伸到顾子轩面前。那是左手的食指，原本应该纤细笔直的手指在最上面的关节处变得有些扭曲，那是矫正之后留下的痕迹。

顾子轩看得心生寒意，都说十指连心，就算是被纸片在手指上割出伤口都会非常疼，何况是生生地被砸断。看着君晓寒那根受伤的手指顾子轩觉得心中有股火气在涌动，心想这要有多么丧心病狂才能下得去手啊！然而更令他心寒的是曹龙刚那阴沉如海的心机。如此处心积虑地谋划只为了要把君晓寒变成他的禁脔，由此可见曹龙刚是多么可怕。他从没见过曹龙刚，在曹扬的描述中他一直以为曹龙刚是个混蛋父亲，却没想到除了混蛋父亲、成功商人之外还存在变态和阴谋家的形象。

“子轩，你知道吗？”君晓寒忽然转过身，走到顾子轩的面前贴身而立，伸出手去抚摸他的脸，眸中波光潋滟，语声软糯，“在认识你之前我从来没有过现在这样朝思暮想地挂念一个人。我不相信什么一见钟情之类的幼稚说法，更不相信冥冥之中有什么天意存在。但我却不得不承认，当你冲到我面前，抡起椅子把那个外国人打倒的那一刻，我就像被雷霆击中一般，我说不清那是什么感觉，很玄妙，所以你无法想象之后在医院中我听到你和曹扬那番通话时的心痛和愤怒，就像是从山巅一下坠落到谷底，感到无比沮丧和绝望，于是我大骂了你一通，看着你羞愤交加失魂落魄地离开，我心中的痛快无法言喻，但随后便是无可名状的悲伤。那天之后我的脑海中就总是出现你的眼睛，不知道为什么只一面之交我却对你印象深刻，忽然有一天我想通了原因。因为你的眼睛和我爷爷的好像。那段时间我纠结得要死，想要见你，但又不知道怎么找你，人海茫茫，我却连你的名字都不知道！又想如果见到你该怎么办，我之前骂你骂得那么难听，你一定会恨我吧。进而又担忧如果我去找你，你会不会还和曹扬一起骗我利用我。顾虑重重之下我只好压下想去找你的冲动。然而却没想到现在又见到你，更没想到的是你竟然摇身一变成了我的救命恩人。真的会有这样的巧合吗？不瞒你说，我当时首先想到的不是如何感谢你，而是怀疑，满脑子都在琢磨这是不是你和曹扬设下的陷阱，气得整个人都像是要爆炸了一样，因为你们两个混蛋竟然把我妈当诱饵来引我上钩。幸亏我为了弄清楚事情经过问了当时在现场的几个人，这才了解到事情的真相。”君晓寒忽然莞尔一笑，“你不知道当我知道冤枉了你之后心里有多么开心，虽然对你来说很委屈，但我真的好欢喜，因为能证明你没有骗我，这对我真的非常重要。

“和你说了这么多，只是想你能明白我的心意，也体谅我的难处。我不奢望我们能在一起，我只想能够常常见到你，哪怕能够远远地看着也好。我求你不要拒绝我。”

顾子轩看着君晓寒，不知道该说什么，心里如同翻倒了五味瓶，诸般滋味一起涌上心头。他喜欢君晓寒，幸运的是君晓寒也喜欢自己，这真是世界上最美妙的事情，然而现实却是她已为人妇。相爱却不能在一起，世界上最残酷的事情莫过于此。每思至此他都心痛若死，他本不想夹在其中做第三者，可心中着实爱她，见她眸子中满是可怜巴巴的乞求和殷切的希望，他真是不忍狠心拒绝，心下一软，便把头点了点。

见到他点头，君晓寒欢呼一声扑进他的怀里，紧紧地抱着他，像是要把自己揉进他的身体里一般。顾子轩在心中长长地叹息一声，暗骂自己不识好歹，能得到君晓寒的爱已是此前想都不敢想的事情，还奢望什么啊！想到此，心中憋闷之感顿时烟消云散。

雨小了很多，细细的雨丝化为雨雾，飘飘渺渺地笼罩在窗子外的那片世界。远近的景物都隐进雨雾中看不真切。此刻顾子轩也有些云里雾里，他有种想要掐自己一下的冲动，如果不是那么真切地感受到怀中君晓寒那柔软温热的身体，他绝对会认为自己正身处于虚幻的梦境中。

“我有时候会想，为什么曹龙刚不死掉呢，如果他死掉我们就可以在一起了。”君晓寒紧贴在顾子轩的胸口絮絮低语。说完，她顿了一下，然后忽地昂起头，咄咄地盯着顾子轩，阴森地说道：“不如我们杀了他吧！”

第 11 章

执行

君晓寒最终还是选择了离开疗养院。雨一停她就走了。从来至去，加一起也不超过三个小时。

顾子轩站在落地窗前，透过残存着雨迹的玻璃窗能看到曹龙刚的宾利正缓缓驶向疗养院的大门。

君晓寒临走的时候叮嘱过顾子轩要等她的电话，但顾子轩却没想到这一等就是一周。在这一周中他度日如年，无时无刻不在思念着她，但他不敢发短信也不敢打电话，想极了的时候就坐着发呆，脑中将之前和君晓寒有关的画面轮回播放，不断咀嚼，以至于铃声响起，当他看到屏幕上君晓寒的名字时，下意识地以为是自己的幻觉。直到接通后，听到君晓寒的声音才确定是真的。只是他仅来得及说一个“喂”字，电话就被挂断了，持续时间不到 30 秒，君晓寒一共说了十三个字：

“一个小时后，香水园路，上岛咖啡。”

顾子轩借了后勤采购用的面包车，用了 30 分钟开到市区，又用了 20 分钟才找到香水园路上的那家上岛咖啡。这家连锁加盟的咖啡店共有两层，一层是开放式的大厅。顾子轩环视一圈并没有看到君晓寒在里面，心里正想君晓寒是不是还没来，念头刚转过，手机就响了，这次是短信，发件人是君晓寒，只有两个字：2 楼。

沿着楼梯上到 2 楼，走廊两边是七八间半开放式的包厢，一侧的窗子面对马路，想必君晓寒是从窗户看到他进来才发的短信。顾子轩顺着走廊刚走了几步，就有个戴着硕大太阳镜的女人从其中一间的门口露出头来朝他招手。顾子轩怔了一下，才认出那戴太阳镜的女人是君晓寒。

上午刚下过雨，天气微凉。君晓寒穿了一条水磨的牛仔裤，上身是一件白色的吊带小衫，外面罩着深蓝色的开襟长毛衫。配上黑色的露趾凉鞋，以及微微卷曲的栗色长发，显得非常时尚且充满活力。唯一大煞风景的是脸上那副足可以遮盖住半张脸的太阳镜。只是在屋子里还戴着太阳镜未免显得十分怪异。

这个疑惑刚浮现，君晓寒就把眼镜摘下来了，露出来的面孔让顾子轩震惊得目瞪口呆。

只见她左眼眶乌青一片，眼角处还贴着创可贴，两只眼睛也红肿得仿若桃子一般。

顾子轩豁然站起，只觉得一股邪火倏地就从心底喷涌出来，抓着君晓寒的手厉声问道："是谁？谁打的你？是不是曹龙刚那个老东西。"

他这么一问，原本情绪还比较平静的君晓寒"哇"的一声就哭了出来。

"子轩，我要杀了曹龙刚，杀了那个混蛋！"

"你告诉我他在哪儿，我现在就去杀了他！"顾子轩一边说一边扯着君晓寒向外面走。

君晓寒抱住顾子轩，呜咽道："不行，子轩，你不能去，他身边有好几个保镖，你打不过他们。你要是有个三长两短的我怎么办？"

顾子轩颓然放弃，满脸尽是沮丧之意，忽地又想到一个出路，激动地说："那我带你走吧！我们走得远远的，让他们再也找不到你。"只是话一出口，就觉得自己太蠢，这么简单的办法，如果能走得了，恐怕君晓寒早已经不在这里了。

"别傻了，子轩，"君晓寒凄然一笑，"我妈在这儿我哪儿也去不了。"

是啊，君晓寒说得没错，只要她母亲活着一天，君晓寒就只能被死死地拴在这里，死死地拴在曹龙刚的身上，无法挣脱，只能眼睁睁地看着自己坠向无底的深渊。顾子轩不知道该怎样安慰她，因为他猛地意识到整件事情已经陷入了一个死局。

"子轩，我想求你答应我一件事。"君晓寒像是忽然想起来什么似的恳求道。

君晓寒这么一喊他的名字，他立刻醒过神来，当即点头道："我答应你，无论什么事情。"

君晓寒似乎没发现他有些不在状态，听他说同意，眉间的担忧就少了几分："如果有一天发生了什么意外，我不能再照顾我妈妈，我想拜托你替我照顾她。可以吗？"

听到君晓寒这句话，顾子轩的心不禁一颤，他有种不好的预感。

"别说傻话，你要照顾好你自己，不会有什么意外发生。"

“我知道啊，我是说如果嘛，任何事都有可能发生的，如果真的发生那样的事情，你答应我，好吗？”

“好，”顾子轩点头，“我答应你。”

君晓寒总算是笑了一下，但旋即脸上又浮现出忧虑的神情，长长地叹息了一声，说道：“我要回去了啊，子轩，我不能出来太久的。如果被他发现我跑出来见你，我们两个都会很惨。”她挣脱开顾子轩的怀抱，整理了一下衣服，重新用太阳镜遮盖住眼眶的淤青，语带悲凉：“别担心我，我会好好照顾自己，答应我，你也要好好保重，要想我。”说罢，用力攥了一下顾子轩的手，转身离去。

顾子轩说不出挽留的话，只能默然呆立着目视她离开。君晓寒的身影逐渐消失在楼梯的拐角。他低头去看自己的手掌，温润柔软的触感还在，空气中也似乎还残留着君晓寒美好的气息。一瞬间，从心底涌出的无力感呼啸着几乎要把他吞没，急促地喘息了片刻，他猛地朝楼下奔去。就算是能够再多看她一眼都是好的。

两人一前一后离开咖啡馆。君晓寒应该是把车停在马路对面的停车场。顾子轩跟在她后面，远远地跟着。走到停车场内，君晓寒忽然停住脚步，转头定定地看着他。顾子轩惊了一下，像是一个被人赃并获的小贼般羞愧得恨不能在地上找出一条裂缝钻进去。

君晓寒似乎无奈地叹了口气，然后伸出手向他招了招。

顾子轩如蒙大赦，满心欢喜地跑过去。

“我是不是错了啊！”君晓寒抚摸着他的脸颊，两行泪水从太阳镜遮掩的脸颊蜿蜒着流下，“我不该招惹你的，我一个人死了就好嘛，干吗要把你也拖进来，子轩，如果有一天我伤害了你，你会恨我吗？”

顾子轩摇头，喉咙里仿若被严严实实地塞了一团布，什么都说不出来，眼前升腾起一片潮湿的雾气。

“你要记住，无论发生了什么事情，我都是爱你的。”说完，君晓寒陡地踮起脚在顾子轩的唇上吻了一下，随后疾步走向一辆红色的轿车，开门，启动，转眼就驶出了停车场。

顾子轩却还站在原地，心神依然沉醉在片刻前那浮光掠影的一吻中。虽然只是一触即分，顾子轩却如遭雷击，他能想象到的人生中所有最美好的事情加在一起都不及刚刚那一秒的千分之一。如果可以，他真想时间能够暂停在那一刻，这样他就能用无限长的时间来慢慢品味那一吻的滋味。但现在可不是时候，他努力从那种美妙的感觉中挣脱，快步奔到自己停在路边的那辆破面包车，远远地跟在君晓寒那辆红色的奥迪 TT 后面。他担心君晓寒会做出一些危险的事情，片刻前的那句话，无论怎么理解都像是在嘱托身后事一样。

好在路上车多，君晓寒的车速不快，顾子轩才能稳稳地跟着。大约半个小时之后，君晓寒的车开进了一片高档的别墅区。门口有保安，没有通行证，车开不进去，顾子轩只好匆匆忙忙把面包车停在路边，小跑着跟在后面。社区内行车有速度限制，因而君晓寒开得很慢。不过人少车也少，为了不被发现，顾子轩不敢跟得太近，只远远地用眼睛瞄着，一旦君晓寒的车进了盲区，他就飞奔过去。

顾子轩像没头苍蝇一般胡乱转悠了半天，终于歪打正着地在一栋外墙爬满了藤蔓的豪宅院内发现了那辆红色的奥迪 TT。那房子已经有些年头，欧式风格，占地极广，周遭林木森森，高有三层，有围墙，但很矮，只有一米多高，完全不具备防御性质。想必社区内的治安做得很好。

站在院墙外边核对了一下车牌号，没错，就是君晓寒那辆。顾子轩想要转身离去，忽然隐隐听到屋内有女人的尖叫声传来。他的心猛地一紧，想都没想便飞身越过院墙，直冲向房子的正门。临到正门前，他犹豫了一下，放弃了直接破门而入的想法，而是顺着墙壁绕到后面。房子后面有一片修剪得极为整齐的草地，正对着草坪的是一面落地的玻璃窗子，左侧一半遮挡着厚厚的窗帘，右侧只拉了三分之一，余下的一段并没有遮挡。顾子轩贴着墙壁站着，小心翼翼地伸长脖子向里面窥视，正好看到君晓寒趴在客厅的地板上收拾被打碎的杯盏之类的东西，一个穿着睡袍的老头子背对着自己坐在宽大的沙发上，粗声粗气地咒骂着什么，手里的皮带不时地在空中挥舞。每一次都让顾子轩把心提到嗓子眼，好在并没有落在君晓寒身上。骂了一会儿，那老人起身，沿着楼梯上了楼。君晓寒依然趴在地板上，肩膀一耸一耸地低声抽泣。顾子轩心头犹如刀割，几次都想冲进去，但最终还是忍住了。

出了小区，他开车离开，心情阴翳，一如外面铅云密布的天空。从疗养院出来时是下午 3:15，现在已是临近黄昏，他不想回去，又不知道该去哪里。这个时候他开始怀念起曹扬来。自从婚礼事件之后，他和曹扬就再没有接触过。之前在疗养院的时候偷听到曹龙刚和君晓寒的对话，曹扬应该已经被放出来了，只是不知道他在哪儿。在路上转悠了半晌，感觉有些饿，就在路边一家小饭馆停了下来。本想随便吃一口果腹，也不知哪根筋搭错了位置，张口就点了一瓶二锅头。点罢自己也愣了半晌，转念一想，点就点吧，正好心情郁闷，能够借酒消愁也不错。

一人独坐，窗外天色渐暗，暮色四合，身遭几桌食客推杯换盏，气氛热烈。本以为能借酒消愁的顾子轩在灌下几杯之后，那抑郁灰暗的心情不但没消解，反而更上层楼。满腹心事无人倾诉，憋闷得几欲发狂。他想到了院长康妮，她是个适合倾诉的人，只是一周前她就回美国了，说是有重要的事情要处理，短期内恐怕无法回来。

脑中各种思绪乱七八糟地翻滚着，忽又浮现出君晓寒说那句话时的情境，满脸都是浓得化不开的悲伤和坚定不移的决绝。顾子轩的心忽地抽紧，之前他只怕君晓寒会做出自杀之类的傻事，却没想到还有另一种可能。难道她真的决定杀了曹龙刚吗？要怎么办啊？他突然焦急起来，杀了曹龙刚倒无妨，可是杀人偿命，法网恢恢，君晓寒必然也逃脱不掉法律的制裁。她会被判死刑么？还是会被关在监狱里面一辈子？她还那么年轻，还有大好的人生，怎么办？怎么办？思及至此胸口像是被插了一把刀一样剧痛起来，蓦地一个可怕的念头升起。

只是在脑海中转了一圈，顾子轩就彻底地被自己心中产生的这个想法吓住了。他开始拼命地把那个想法压下去，但那念头一生出来就像强大而致命的病毒一样无法遏制，越是想要压制它就蔓延得愈迅速，转眼间就充满了他的整个思维。

“这可不是什么小事啊，那可是杀人啊！醒醒吧，你个傻瓜！

她真的值得你这样做吗？”一个声音忽然在心底大吼起来。话音未落，另外一个声音又响起：“当然值得，你爱她啊，那么爱，为了她，恨不得把自己的生命都交给她，为她杀了那个老混蛋不是理所应当吗？”

大不了一命抵一命而已。他喃喃自语，心里有一团火灼烧得他坐立不安。他已经知道君晓寒和曹龙刚住的地方，只需夜里偷偷摸进去，用刀子在曹龙刚那老东西的胸口插上那么几下，就万事大吉了。越想就越觉得靠谱，那团邪火也就烧得愈发旺盛，简直要把他的胸腔冲破一般。不如今天就去杀了他吧，省得夜长梦多。那火猛地爆炸开来，化作万千星火将他浑身的血液都点燃了。他豁地起身，额头青筋暴起，端起酒杯一口抽干杯中残酒，“砰”地砸在桌子上，声音大得将周围的几桌食客都震慑住，等他们回过神来，顾子轩已经走出了饭馆。

顾子轩满脑子都是要杀了曹龙刚的念头，就像猛然间被下了一个无法违逆的魔咒，只能向前，没有后路可退。

一路有惊无险地把车开到曹龙刚的别墅区。推开车门正要下车，忽然觉得好像缺了什么东西，可又不知道缺什么。酒劲上涌，顾子轩一阵头晕目眩，耳朵里也嗡嗡地响着，似乎有一群苍蝇被困在里面。他拍着脑门琢磨了半天，终于想到自己没有准备杀人的家伙儿。“真糟糕！”他嘟嘟囔囔地骂了一句，心想要是能有把刀子就好了，接着一边哼哼一边在驾驶室里乱翻。刀子自然没有，倒是让他从副驾驶的座椅下找到一把锈迹斑斑的改锥。他拿着那柄长约15公分的改锥端详了半天，挠了挠头，心中暗忖总比什么都没有强。想罢，将那东西揣进口袋。推开车门走下去。

外面不知道何时下起雨来，雨势不大，淅淅沥沥的。被冰冷的雨滴一砸，顾子轩一激灵地打了个寒战，猫着腰向别墅区里面奔去。站在院墙外，顾子轩发现偌大的房子漆黑一片，只有门灯还孤寂地亮着。翻越进去后，绕着房子转了三圈，顾子轩都没能找到潜入的方法。最后累得不行，加上酒意上涌，颓然跌坐在门前湿漉漉的草地上，暗骂自己真是糊涂，竟然没想到事先从君晓寒那里复制一把钥匙过来。

改锥还在裤子口袋里硬硬地戳着他的大腿，难道就这样无功而返么？他心有不甘，扭头看了一眼门灯光影下乌黑厚重的防盗门，心想如果去敲门，不知道君晓寒会不会放他进去，转念又想都这么晚了，说不定她正和曹龙刚那老混蛋同床共枕地睡在一起。脑子里转过这个念头，心底就有一股怒气冲上来。他手脚并用地爬起，冲向正门，暗付如果是曹龙刚来开门，那就照他的胸口刺上几下，然后转身逃命。

一边想着一边三步并作两步地奔到门前，方欲握拳砸门，忽然发现那防盗门并未关严，而是露着一条缝隙，他握着门把手下意识地一拉，门就那么开了。顾子轩心下大喜，完全没有意识到事情的诡异之处。蹑手蹑脚地走进去，窗子都挡着厚厚的窗帘，外面的光亮几乎无法穿透，加上刚从外面进来，眼睛还未适应昏暗空间，因而顾子轩觉得眼前漆黑一片，几乎伸手不见五指。过了片刻之后，他的眼睛才适应过来，发现自己应该正站在进门的玄关处，里面是大的有些空旷的客厅，右手边似乎是餐厅，应该还有用人房之类的房间。心里盘算着曹龙刚会在哪一间屋子，当然是在卧室，只是这么大的房子，究竟哪间是他的卧室还真不好说。难道要一间一间地找么？这要找到什么时候啊？想起日间在外面看到曹龙刚最后上了楼，想必卧室应该在楼上。思及至此，顾子轩把手机从口袋里掏出来，按亮屏幕，迅速照了一下就关掉。虽然只是短暂的一瞬，但已经足够他看清楚楼梯所在的方位。左前方，迈出三步，他就摸到了楼梯的扶手。沿着楼梯拾阶而上，转了一下，来到二楼。可能是因为没有窗子的缘故，二楼更显漆黑，顾子轩却不敢再拿出手机照亮，只能完全靠手来摸索。应该是一条走廊，扶着墙走了没几步，就摸到一扇门。

顾子轩的心猛地悬起，右手握紧改锥的木柄，心中祈祷房门可别上锁。握住门把手缓慢拧动，听到“咯哒”一声轻响，顾子轩顿时松了一口气。他轻轻推开门走进去，窗帘没有遮严，缝隙中透进一些外面的灯光，借着那光他能隐约看到床的轮廓，屏住呼吸，走到那床前，刚要动手他却愣住了，因为那床非常平整，显然没有人睡在上面。看来这个房间不是曹龙刚的卧室，而是客房。主人当然不会住在客房里。顾子轩只好退出去，继续向里面摸去，但一连找了三间，都不是。其中有一间是个非常大的套间，被褥皆在，还有淡淡的香气，是有人住的样子，但也没有人在。

前后不到十分钟，顾子轩紧张得整个人都快崩溃了，汗水从全身三万六千个毛孔里争先恐后地涌出，衬衫和外衣都已湿透，黏糊糊地贴在他身上。房子里似乎一个人都没有，难道曹龙刚和君晓寒今天晚上都不在？顾子轩只好再次回到一楼，心里开始有点打退堂鼓，原本仗胆的酒力已经消退了不少。他觉得有些累，见到面前摆放成“匚”字形的沙发，忍不住想坐在上面喘口气，只是还未等他走到沙发前，脚下不知道踩到了什么，猛地一滑，

“砰”的一声就扑倒在地。这一下摔得极重，顾子轩趴在地板上哼哼了半天才爬起来。地板上也不知道洒了什么东西，湿滑黏腻，搞得他满手都是。他把手在身上胡乱擦了擦，屏住呼吸，竖着耳朵仔细倾听，片刻后松了一口气，看来房子里确实没有人，否则自己搞出这么大的声音早该有人出来察看。这么一想，一直提着的心就放了下来，他开始觉得有些口渴，恰好茶几上有一盘水果，他伸手取了一个梨子，刚要咬，隐约看到好像有什么东西正躺在对面沙发和茶几之间的地板上，他弓起身挪向“匚”字的中间段，下意识地伸手去抓了那东西一下，接着心就猛地一跳，好像是个人，但却没有半点声息。他掏出手机去照，光亮起那一刹那，一张惨白的死人脸出现在面前。顾子轩失声惊呼，手机“啪”地跌落。

光亮消失，黑暗重新席卷而来。但那惊悚可怖的死人脸却牢牢印刻在顾子轩的脑中。顾子轩吓坏了，手机都忘了捡就逃出房门。来时还淅淅沥沥的雨不知何时变得狂暴起来，雨线被狂风扯着，像鞭子一样抽打在他身上。几乎是一瞬间，他浑身就湿透了。但他却像没有感觉一般在风雨中狂奔。中间摔倒不止一次，手肘和膝盖都擦破出血了。他连滚带爬地回到车里，启动车子，轰鸣着驶离。脑子里只有一个念头，那就是离那恐怖的地方越远越好。

顾子轩失魂落魄地将车子开回疗养院的时候已经是午夜时分，回来的路上状况不断，不过好在没发生什么严重的事故。最后他把车停在宿舍楼下，没有下车，而是坐在车里怔怔地发呆，密集的雨点将整个挡风玻璃淋得一片模糊。他伸手在脸上用力搓了搓，看到后视镜中的自己满脸是血，好像刚从阴间回来一般。连番的变故，惊吓，奔逃，体内的酒力几乎都已经化为汗水散尽。脑子终于恢复清醒，回想一下整个晚上的经历，真的如同噩梦一般匪夷所思。

死的人是曹龙刚，他下午在窗外见过那张脸。

可是，是谁杀了他？

几乎不用想，他脑中就浮现出君晓寒的身影。没想到自己还是去晚了一步。

顾子轩颓然叹气，又暗暗自责，如果下午的时候他不离开，事情也不会骤变到如此地步，也不知道现在君晓寒在哪儿，她一个女孩子这大半夜的能逃到哪儿去。他忽然想到说不定可以打电话找到她，结果翻遍了全身的口袋，都没有找到手机。凝神想了片刻，终于想到手机掉落的地方，顿时整个身体如坠冰窖。他想要将面包车重新启动，拧钥匙的手抖得宛如狂风中的烛火，脑海里只有一个念头，无论如何都要在尸体被发现之前将手机捡回来，否则他就会变成最大的疑犯。总算把车子发动起来，仪表盘上显示油量已经所剩无几，也不知道还能不能坚持到市区。事关自己的身家性命，别说没油，就算是跑他也得跑回去。好在已经是半夜，距离天明还早，他还有足够的时间赶回去。

面包车在山路上轰鸣奔驰，顾子轩握着方向盘的手青筋毕现。车刚驶进市区油箱已经见底，还好附近有个自助加油站，顾子轩开进去加满油，再次上路。等他把车第三次停到别墅区门外时，已经是凌晨 2:15。坐在座位上定了定神，正打算下车，几辆红蓝灯闪烁的警车就从他的身边驶过，呼啸着开进了别墅区。

顾子轩木然呆坐在车里，红蓝色的警灯打在他的脸上显得无比诡异。随着警车的远去，他的整个心神都坠入无底的深渊。

难道已经被发现了么？还是说碰巧有另外的案件发生。心中惊疑未定，越想越觉得不可能是巧合。但现在已是凌晨，按照常理来说，就算发现也应该第二天早上才对。正自困惑难解，脑中惊雷闪现，抬手便照着自己的脸重重地抽了一下。因为他忽然想起当时自己从屋子里失魂落魄地逃出来时，似乎忘了关外面的房门。如果真是这样，被发现也就不足为奇。这种业主身份非富即贵的别墅区，都设有专门的治安巡逻队，一天 24 小时不间断巡查。

现在，想要捡回手机已经不可能。该怎么办？

脑子在飞快地旋转着，顾子轩满头大汗地想了好半天，除了连夜逃出庆山之外再无其他更可行的。只是人不是他杀的，如果他逃了，那肯定会被怀疑成畏罪潜逃。另外，同样外逃的君晓寒必然也会被列入通缉名单。想到这里顾子轩颇感沮丧，没想到自己酒后的鲁莽行为竟然会间接连累到她。

逃还是不逃？

两种想法在他的脑海中互相冲突，最终还是逃跑的念头占了上风。

可是往哪里逃呢？第一个出现在脑海中的是赤城，距离庆山 700 多公里，那是姑姑和姑父所在的城市。因为工作的调动，姑父一家早在三年前就搬到了赤城，那时顾子轩还在上大三，之后寒暑假的时候在赤城待过几个月，虽然算不上熟悉，却也不太陌生。但这个选项只是在脑海中转了一圈，顾子轩就把它否决了。因为警方肯定会调查他的背景，赤城则必然会被列为重点来追查。

所以他只能逃到一个和他完全没有任何联系的城市。

再次回到疗养院的时候已经是凌晨四点多，雨已经住了。漫天的乌云散尽，晨星寥落。东方的天际鱼白微露。下了车，湿冷的空气扑面而来，他连着打了几个喷嚏。匆匆忙忙地回到宿舍，翻出几件衣服裤子装进双肩包，身份证和银行卡都在身上，钱包里还有一千多块钱应该够用几天的。

花了20分钟收拾完，临出门时看了一眼镜子，顿时被自己的形象吓了一跳。镜中的自己几如乞丐一般，发如乱草，脸上红一道白一道的肮脏不堪，衣服裤子不仅皱皱巴巴的还破了几个洞，并沾染着大片血迹。他这样出去想不惹人注目都不行。没办法只好再次回到洗手间洗了个澡，换了一身干净的衣服，这才把门锁上，蹑手蹑脚地往出走。谁料还未走出宿舍楼的门就遇到了值完夜班回来的方媛。

“这么大早的你干什么去啊？”方媛哈气连天地问。

“呃，我姑父生病了，我回去看看他。”顾子轩急中生智。

“怎么这么突然？”

“是啊，昨天晚上接到的电话。”

“很严重么？”

“还不清楚，电话里说不清楚，回去才能知道。”

“那你什么时候回来，请假了么？我跟你说，胡思瑶可是一直看你不爽，落在他手里有你受的。”

“正想着上午打电话请假，这不正好遇到你，今天如果遇到胡姐就帮我说一声，免得到时候我打电话的时候好像我先斩后奏似的，就说我走得早，来不及当面说。至于胡思瑶，”顾子轩无奈一笑，“大不了回来时被她痛骂一顿呗。”

“好吧，那你路上注意安全啊！”

“嗯嗯，”顾子轩点头，“你也快去休息吧！一宿没睡吧。”

辞别方媛，顾子轩一边往出走一边苦笑连连，和此刻自己遇到的困境相比，被胡思瑶痛骂一顿显得是那么的微不足道。转念又想到康妮，自己可真是辜负了她的期望，也不知道当她得知自己成了杀人嫌犯的时候会有什么样的反应。她会相信么？会不会在心里痛骂他是一摊扶不上墙的烂泥。忽地又想到姑姑，顿时整个人都被巨大的沮丧击倒。从小到大他都奉行不给姑姑和姑父添麻烦的原则行事，顺从，乖巧，守规矩，不叛逆。但却没想到时至今日，却捅了这么大的一个娄子。

脑中思绪纷繁，回过神来的时候他已经走到了外面。不知何时起了雾，茫茫一片，将整个疗养院笼罩其中。顾子轩转头四顾，周遭景物都在雾气中忽隐忽现。他虽然已在这里住了好几个月，但被这雾气遮掩，所有的东西突然又都变得无比陌生起来，好像他猛然间跌落进一个古怪的梦中。

顾子轩拍了一下自己的额头，想要把这诡异的感觉拍散。面包车依然停在面前，他打开车门把钥匙插进去，发动机轰鸣起来，转动方向盘，沿着路往出开，转过2号楼的时候他鬼使神差地朝楼上看了一眼，心中一惊，3楼的某个房间中有一个人正站在玻璃后面盯着他看，幽灵一般。减缓车速，终于看清那人是落落，他低低地叹了一口气，他是因为落落才来到这里，现在自己要离开，目送他离开的依然是落落，冥冥中似乎真的有天意在作祟。

面包车在山路上疾驰，顾子轩一边开车一边想着接下来的计划。他打算先去火车站，乘坐最近一趟车离开庆山，去哪里无所谓，重要的是迅速离开。但当他开到市区的时候，忽然改变了主意，因为他想到乘坐火车需要用身份证来购票，车站又全国联网，很容易就会被警方查到自己的行踪。于是他把车子拐到庆云路，直走到头就是长途客车站。同火车相比，长途大巴对乘客的检查不严，而且有很多黄牛倒卖车票，自己完全可以神不知鬼不觉地混上一辆车，不一定非要到目的地，随便到哪个停靠的地方他就可以悄悄脱身。想法既定，狠踩油门，破旧的面包车像是被踩了尾巴的狗一样疯狂地向前蹿去。

赶到长途汽车站的时候差一刻6点，车站人影寂寥，司机已经启动了大巴，发动机的轰鸣声隔老远都能听到。售票员正站在门口招呼还在下面抽烟的乘客赶紧上车。顾子轩小跑起来，逆着刺眼的晨光穿越车来车往的街道。眼看着就要奔到大巴车近前，忽然听到身后有人喊了一声他的名字，他下意识地应了一声，转头去看喊他名字的人。不承想还未找到那人，横下里一个人直冲过来就把他扑倒了，紧接着他的两条手臂都被凶狠地扭到后面。顾子轩惨叫一声，想要挣脱，瞬间又冲过来几个人七手八脚地把他死死地按在地上。

顾子轩完全蒙了。挣扎着想要从那些人的按压下脱身出来。结果刚把头从泥泞不堪的地面上昂起，迎面就被狠狠地打了一拳。那一拳力量颇大，正砸在他鼻子上，霎时眼前金星乱射，脑中轰鸣，鼻血混着眼泪鼻涕一起流了出来。他想要问他们是谁，想要干什么。但却无法开口，那种痛楚简直令他整个脑子都停止了运转。浑浑噩噩间被那些人从地上拉扯起来，一双手在后面把他从脑袋搜查到脚底板，钱包钥匙俱被掏走。

一个年龄四十岁左右，马脸瘦高个子的男人问："是他吗？"

另一个稍微年轻点的圆脸矮子一把掐住顾子轩的下巴，左右扭动，仔细端详了半晌，答："没错，就是他。"

"好，带走吧。"先前那人淡淡地说道。

说罢，那个圆脸矮子从腰上摘下手铐"咔嚓"扣在了顾子轩的手腕上。

看着手腕上那对在晨光下明晃晃的手铐，顾子轩的心就直坠下去，接着眼前一黑，头上被罩了一件衣服。几只手依然铁箍一样抓着他的双臂，周围人声嘈杂，他踉踉跄跄地被扯着往前走，也不知道走了多远，被带上了一辆车。车子启动后，脑袋上的衣服终于被扯下来。强烈的光线猛地泄入，顾子轩睁眼如盲，过了好一会儿才看清周围的环境。

他正坐在一辆轿式警车的后座中间，双手被铐在前后座间的铁栅栏上，两边分别坐着一个男人，一个年纪轻轻一个暮气沉沉，年轻的满脸紧张地盯着他，好像只要一不留神，他就会一跃而起当街杀人；年老的则面无表情，一副见惯不怪的样子。似乎是感受到顾子轩的目光，副驾驶位置上的男人扭头看他，是那个圆脸的矮子。他眼神锋利得像刀子一样瞪了顾子轩一眼即扭过头去。

顾子轩被瞪得有些心惊肉跳，他不知道自己接下来将会被怎样对待。前二十多年的时间里他从来没想过自己和警察这个人群会有什么交集，更别提沦为杀人凶嫌。会被刑讯逼供么？顾子轩一边心怀忐忑一边脑中泛起大大的问号。据说如果犯罪嫌疑人不配合审讯的话，他们就会使用一些非常规手段，例如把嫌犯的脑袋浸入冷水，或者隔着厚厚的字典打。这些他道听途说来的信息像幻灯片一样在他脑中急速闪现，每想到一个他就不禁后背发冷，心底泛寒。

不知道他们是不是也去抓君晓寒了，真希望她能逃得远远的，永远别被抓到。脑中显现这个念头的时候，顾子轩自己都愣了一下。难道不是应该希望君晓寒也被抓到么，毕竟真凶是她，只有抓到她才能洗清自己身上的罪名啊。反之，如果抓不到的话，自己就成了她的替罪羊了。想到这些，他愕然发现自己心里竟然一点都不反感，反而有些心甘情愿的意思。

是啊，反正之前都决定要为她杀了曹龙刚，现在只需要替她背个杀人的罪名而已，相对而言容易了很多，不是吗？被审讯的话就老老实实地承认人是自己杀的，自己这么配合，想必他们就不会用什么非常规的审讯手段了吧。思及至此，心里顿时松了一口气。相比最后可能会得到的结果，顾子轩对身体遭受折磨更加恐惧。稍倾，顾子轩的一颗心又提了起来，如果他们问具体的杀人细节该怎样回答呢，自己没做，当然说不清啊。皱眉寻思，忽地灵光一现，有了，就说喝多了酒不记得了。

想通了这一切后，顾子轩整个人都放松下来。不知道是不是想要故意营造出一种沉闷的氛围来给他制造压力，除了顾子轩，车里其余的四个人全都哑巴一样一声不吭，板着脸表情严肃威严。顾子轩暗感好笑，自己已经决定要为君晓寒顶罪，整条命都打算豁出去了，怎么会被这几人佯装出来的威严吓到。他不想和那几人大眼瞪小眼地对视，就别过头去看窗外的风景。

一路穿行过刚刚醒过来的城市，路面上车子渐多。经过一夜的大雨之后，天气转晴，阳光明媚，整个天空更是湛蓝得如同刚刚洗过一般。庆山的秋日，苍穹辽阔高远，望之令人心旷神怡。只是坐在车里不太容易看到外面的整片天空，他扭动身体想要找一个更好的角度。还没等调整好，前面那个圆脸矮子就回过头来厉声斥责道："我说你能不能老实儿坐着，皮子痒了么？"

顾子轩不想激怒对方，只好顺从地坐好。车子开得很快，透过前面的挡风玻璃顾子轩能看到一辆黑色的帕萨特一直行驶在前面，引路一般，自己所在的这辆紧紧地跟在后面。约摸过了半个小时，车子拐进一个绿树森森的大院，顾子轩看到门口挂着的牌子，上面写着"庆山市公安局"。

车子停稳之后，顾子轩被带了出来，头又被一件衣服罩上。手臂依然被之前那两人抓着。走了几步，年老的那人提醒他迈台阶。他抬腿上楼梯，大约七八阶的样子。进了门，直走几十米，转向右侧，又走了几十步，进了一间屋子。他被粗暴地按在一把椅子上，腕上的手铐刚被摘下，随后双手分别又被铐在了身后。

头上罩的衣服被拿走，顾子轩发现自己被带到了一间墙壁是蓝色的屋子里，正坐在一把特制的椅子上，头顶的日光灯亮得刺眼。房子没有窗户，对面墙上挂着一个硕大的警徽，面前两三米处有一张办公桌，桌上有一台笔记本电脑，办公桌后面坐着两个人，都见过，其中一个是之前在车站时出现过的马脸瘦高男人，另一个则是之前呵斥过他的圆脸矮子。

"知道为什么抓你吗？"马脸男人咳嗽了一下问道。

顾子轩点头。

“说说吧！”

“曹龙刚是我杀的。”

“就这些？你怎么杀的，为什么杀他，杀人的刀子扔哪儿了？偷的钱呢？”

“不知道，我昨晚喝了很多酒，都忘了。”

“别跟我装糊涂，赶紧老实交代，不要妄想敷衍我们。”

“我没敷衍，人是我杀的，但你问的那些细节，我真的想不起来了。”

“好吧，你说你喝酒忘了，那你总不该忘了为啥杀他吧？”

“还能为啥，为了钱呗！”顾子轩闷声回答。

“那钱呢？你把偷来的钱藏哪儿了？”

“不知道。我不记得了。”

圆脸矮子“砰”地拍了一下桌子，怒吼道：“别装了，装疯卖傻的我见得多了，个个都比你会编，最后还不都老老实实交代了。我劝你也赶紧交代，别给自己找不自在。”

顾子轩一脸无奈，语气几近哀求，“我真没想找不自在，可我也只能告诉你们我记得的事情。你总不希望我胡编乱造对付你们吧！”

“我看你小子是欠揍。”矮子警察气势汹汹的样子，像是要扑过来揍顾子轩一顿似的。

据说很多警察在审讯嫌犯的时候最常用的就是“黑红脸”。一个恶语相向充当黑脸，一个温和体贴充当红脸。心理素质不是很好的嫌犯大多在被“黑脸”吓得胆战心惊之后，就会对循循善诱的“红脸”和盘托出。顾子轩不知道面前这两人是不是也在使用此类审问策略，不过，无论是与不是，那矮个子警察的表现都够烂的，因为马脸警察一直皱着眉头，后来脸上浮现出实在忍受不了的表情，不得不扯了一下矮个警察，告诉他冷静点。两人之间的关系显然是上下级，矮个子警察虽仍是一副怒气冲天的样子，无奈只好顺从坐下，不再说话，只是用两只眼睛阴狠地盯着顾子轩。

“行，那你告诉我你还记得什么？”马脸警察继续问道，语声温和，脸上也是淡淡的，没什么表情，就像一口古井，幽深沉静。

顾子轩颇感头痛，越是这种阴沉似水的人物越难缠。他们顽固冷静，认准的事情很难被别人所改变。他原本打算除了承认杀人之外，其余一句话都不多说。可是这马脸警察一再追问，搞得他有些措手不及。好在现在闭嘴还来得及，于是他干脆耍起无赖：“对不起，我现在什么都不记得了。”

马脸警察似被激怒，厉声道：“别以为你不说我们就没办法对付你。”

顾子轩不再说话，只是耸了耸肩，一副悉听尊便的样子。心里却远远没有表面上那么无所畏惧。他怕死了，激怒对方显然是下策，不过现在他已经骑虎难下，因为只要他一松口，无论说什么，那马脸警察都很有可能打蛇随棍地逼问他更多，所以就算是预料到会激怒对方，他也只能硬着头皮顶着。

“好吧，你既然不配合，那我们就看看谁能熬过谁。”马脸警察冷哼一声站起身来转身开门走了。随后进来两个年轻的警察，其中一个和顾子轩差不多大，一看就是刚从学校里出来的。另一个是熟面孔，在警车上和顾子轩一起挤在车后座的那个人，当时身着便衣的他现在已换上了警服。矮个警察见两人进来，也站起身来，跟他们低声说了几句后，凶狠狠地看了顾子轩一眼，便也走了出去。

顾子轩松了一口气，觉得屋子里的紧张气氛一下子缓和了许多。

忽然，头顶的日光灯熄灭了，屋里顿时一片漆黑，“咣当”一声，什么东西被放在桌子上，下一秒，一道无比刺目的光柱标枪一般射向他。那是一台带有蓄电池的微型探照灯，功率强劲，光线如刀。顾子轩被突如其来的强光照得头昏眼花，双目刺痛，泪水从眼眶汹涌流出。他没办法擦，只能任由它们在脸上肆意横流。

“姓名。”隐在强光背后的警察冷言喝问。

顾子轩紧闭着眼睛回答。

随后那警察又年龄、性别、籍贯地问了一大通。

顾子轩耐着性子一一回答。问完了基本信息之后，对方又开始问其他问题，诸如家庭情况、教育情况等等，都是些无关紧要的问题。顾子轩戒备心降低，一直绷紧的神经也随之放松。从昨日到现在，一天一夜，他几乎没合过眼。疲惫感开始从全身上下的无数细胞中渗出，漫布全身，困意汹涌袭来，无法抵御，眼皮像是坠了一块千斤重的巨石。紧接着，意识也飘忽起来，悠悠荡荡，像是狂风吹过时天空的云朵，倏地聚散，转眼消失。

迷迷糊糊中，眼前忽然闪过君晓寒的面孔，霎时醒来，脑中一片清明，他猛地意识到事情有些不对，之前那马脸警察问了他好几个问题。为什么这些问题中一个关于君晓寒的都没有。按说曹龙刚被杀，作为女主人的君晓寒又离奇失踪，难道不应该引起关注吗？心中猛地一惊，暗想是不是他们已经抓到了君晓寒？转念又觉得不可能，因为如果君晓寒已经被捕的话，警方显然会把她当主要的突破口。只要君晓寒一说出真相，那么自己的嫌疑就彻底洗清了。反观现在，警方死死地盯着自己，这足以证明君晓寒并未被捕，或者被捕了也没有供认杀人事实。

一时脑中疑窦丛生，如同被一团浓重的雾气笼罩，无论如何都看不透雾气背后隐藏的谜团。顾子轩绞尽脑汁地想了半天都想不通为什么，无奈之下只好放弃，抱着走一步看一步的想法，心里却还是放不下君晓寒，不知道她能不能逃脱。忽地又想如果自己顶罪成功，会被定什么罪，是会被判死刑，还是要坐一辈子大牢？

第 12 章

法庭之上

顾子轩看到一个很明亮的房间，屋子里所有东西都没有尖锐的棱角，就连墙壁都贴着一层厚厚的防护泡沫，浓重的消毒水味道充斥在鼻腔中，自己坐在轮椅上，枯瘦的两只手紧紧握住两个座椅扶手，青色的血管凸显着，暗褐色的老年斑遍布整条手臂。

他恍惚了一下，许多年前他也曾经历过这样的怪梦。

有人开门走进来，他抬起头去看——竟是君晓寒。

“妈，我不得不这么做……”君晓寒表情凄楚地说道。

顾子轩心里咯噔一下，心想晓寒这是要在畏罪潜逃前见她妈妈最后一面吗？不行，自己要提醒她赶紧逃。于是，他通过老人嘶哑的喉咙对着君晓寒大喊：“快走！”

君晓寒像是吓了一跳，脸上表情复杂，怔了怔，忽然抓住他的手哭着说：“妈妈，我做的一切都是为了我们能有更好的生活。”

顾子轩想要挣脱君晓寒的手，却忽然觉得有什么东西在抓他的脚，低头一看，吓得肝胆俱裂，那个本应该死掉的晓寒的继父不知何时爬过来，身子还趴着，脑袋却匪夷所思地扭转了 180°，眼睛凸出，恶狠狠地瞪着他看，更恐怖的是他发现那张脸苍白衰老，竟然和曹龙刚一模一样。

他“啊”的一声惊醒，急促地呼吸，满脸都是冷汗，一道强光正照射在他脸上，他根本睁不开眼睛，那张恐怖的脸还浮现在他脑海里。

这已经是他被羁押的第三天。

三天来，顾子轩不止一次地被提审。虽然没有遭遇到那些骇人听闻的刑讯逼供，但仅仅是“疲劳轰炸”就已令他不堪忍受。他原本以为自己能挺过去，后来发现他高估了自己的毅力。那种痛苦和折磨没有真实经历过永远都无法想象。痛苦并非是源自肉体的疼痛而是从骨子里渗出来的困倦。他是早上六点多被逮捕，然后带到公安局开始审讯。三天里，顾子轩不间断地被审讯，精神已经几近崩溃，心里都是“只要能让自己舒舒服服地睡一会儿，就算是第二天被枪毙都心甘情愿”的想法。最后他意识到如果这样持续下去，最终他肯定会坚持不住把真相说出来。于是趁着暂时还能控制自己的意识时，他举手投降，把事先已在心里编好的谋杀经过说了一遍。

“是我杀了曹龙刚。我跟踪君晓寒到他家，然后一直等在外面，夜深人静的时候，我用从君晓寒那里偷配的钥匙开了门，打算偷点东西换钱，结果还没等找到值钱的物件儿，就被起夜的曹龙刚撞见，他挥舞着皮带冲过来打我，我很害怕，想要逃跑却被堵在客厅，身上挨了几下，老头扯着我的衣服说要送我进监狱然后弄死我，我挣脱不开，一急之下就把刀子刺进他的胸口，后来我发现他死了，就吓得赶紧逃跑了。”

他亦真亦假地编了个似是而非的故事，磕磕绊绊地说完，沉默下来，勉强撑着将要落下来的沉重眼皮，去观察审讯者的反应。马脸男靠着椅背，整个身体都隐藏在灯光背后的黑暗中，看不清脸上的表情。沉默了半晌，似乎在琢磨他说的内容可不可信，接着，咳嗽了一声，身子前移，脑袋进入光线能覆盖到的范围，表情依然阴翳，也不知道对他供述的内容是否满意。

顾子轩正心怀忐忑地揣测。马脸男则捏着下巴开口问道：

"你扎了他几下？"

"记不清，应该有四五下。"

"刀子在哪儿？"

"我不记得，逃跑的时候太惊慌，不知道丢哪儿了。"

"你晚上喝了酒。"

"是，酒壮熊人胆嘛。我胆子比较小，喝点酒才敢做这个事情。"

"你说你还没来得及偷就被曹龙刚撞见？"

"对。"

"那为什么现场保险柜是打开的？"

"我不知道，酒喝得有点多，也可能我确实打开了保险柜。"

"保险柜没锁？还是你知道保险柜的密码？"

"我不知道密码，应该没锁。"

马脸警察不再继续追问，从椅子上站起来走到顾子轩面前，盯着他看了一会儿，欲言又止，接着转回去，对另外的那个警察说："带走吧，给他点水和吃的。"随后便走了出去。顾子轩长长地松了一口气，知道自己似乎闯过了头一关。接下来就是昏天暗地地睡，也不知道睡了多久，等再次被叫起来审讯时，审讯室里除了马脸警察，又多了几个人，都差不多四五十岁年纪。看马脸男对那几人的态度，可以知道他们身份级别应该更高一些。对方要求顾子轩重新讲述一遍杀人经过，顾子轩又说了一遍，并自行补充了很多细节。包括作案动机、作案时心理活动等等，说到最后他自己几乎都有一种人真是他杀的恍惚感。啰啰唆唆地讲了一个多钟头才讲完，随后屋子里的几个人又轮番问了他几个问题，诸如他是如何逃跑的，有没有同伙帮忙等等。该否认的就否认，能编造的顾子轩就编造几句，实在编造不了又不好否认的就推脱说忘记了。

审讯结束后，顾子轩又被带回羁押室，看来自己表现不错，审讯者们虽然一个个面如平湖，但显然对他的供述还比较满意。这从随后送来的食物就可窥见一二。有红烧肉、鸡腿、香菇油菜、笋丝鸡蛋等，丰盛得令他都有些受宠若惊了。后来的几次审讯都很简单，几乎就是把他叫过去，让他确认一些事情。他就有的点头承认，有的摇头不知。

之后没多久，顾子轩正式被检察院批准逮捕，随后便被送到了庆山市第一看守所。

在看守所的第二天，一位姓周的律师来找他。那是个四十多岁的秃顶男人，穿着不甚合体的灰色西服，说是受了顾子轩姑姑和姑父的委托来帮顾子轩的，让顾子轩不用担心，他会尽最大的力量来帮顾子轩打这场官司。对此顾子轩也只能苦笑应对。随后那人又问及事情的经过，以及顾子轩在公安局的经历。顾子轩一一说了，周律师听完有些愁眉苦脸，挠了挠头发不多的脑袋，说会争取帮顾子轩辩成过失杀人，这样起码不至于被判死刑。

周律师显然知道这个话题过于沉重，打算换个话题转移一下顾子轩的注意力，但想了半天也不知道该说什么好，就顺嘴说起顾子轩这个案件的外界反应。现在外面很多媒体都在关注和讨论这个案子，省公安厅甚至有一位领导来庆山市成立了专案组。听到“成立专案组”，顾子轩不禁猜测起其背后所隐含的信息。因为但凡这种大案要案，警方一般都会非常重视，会动用很多人力物力来使案情尽快水落石出，这对君晓寒来说可不是一个好消息。因为作为本案的重要关系人，她势必将会面临各种盘问等，不知道君晓寒能否蒙混过去。思及至此，顾子轩的一颗心又紧绷起来。

周律师正说着，看守所的人推门进来提醒探视五分钟后结束。周律师从椅子上站起来，一边收拾桌子上的纸笔材料，一边劝顾子轩凡事要想开，不要走极端。话里话外都是担心顾子轩想不开会走绝路。顾子轩沉默着，眼看着那律师就要转身离去，心中一动，一直在心里盘旋的疑问脱口而出。

“请问有君晓寒的消息吗？”

周律师已经走到门口，听了顾子轩的询问不禁愣了一下，转过身诧异地看着顾子轩说：“你问她干吗？”

“不干吗，就是问问。”

周律师顿了顿，说：“据说曹龙刚留下一份遗嘱，君晓寒是最大的受益人。好了，我走了，对了，可能明后天我还得来一趟，那时候庭审的时间就应该能确定了。”

周律师说完就走了，顾子轩却怔怔地呆立着，脑子里一直盘旋着周律师刚刚说的话。这事情，似乎，和他想的有些不一样啊！按说君晓寒作为真正的凶手这时应该远远地逃走，小心翼翼地躲藏警方的追捕才对。但听那人的话，似乎君晓寒安然无恙地待在外面，不仅安然无恙而且似乎还过得很滋润。难道君晓寒知道自己会心甘情愿为她顶罪，所以才这样有恃无恐？可这完全说不通啊！因为他们两个在事情发生之后完全没有任何接触，君晓寒根本无从得知他的心意啊。

直到被带回监室，顾子轩脑子里一直都在想着这个问题。只是越想越觉得这事情令他心底泛寒、浑身发冷。他竭力想要搞明白为什么会是这样，然而整个思维却像是一团被一个顽劣的孩子扯乱的毛线团，各种思绪缠绕纠结在一起，无论怎么努力都解不开那个死结。接下来的时间，他再也无法像刚来的时候那样平静地独处了。周律师的一番话，好似一柄巨锤在他心里砸开了一个奇怪的豁口，很多稀奇古怪的想法都冒了出来，还有在审讯室他做的那个怪梦。晓寒没有带他妈妈一起走吗？

随后的两天顾子轩过得甚为煎熬，简直是坐立不安、如芒在背。说来也怪，原本打定主意为君晓寒顶罪，就算是死也没什么关系的他，在得知君晓寒好端端地在外面时，却生出了一些莫名其妙的情绪——有些沮丧又有些失望，他这么豁出性命来帮她君晓寒，为何她对他的帮忙没有一点反应，就算是心思谨慎怕露出马脚被人察觉，但怎么着也应该对他有所暗示才对。现实是，君晓寒似乎毫无所动，相较于出事前她对他的情真意切，顾子轩越想越觉得难以忍受，但转念一想也可能是君晓寒还没想好该怎么办，更或许她正在外面动用关系来帮助他。这么一想，顾子轩心里好受了很多。

两天后，周律师依约来到看守所。他通知顾子轩法院会在三日后开庭，到时会对他的案件进行公开审理，很多新闻媒体将会参加，到时他只要如实回答询问就好。顾子轩点了点头，突然鬼使神差地问了一句：“君晓寒也会出庭吗？”

“她肯定会出庭的，毕竟是被害人家属，除此之外，你姑姑和姑父也会出庭。”

顾子轩心下黯然，他最不想面对的时刻终于还是来临了。

“我问你几个问题希望你能老老实实地告诉我，因为这几个问题可能会关系到能否为你争取到减刑。”

“你说吧。”

“曹龙刚被杀当夜，保险柜里的十几万美金和欧元，以及价值不菲的珠宝首饰，全都不翼而飞，警方搜查了你的住所但并未找到这些东西，如果你能告诉我这些东西在哪儿，检方同意视为是你主动交代的。”

顾子轩听完，苦笑地摇了摇头，说：“如果我说我没拿那些东西，你会相信吗？”

周律师定定地盯着顾子轩的眼睛看了一会儿，耸肩道：“我相不相信无所谓，只是告诉你这样可以帮你争取减刑。”

“这块没戏的，可以试试从其他角度切入为我辩护，你不是说可以帮我争取过失杀人吗？而且我也确实是过失杀人，我本来没想杀他的，是他忽然冲过来。”

周律师忽然露出不耐烦的表情，懊恼地拍了一下桌子，说：“你一点都不配合，这让我怎么帮你啊！”

顾子轩察觉对方的情绪似乎不对，上次来时他斗志昂扬，十分积极，而今天却是沮丧悲观、焦虑不安。也不知道这几天发生了什么事情导致他出现这样的转变。难道有人对他施加了什么压力？并不是没有可能，设想一下如果自己是被害人的家属或者朋友，面对想要为凶手脱罪的律师，想必也不会对他多么友善。说得更严重一点，收到什么死亡威胁也不是没有可能。

“是不是有人不想让你为我辩护？”顾子轩忽然问道。

顾子轩的发问似乎让周律师感到猝不及防，他愣怔了一下才闪烁其词地极力否认。

顾子轩心里突然疑窦丛生，从周律师的表现来看，肯定是有人对他施加了压力，但谁会不希望他减刑呢？不可能是君晓寒，难道，是曹扬吗？这倒是极有可能，虽然曹扬一直表现得对曹龙刚充满怨恨，但毕竟父子血亲。所谓杀父之仇，不共戴天，别说他俩已经闹翻了，就算没闹翻，曹扬如此选择，顾子轩也无话可说。

世事如棋，诡谲难料，谁又能想到短短的几个月间竟会发生如此多的事情。顾子轩低低叹息了一声，转身离开会客室。只是还未走到门口，就听到那律师在身后语带哭音地喊道：“对不起，我真是没有办法，他们不准我放弃辩护，又不让我帮你。我要想活命，我就得听他们的。”

顾子轩转过身，看见周律师瘫在椅子上，不禁苦笑了一下。

“我知道了，”顾子轩低头看着脚上的脚铐闷声说道，“那你就按照他们的要求做吧！”说罢长长吐出一口气，昂首走出了会客室。

对一个辩护律师都做到如此地步，想必对方已经打定主意要置他于死地。看来无期已是奢望，死刑才是他最后的结局。

转眼又过了两天，明天就是开庭日，君晓寒似乎没有任何动作，至少顾子轩没有感觉到。这也许有两个可能，一是她努力了，但没有成功；二是她根本没有采取任何行动。他当然更愿意相信是第一个原因。然而事已至此，究竟是哪个原因已经不重要了。

心早已沉入谷底，说来也怪，当一切希望又变成绝望的时候，内心反而重归平静了。

顾子轩倚着墙壁抱膝而坐，夕阳透过狭小而局促的窗口照射进来，一半铺在年深日久磨得光滑铿亮的水泥地上，一半投在面前不远处的墙壁上。囚室外似乎有一棵树，不知道是什么品种，但应该有宽大而稠密的叶子，因为风起的时候，他能听到“呼啦啦”的声响。

他凝神听着外面的声音，瑟瑟的风声，隐约的人语声，清脆的鸟叫声。已经是仲秋了，庆山一年中最好的季节。疗养院中有很多枫树，待过几日，有霜降下来的时候，那枫叶就会变得火一样绚烂。只是，这些终归和他没有关系了。

顾子轩正出神，突然听到铁门“咯吱”一声响，一个矩形的豁口出现在铁门上，一个狱警在那豁口后面叫他的编号。

“过来，把手放在这里。”那狱警命令道。

他走到门前，两只手从那豁口伸出去，“咔嚓”一声，手腕微凉，缩回来时已多了一副手铐。每次被提审或者探视都要如此这般，经历过多次，他已习以为常。

“这次是谁？”他问。

“所长要见你。”那狱警低声答道。

沿着走廊七拐八折地走了十多分钟，终于来到所长的办公室。只是刚走到门口，就见有个人等在门口，正是那姓程的所长。刚来看守所的时候，他见过这人一次。印象不太深刻，只记得是个四十多岁的中年男人，中等身材，脸型瘦削，眼睛有神，予人一种冷酷果决的气质。此时再见明显感觉到他温和了许多，不像是在面对一名重刑犯的样子。

见顾子轩走过来，程所长竟然还笑了一下，接着让那名随他一起过来的狱警等在外面，然后转身打开门，把顾子轩请了进去。

顾子轩有些受宠若惊，心里却“砰砰”打鼓。都说事不寻常即为妖，一个看守所所长对他一个犯人这么恭敬，显然不太正常。若说对方别有所图，他又实在不知道自己身上有什么东西值得对方如此重视。心中疑惑，脚步未停，后腿刚迈进办公室，门便在身后“哐”地关闭了。他吓了一跳，心惊胆战地转头四顾，发现并没有什么面罩黑布的歹徒冲过来杀他灭口，这才松了一口气。正想开口询问对方为何叫他过来，却看到那人莫名其妙地往耳朵上扣上一副巨大的头戴式耳机，接着径直走到书架前，随手抽出一本书，顺势坐在书架旁的沙发上，全神贯注地看着。顾子轩暗自奇怪，忽见那人抬手指了指桌上的电话机。

白色的有线电话，听筒侧放在一边，他这才醒悟原来是要他来接听电话。他走过去，捡起话筒，放在耳边，心里却一直在猜测电话那边究竟是谁。

“喂，您好。”“子轩，是我。”

对方只说了四个字，顾子轩的心便一颤。他心里一直猜打来电话的人是姑姑或者是君晓寒，因为只有这两人最有可能，而无论如何他都想不到会是康妮。

“康妮，是你吗？”

“是我。”或许是因为线路的原因，康妮的声音听起来有些沙哑。

“你什么时候回来的？”

“下午的飞机。”

子轩突然不知道该说什么。喉咙像是被堵住了一般，连呼吸都变得困难。从被捕到现在，已经过了一周多的时间，他所面对的不是严厉的审讯者就是冷漠的看守人员，此时忽然听到康妮的声音，那种从心底涌出来的复杂情绪——感动、委屈、希望、欣喜……诸般种种，真的是难以用语言来形容。

“我听说了你的事情后，就立刻赶回来了。”康妮顿了一下，“你真的杀了曹龙刚么？”

“我——”顾子轩只说了一个字就不得不停住，他不知道该不该把真相告诉康妮。有那么一瞬间他真想把所有事情全都说出来，但想到君晓寒，他又忍住了。他知道如果他说出真相，康妮肯定会帮助他，只是事已至此，他付出了那么多才走到这一步，真的要前功尽弃么？念头方起，旋即就被扑灭。他已经没有回头路可走，君晓寒和他只有一个人能活，现在选择权在他手里，他又怎能选择己生她死。不是早已经打定主意了么，现在又有什么好犹豫的。想罢，点头答道：“是，是我杀了曹龙刚。”

“你说谎。”康妮语气凌厉，声音如冰刃直刺顾子轩耳膜。

顾子轩呼吸一窒，虽然看不到康妮的面容，但可以肯定她的脸色肯定不会好看。

“杀曹龙刚的人是君晓寒吧？”虽然是疑问的语气，但康妮却说得无比肯定。

“你怎么知道？”顾子轩像是被踩到尾巴的猫一般惊得几乎要把手里的电话扔出去。

“看来是了。”康妮叹了口气，“因为我不信你会杀曹龙刚，现在曹龙刚死了，获益最大的是君晓寒。你那么喜欢君晓寒，想必不愿看到她成为杀人凶手，怎么办呐？那就只好献出自己做她的替罪羊。这些都不难猜吧？”

顾子轩握着电话目瞪口呆：“这些……都是你猜的？”

康妮却不接他的话茬，而是在电话里继续说道：“既然你心甘情愿替她背黑锅，那看来也就不需要我做什么了。”语气寥落，透着一股哀其不幸怒其不争的味道。

不知为何，听康妮如此说，顾子轩就觉得心中一痛，闷声问道：“我会被判死刑么？”

“应该不会，按照你的供词，还不至于死刑。我重新给你找了个辩护律师，晚是晚了点，不过明天应该判不了，凶器没找到，证据链还不够完整，检方现在着急开庭，想必有人在后面操纵，只要我们能够拖延一下，说不定还有转圜的余地。”

听康妮如此说，顾子轩一颗心顿时落地。这么多天以来，尚是首次如此放松。说来也怪，他和康妮认识不久，身份更是天差地别，却莫名其妙地颇为投契。更难得的是那种由心底而发的信任，就好像上辈子就相交莫逆一般。心安之余，越发感到康妮对他的恩情之深厚。似乎从认识她开始，她就一直在直接或间接地帮他，例如车祸之后让他在疗养院养伤治病，他失业她就给他一份工作鼓励他画画，并赞赏他的才能，甚至还帮他和君晓寒牵线搭桥。一桩桩，一件件，回想到最后顾子轩自己都震惊了，恐怕在这个世界上，除了死去的父母和培养他的姑姑，再也没有人能够比康妮对他更好了。每个人做一件事都有动机，有所求，康妮却不同。顾子轩绞尽脑汁都想不出她的动机或者说目的是什么。若说为了他这个人，绝无可能，康妮怎么会看上他，且康妮知道他喜欢君晓寒还给他们牵线搭桥，所以只能是友情了。“子轩，你还在听吗？”康妮在电话那边忽然提高音量问道。

顾子轩惊了一下，回过神来：“在听，在听。你继续说。”

康妮继续说道：“我不知道这件事情的真相是什么，既然你不想说我也就不问了。你也可以不告诉律师事情的真相，只挑你想说的说就好。”说到这儿康妮似乎叹了口气，“不过，子轩，我还是想提醒你，这个世界上有很多事情都不是你想象的那个样子。我们每个人都会被假象所蒙蔽，如果有一天你看到事情的本来面目，希望你能够——”说到此处，不知为何康妮忽然顿住了。沉默片刻之后，康妮突然有急事一般，仓促地说道：“好啦，说多了你会嫌我烦，那先这样吧。”说罢电话就挂断了。

直到话筒中传来“嘟嘟”的忙音，顾子轩依然没缓过神来。

一直到被押回监室，顾子轩心里都还在想着康妮片刻之前说的那番话，以及那半截欲言又止的句子。他隐隐觉得康妮好像有什么事情瞒着他，只是左思右想却想不出端倪。

第二天早上，顾子轩等了很久狱警才来，那时他已经吃过了早餐。看守所的伙食自然是没什么可称道的，且他一点胃口都没有，但为了让自己显得有精神他还是强逼着自己喝了一碗稀饭吃了一个馒头。赶到法院的时候已经是9:15。两个狱警把他带到法院的羁押室然后就离开了，换成两个法警站在手臂粗的铁栅栏外目不转睛地盯着他。又过了十多分钟，其中一个法警的肩带上的对讲机发出声音，通知他带嫌疑犯入庭。

铁门被打开，顾子轩被两人押着走向法庭。

这还是他第一次进法庭，没想到却是以罪犯的身份。

经过一道铺着暗红色条纹状地毯的走廊，然后是一面砖红色漆的木门，推开门后则是一个空间很大的屋子，分不清朝向，举架很高，呈矩形，一边高一边低，高的一面是审判台，坐着三个人，两边是陪审员，正中间的是审判长，审判长背后是一个硕大的国徽；低的一面是旁听席，黑压压地坐满了人，就连过道上都挤满了大大小小的摄像、照相机。他一进来闪光灯顿时亮成一片，晃得他头晕眼花；整个法庭也顿时人声嘈杂起来。坐在审判长席位的人拿起锤子“砰砰”地敲着，喊了好几声“肃静”，嘈杂的人声才渐渐低了下去。

顾子轩被带至法庭中间的被告人位置站着，面向审判长、背对旁听席。在走向被告席的过程中，顾子轩看到了很多熟悉的面孔，最前面一排有姑姑和姑父，以及疗养院的方媛等人，甚至连唐珊和胡思瑶都在场，不过倒是没见到康妮和君晓寒。检方委派的 3 名公诉人在他的左手边，辩护律师在他的右手边，辩护律师已换，不再是那个周律师，而是一个白面无须看着十分干练的中年男人，康妮告诉他律师叫刘志明。

在被告人的位置上站定后，审判长开始核实他的身份。接着又问了一些其他的问题，包括什么时候被收押，什么时候收到起诉书等等，顾子轩也一一作了回答。随后，公诉人开始宣读起诉书，内容不外乎是对顾子轩入室盗窃杀人过程的描述。顾子轩事先已看过起诉书所以并没感到意外。接下来的流程轮到他读答辩状，是之前周律师替他写的，主要侧重于他如何过失杀人等方面。读完之后，审判长宣布由公诉人开始举证。证物包括顾子轩落在现场的手机，以及换下去的血衣，称得上确实充分，顾子轩自然没办法反驳。接下来是人证，首先出场的是小区门口的保安，他声称案发当天下午乃至晚上多次看到牌号为“庆 S43795”的金杯面包车停在小区外，公诉方追问是什么时间，那保安模糊说了三个时间点，公诉方指出保安所说三个时间段，分别对应顾子轩下午跟踪君晓寒到家，和晚上入室杀人，以及杀人后回来捡手机。同时法医给出曹龙刚的死亡时间确实在第二个时间段中。之后公诉方出具了几段视频资料，都是别墅区内设置在主要路口的监控摄像拍摄下来的影像，其中有两个路口的摄像头拍摄到了他下午翻墙而入的画面和晚上逃走时因太过惊恐而失足跌倒的情节。

公诉方随后又传唤了第二个证人。听到证人名字的时候，顾子轩的心脏骤然加剧地跳动起来。

他终于知道为何君晓寒未出现在旁听席上了，因为她是证人。

旁门打开，君晓寒穿着黑衣黑裙，胸口别着白花，长发束成马尾，俏脸未施粉黛，眉间笼着浓得化不开的悲伤。在她娉婷地走向证人席时，她用眼睛扫了一眼顾子轩，神情复杂。但就在那短短的一瞬，两人目光相接，顾子轩看到君晓寒嘴唇动了动，说了两个字，那是——谢谢！

是感谢他为她顶罪吗？

顾子轩突然眼热鼻酸，差点儿落下泪来。

有了这两个字，他之前的所有付出都是值得的。

有了这两个字，他就算搭上性命也无怨无悔。

有了这两个字，无论是结局怎样他也都能淡然接受了。

君晓寒在证人席上说了什么顾子轩几乎都没听见。他沉浸在自己的思绪里，想着他来到这个世界上的使命应该就是来要守护君晓寒的，否则又怎么会这么巧，每一次君晓寒置身生死安危之时，他都在她身边。正想着，忽听有人喊他的名字，他愣了一下醒过神来，见审判长正盯着他。他自然不知道对方说了什么，只好歉意地请求对方重新说一遍。

审判长面露不悦，重复道："被告人顾子轩，你在案发当天是否知道证人君晓寒会在晚上出去烫头发。"

顾子轩愕然，他当然不知道。心念电转，或许是她的不在场证明。思及至此，立刻点头回答："知道。"

"那你是否知道她几点回来？"

"不清楚，不过估计要在午夜前后。"

"所以你就趁这段时间潜入曹家杀了曹龙刚？"公诉方中间一人忽然插话。

辩护律师立刻站起来抗议道："请公诉方注意，主观臆测对于厘清案情真相没有任何帮助。"

"公诉方，本庭没有问你话时，请不要随便发言。"审判长警告了刚刚插话的那个头发极短的年轻人。接着转脸又问顾子轩："被告人，证人说你此前多次有意无意地想要接近她，企图获得她的好感，而且你沉迷赌博欠了巨债，如果不能按时偿还就有生命危险，所以才铤而走险想到盗窃。这些你都承认吗？"

顾子轩目瞪口呆，他没想到君晓寒就在他愣神的时间里给他罗织了这么多的“功绩”。他转头去看君晓寒。只能看到她的侧脸，没想到面貌柔美的她，侧面看上去脸部线条竟然那么凌厉。不知道在给他罗织这么多罪名的时候，她的心里有没有过内疚和挣扎。他很能理解，她编造这些是为了替他找一个说得通的犯罪动机。还能说什么呢？他没法辩解，只能捏着鼻子承认。反正已经站在脏水坑里了，再泼上一些，也没有什么关系。

“我承认。”他虚弱地说道，这三个字仿佛耗尽了他的全部力气。虽然声音很低，然而桌子上的话筒却将他的声音放大了无数倍，声波在空旷的法庭中激荡开去，折射回转，好像有无数人在懊悔低语似的。

“不可能，我们家子轩不是那样的人。”

顾子轩身后旁听席上有一个女人陡然大声喊了起来。不用转身去看，他就知道是姑姑顾冬玲。人声又开始嘈杂喧嚷起来。

他隐约听到有人说：“想不到他会是这样的人。”

又有人道：“是啊，知人知面难知心”。

“我不信。”拒绝接受的是一个清脆的女声。距离他应该比较近，因为他听得很清晰。

“还有什么不信的，他自己都承认了。”另一个女声语带嘲讽。

“绝对不可能，我认识他这么长时间，从来没见过他去赌钱。”

“别说得那么肯定，你难道 24 小时都跟在他身边？”

“……”

说不信的那个人的声音十分耳熟，顾子轩侧了侧身，循声望去，正看到方媛气鼓鼓地瞪着他。心里颇为感动，没想到方媛会这么信任他。至于一直打击方媛的，自然是旁边坐着的胡思瑶，那女人一脸冷笑，就恨不得把“活该，老娘早就知道你不是个好货”几个字刻在脑门上。这个倒是一点都不出所料啊！

“肃静，肃静。”审判长“砰砰”地挥着锤子。片刻之后，法庭再次恢复安静。

“公诉方是否还有其他证据需要举证？是否还有其他证人需要传唤？”

“没有。”公诉方回答。

这个时候，顾子轩看到自己的辩护律师突然举起手来。

“辩护人有什么想要提问的？”

“审判长，我刚刚收到一份新的证据，有可能证明我的委托人并非本案的真凶，现在请求休庭延期审理，待检方重新鉴定、勘验后重新开庭。”

那人的话便如同在寂静的湖面上投入了一块巨石，整个法庭在短暂的沉静之后，顿时又吵嚷起来。顾子轩更是如遭雷击，心中暗想难不成是找到了君晓寒杀人时的凶器。转头去看君晓寒，发现她也正看向自己，满脸都是疑惑，奇怪的是并无一丝一毫的惊恐之色。

所谓新的证据是一段视频资料，长度大约只有三分钟，画面还不是很清晰。来源也可疑，因为发件人是匿名的，直接发到辩护律师的电子邮箱，标题赫然写着“9•21杀人案真凶”。辩护律师提出休庭延期审理的时候，公诉方提出的反对意见是除非找到杀人凶器，否则本案有口供有人证，已经算得上事实清楚证据确凿，应当尽快宣判，以消除社会影响。但在看了那段视频之后，公诉方便不再说话。

视频拍摄于案发当夜，根据晃动程度和画面质量可以推断出是手机拍摄。位置是在曹家的院子外，时间是顾子轩潜入曹家之前的二十分钟。视频内一个人慌慌张张地从曹家跑出来，手里隐约还拿着一把刀。顾子轩看到那人肥硕的身形，除了曹扬还能是谁？

视频资料被公布的 7 个小时之后，曹扬就落网了。警方在他住的地方搜出了杀人的刀子和沾血的衣服，以及失窃的钱财。经过审讯，曹扬对杀人事实供认不讳。原来自从曹扬被曹龙刚剥夺了继承权，同时还被冻结所有银行卡、信用卡之后，失去经济来源的他在极短的时间之内就把身边所有能换钱的东西都卖得一干二净了。山穷水尽之后，他开始到处借钱，怎料到原本玩得很好的一些朋友在得知他的情况后，全都远远地避开了他。

走投无路的曹扬只好在案发当晚来找曹龙刚，希望曹龙刚解除对他的财务封锁，却不料曹龙刚对他大骂不止，甚至骂他是他妈和外人生的野种。曹扬一气之下跑到厨房拿了刀子就捅死了曹龙刚。杀人之后，眼看大错已经铸成，便想要造成入室盗窃杀人的假象，本就没有钱花，自然顺理成章地打开保险柜偷走了所有现金和珠宝首饰。慌乱之下，离开时他连门都未关严。

正因为门没有关上，顾子轩才阴差阳错地进了屋子，然后看到死去的曹龙刚，吓得夺路而逃。当时君晓寒还在理发店做头发，他却错以为君晓寒杀人之后逃走。等君晓寒回来后发现尸体，报警，警方赶到，在曹龙刚的尸体旁找到顾子轩的手机，加上小区保安说多次看到可疑的面包车停在小区附近。于是，顾子轩顺理成章地成了杀人案的最大嫌疑人。君晓寒虽然没说出口，但在心底肯定也是认为曹龙刚是他杀的。于是，两边都认为对方是杀人凶手。顾子轩想顶罪，君晓寒却只能顺水推舟。整个事情说开了似乎并不复杂，但巧合之处甚多，如果不是有视频为证，恐怕没有人会相信杀人凶手是曹扬。

案情陡转，顾子轩的嫌疑被彻底洗清。至于他为何会做出“承认自己杀人”的口供。刘律师给出的回复是，怀疑警方在审讯时，曾经使用过刑讯逼供，导致当事人做出假口供。警方当然不承认，于是两方扯皮不休。不过对顾子轩来说一切都已经不重要了。君晓寒安然无恙，他重获自由，曹龙刚也死了。简直没有比这更皆大欢喜的结局了。

被无罪释放的顾子轩，委婉地拒绝了姑姑和姑父要他回家修养一段的要求。他当然不会离开庆山，曹龙刚已死，挡在他和君晓寒间的最大障碍彻底消失，他要去找君晓寒。只是君晓寒没有在他被释放后来看他，这让他感到有些沮丧和失望。不过，顾子轩迅速给她找到了理由：君晓寒没来看他肯定是为了避嫌，毕竟曹龙刚刚死没多久，尸骨未寒，作为亡妻的她抛头露面已是不妥，再去看望一年轻男子，且这男子还曾是杀害她亡夫的嫌疑人，她应该是不敢的。

顾子轩回到疗养院去找康妮，胡思瑶告诉他康妮得知他没事后又飞回美国了。胡思瑶的态度还是那样，冷着一张俏脸。顾子轩道了声谢，就要转身离开。胡思瑶却叫住了他：“我说顾子轩，既然你现在出来了，是不是该上班了。别以为出了事儿就能偷懒啊！如果还想要领这个月的工资，就快点把这些天积攒的活儿干了。你不想被开除吧！”胡思瑶一边说话，一边低着头写着什么，看都不看他一眼，但顾子轩却莫名地感到一阵温暖。他本以为出了这事儿后，疗养院会把他除名，现在看来自己的担心是多余的。他假装愁眉苦脸地应了一声：“马上去做。”出了胡思瑶的办公室，顾子轩大大地松了一口气，偌大的庆山，终究还有一个能够收留他的地方。回到宿舍，之前警察来搜查时弄乱的东西都已被摆放整齐。他躺在床上，回想起这段时间的经历，恍惚间好似做梦一般。

顾子轩又恢复了之前的生活，每日在疗养院中忙进忙出，闲时和方媛聊天开玩笑，好像什么事情都没有发生过一样。但顾子轩知道，有些事情他不可能当作没有发生，他想着君晓寒，思念每一天都在加剧。一周后，他再也无法控制自己的情感，他要去找君晓寒，就算是远远地看她一眼也好，于是他开着那辆面包车直奔市区。

再次来到曹家别墅，那里已经人去楼空。他狠狠地拍了一下脑门，暗骂自己愚蠢，曹龙刚死在这里，君晓寒当然不会再住在里面。那她会在哪里呢？稍一转念，就想到了。之前，曹扬和他预谋欺骗君晓寒时，君晓寒好像告诉他她住在格兰山水高档社区的 5 栋 6 单元。虽然没说具体是哪一室，但想必也不会很难找。

顾子轩转头便开车驶向那个叫作格兰山水的小区。

一路上顾子轩的脑子里都在想象君晓寒见到他时会如何惊喜，如何激动。好不容易找到格兰山水小区，却发现小区设有门禁，而他又不知道君晓寒的具体门牌号不能按门铃，于是，只好等在楼下，希望楼里有人进出，他可以顺势进入楼里。好在十分钟后楼里一家有人出来，赶紧趁机溜进了楼里。楼层不是很高，只有7层，每层有两户，一共14户，顾子轩打算挨家敲门去找。

半个小时候后，顾子轩垂头丧气地走了出来。14户有12户人家开了门，但都不是君晓寒，有两家怎么敲都没有回应，一间是401室，另一间是602室。如果君晓寒真的住在这栋楼里，那么肯定是在这两间中的一间。顾子轩打算守株待兔，但是他从上午一直等到下午，也没见到君晓寒。正纠结要不要继续等下去，手机突然响了起来，是方媛，问他在哪里，说疗养院有他一个包裹，并告诉他采购的小路要用他的面包车。

无奈之下，顾子轩只好赶回疗养院。临走时他再次看了一眼那栋楼，整栋楼覆满玻璃幕墙，在灰蒙蒙的天空映衬下，显得十分冷硬阴郁。

方媛说的包裹只是个纸袋，上面没有发件人名字也没有发件人地址，撕开之后里面有一个红色的IPOD音乐播放器，他拿着播放器找方媛借耳机，然后顺便问了问是谁送来的。方媛说就是一个送快递的，顺手把耳机从手机上拔下来递给他。顾子轩插上耳机之后，启动播放器，一段滋啦滋啦的杂音过后，出现一段一个女人和一个男人的对话。

"哈哈，晓寒，那小子还真是被你迷得死去活来，还没等你说，他就动了手。"

"我也没想到，他真的去杀了曹龙刚。"

"反正老头子已经死了，那家伙恐怕不是死刑就是无期。"

"可是，我总觉得有些事情不对。"

"有什么不对的，别想那么多了，人又不是你杀的。想想以后吧，手续这几天就会办完，老东西的所有资产都将转移到你的名下，那么多钱，这辈子是够你花的了。”

“明宇，你这么说我很不喜欢，这些是我的钱，同样也是你的钱啊！”

“晓寒……”

说话声停止，片刻后响起男女欢好的呻吟声。

一段话结束，滋啦滋啦声之后，又一段话开始。

“招供了，已经承认人是他杀的。只是凶器还没找到。”

“他怎么说的？”

“我没看到供词，不过据说是意外杀人。意外杀人的话顶多判个十几年。不行，不能让他这么短时间就出来。”

“你有什么办法能让他在监狱待的时间长一点吗？”

“可以找找他的辩护律师，如果能让他把那些失窃的财物吐出来，人赃并获、数罪并罚的话量刑会重一些。另外，你也需要出庭作证。”

“我能做什么证啊？”

“你想那小子是为了你才杀了曹龙刚，当然是要给他找点犯罪动机，我都替你想好了说辞，你就说那小子平时狂嫖滥赌欠下巨额赌债，被追债的逼得走投无路，而且早就对你意图不轨。”

“可是，这样说谎真的能行吗？”

“他都替你杀人了，这点罪名他肯定也会承认的。”

听到这里，顾子轩如坠冰窟，全身的血液似乎都在血管中凝成冰块。心里有个声音在歇斯底里地大喊着：不可能不可能，他无论如何都不相信君晓寒会联合另外一个男人来陷害他。但那两段录音却如同千斤巨石一样将他所有的不情愿都砸得粉身碎骨。录音已经播放完，他倒回到开始处又重新听了一遍。女人的声音是君晓寒无疑，但那个被叫作“明宇”的男人却很陌生。

天旋地转，耳边全是那两个人的声音，恶毒的嘲笑和淫荡的呻吟，顾子轩踉踉跄跄地走出去，方媛在身后大声喊他的名字，问他怎么了。他置若罔闻，脸色死灰，只是机械地迈动双腿，行尸走肉一般。外面又下起了雨，狂风裹挟着雨滴，像鞭子一样抽在他的脸上。他在狂风暴雨中郁郁独行，浑身湿透。脸颊被冷雨打得发青，心里却怒火熊熊。

他必须要做点什么，如果不把那怒火发泄出去他会爆炸的。口袋里的车钥匙还在，他上了车，横冲直撞地把车驶出疗养院。

顾子轩又回到君晓寒住的那个小区，站在雨丝如瀑的廊檐下死等。雨水顺着他的衣裤流进鞋子里，然后又流到地面上。他低头看着那摊水在脚下逐渐扩大，形状诡异得像是一个挤眉弄眼地看着他笑的人脸。

就连你都在嘲笑我吗？顾子轩勃然大怒，狠狠地跺着地面上的那张脸。直到把那张脸踩得稀烂才罢休。一直等到半夜，雨已经停了，起了风，顾子轩冻得浑身发抖，可还是没见君晓寒回来。冷得实在受不了，顾子轩回到了车里，枯坐了一会儿，疲惫感渐渐席卷全身，眼皮如山，他靠在椅背上睡了过去。等他再醒来已经是第二天清晨。

醒来的第一个感觉就是头昏脑胀，嗓子疼得说不出来话，他摸了一下额头，热得烫手。毫无疑问，他发烧了。正暗感倒霉，紧接着就连着打了好几个喷嚏。两条清鼻涕喷涌而出，他赶紧去找纸巾，还未等找到就看到一辆红色的奥迪 TT 从小区门口驶出来。

顾子轩顾不得擦鼻涕，发动车子就跟了上去。那是君晓寒的车，因为就在那车刚刚驶出来的一瞬间，他看到君晓寒坐在驾驶座上，旁边副驾驶的位置上是个男人。浮光掠影地一瞥，顾子轩脑中却是惊雷震响，那男人他见过。那是他第一次去疗养院，在疗养院门口他曾被一辆车鸣笛驱赶，开车的就是这个男人，彼时，君晓寒就坐在那辆车的副驾驶。

“一对奸夫淫妇！”顾子轩大骂着驱车急追。

一直追到香水园路和西关街的交会处，前面的奥迪才缓慢减速，然后驶进了庆山大悦城地下的停车场。顾子轩也随之把车停了进去。下了车远远地跟在君晓寒和那男人身后。两人都戴着硕大的墨镜，君晓寒挎着男人的胳膊，行为亲密至极。不知道男人跟她说了些什么，君晓寒笑得异常放肆。

跟在后面的顾子轩看了不禁怒发冲冠。他手里拿着螺丝刀，就是原本打算用来杀曹龙刚的那把。眼看着两人要走到电梯，再不动手就来不及了，他低头疾跑，还有不到 5 米的距离，攥紧螺丝刀的木柄。两人似乎听到了脚步声，一起转回头，看到他后恐惧瞬间爬上了他们的脸。

现在知道怕了？去死吧！顾子轩心中怒喝，正要扑过去。侧面忽然驶过来一辆黑色的路虎，速度极快，眨眼间就把君晓寒和那男人撞倒，接着又继续冲出去几十米，巨大的惯性之下直接撞在停车场的墙壁上。力量之大，前面的车头都深深地陷进了混凝土的墙壁里面。

顾子轩目瞪口呆地看着面前的车祸现场。手里的螺丝刀“当啷”一声掉落在地。他发誓那车撞过来的瞬间，他几乎听到了君晓寒和那男人骨头碎裂的声音。地面上一片血迹，隐约能看到车底的残肢，如果他再往前冲两米，也将成为那车下的亡魂。顾子轩没敢上前去看，而是哆哆嗦嗦地捡起螺丝刀，逃回到面包车里，然后启动车子迅速离开了车祸现场。

顾子轩回到疗养院，方媛见他状态很糟，就问他发生了什么事儿，他敷衍了几句，让方媛给他找几片退烧药，吃了之后他就回到宿舍了。洗漱完，躺在床上，感冒药效上来，加上一夜的疲乏，顾子轩昏昏沉沉地就睡过去了。醒来已经是下午，出了一身汗，已经不发烧了，但嗓子干得厉害。他给自己倒了一杯水，然后打开电视，一边换台一边喝水，谁知刚换了一个，他就停住了，是庆山地方台，正在播放新闻。

“今天早上8:50左右，庆山大悦城的地下停车场里发生了一起两死一伤的重大车祸。一辆失控的路虎将一对男女当场撞死，驾驶路虎的是一名年轻女性，同样受伤较重，已经送往医院进行抢救。现场一片狼藉，监控摄像头拍摄下了车祸的瞬间，事故原因还在调查之中。”

见视频中并未出现他的身影，他这才松了一口气。只是这车祸对他来说简直太巧合了。就好像上天安排好了要为他报仇一样。不管是不是巧合，反正君晓寒和那男人已经死了。自己大仇得报，是不是亲手报仇顾子轩并不在意。车祸现场那么惨烈，想必那对奸夫淫妇的死相也不会好看。

不知道是不是高烧退了的缘故，顾子轩觉得浑身轻松，如同从肩膀上卸下了千斤的重担。换好衣服，一路吹着口哨出了门，肚子饿得厉害，他打算去疗养院的员工食堂找点吃的填肚子。他和厨师老范的关系不错，就算是过了用餐时间，只要不忙，老范都会给他别出心裁地搞点好吃的。只是刚走到食堂前面的那条路，就看到方媛急匆匆地朝他跑过来。还未等走到近前，就大吼道："你怎么不接电话？落落刚刚从楼上滚了下来。"

第 13 章
错爱

时间大约是下午两点多，从午睡中醒来的落落忽然心神不宁地要找小康姐姐，当时落落的护理师小郭哄她说小康姐姐还没回来，让她再睡一会，睡醒了就带她去，不料落落忽然大怒从床上跳下来，挣脱了小郭的拉扯，夺门而出，结果在下楼的时候，因为太过慌急而失足滚下楼去。

顾子轩和方媛赶到病房时，落落还处于昏迷中没有醒过来，浑身多处骨折，被包得像个粽子。医生说从楼梯滚下来的时候伤了后脑，可能会有轻微的脑震荡，手臂和腿部的骨折也不是很严重。

那医生在业内颇有名气。听他这么说，顾子轩也就松了口气。只是不知为什么，心却还是在胸口悬着，心惊胆战，隐隐觉得似乎还会有什么不好的事情会发生。他走出去，走到庭院中的一棵树下，一连吸了两根烟，紧绷的神经才放松一点。或许是因为自己还没从早上那场诡异车祸中恢复过来，他心里想着，只能用这个借口来安慰自己。

将抽完的烟蒂按灭，丢进不远处的垃圾箱。顾子轩正要转身走回办公楼，就听见刺耳的刹车声在停车场那边响起，随后是“砰”一声巨响。顾子轩惊得哆嗦了一下，一边向停车场那边跑一边在心里嘟哝，看来有必要找个先生算一算命，看看为什么自己总是和车祸这种凶事脱不开关系。

跑了大约几百米，转过一个弯，顾子轩看到一辆白色奔驰撞到了停车场边的停车桩上，已经有保安比他先赶到现场。等他跑到近前，保安已经把人从驾驶室里扶出来。看到那人，顾子轩愣了一下，竟然是胡思瑶。

看现场的情况，似乎是胡思瑶在停车的时候把油门错当成刹车踩了，以至于车子突然前行，将粗大的钢制停车桩撞飞，奔驰的前保险杠凹进去一块。白色的安全气囊也弹了出来，此刻气已漏尽，软趴趴地瘫在驾驶座上。

越来越多的人赶过来。胡思瑶看起来伤得并不重，额头有个小伤口，也不知道是怎么划的。除此之外，鼻子和脸颊有些红肿，那是气囊弹出时造成的。顾子轩帮着把迷迷糊糊的胡思瑶抬上了带轮子的护理床，就任由其他人把她推走了。

胡思瑶的行事风格向来以谨慎和冷静著称，在驾驶方面也不是新手，按说这种会被传为笑谈的事情，无论如何都不会发生在她身上。顾子轩很好奇，究竟发生了什么会令胡思瑶如此魂不守舍。

顾子轩没有随着众人回去，反正也不需要他，就在院中闲逛。晚上他要值夜班，从现在到晚饭的时间都可以自由活动。这时已经是深秋，1 号和 2 号疗养楼之间有段路的两侧植了两排高大的银杏树，此时树叶已变得金黄，偶尔风起，就有扇子状的叶子旋转着飘落下来。他还记得第一次见到康妮的时候，就是在这条路上。彼时康妮推着落落，在树阴下散步。忽然从心底生出些思念来，他已经有好长时间没见到康妮了。只是在看守所时和她通过电话，也不知道美国那边的事情解决了没有。

走累了，顾子轩就坐在路边的扶椅上休息。夕阳西下，云霞似火，红灿灿的铺了半边天。他忽然又想起儿时的情景，那还是在大榆树，放学后，他连家都没回，就和落落跑到河堤上玩。也是黄昏，夕光照在河面上，粼粼金光。落落笑着说要让他把面前这美景画下来送给她。他点头答应，只是还未等去画，几天后就出了砖窑惨案。

正出神想着，手机在口袋里响了起来。刚一接通，就听见方媛在电话那边号啕道：“呜呜呜，康妮走了，院长走了！”

顾子轩怔了一下，有些困惑地反问：“走了？去哪儿了？”

“死了啊！”方媛陡然拉长声调喊了一声。

好像心里有什么东西猝然断裂。顾子轩放下电话，拔足狂奔。

等他跑回行政楼的时候，就看到方媛坐在台阶上泪如泉涌。

“究竟怎么回事？康妮怎么了？怎么会死呢？”顾子轩气喘吁吁地问。

方媛抽抽搭搭地说道：“说是出了车祸，送到医院没抢救过来。”

“在哪里出的车祸？纽约？什么时候的事儿？”

“就在庆山，庆山大悦城地下停车场，刚刚胡思瑶说的。”

顾子轩的脑中顿时惊雷炸响。那辆撞向君晓寒的黑色路虎陡然从脑海中冲出来。

难道康妮当时就在车里？！真的会这么巧？或者，康妮一直都在跟踪他。看到他要做傻事儿，所以才开车撞向君晓寒。康妮为什么要这么做？为了救他，把自己的生死都置之度外？另外，康妮为什么要跟踪他，难道她知道自己会去杀君晓寒？或者说，难道那段音频就是康妮寄给他的？进而想到，会不会那段为他脱罪的视频资料也是康妮提供的？可是，为什么她会有这些东西？只是短短的一瞬间，顾子轩已经被脑子中前仆后继冒出来的各种疑问所淹没。

不再管哭泣的方媛，顾子轩转身奔向诊疗室，他要去找胡思瑶问清楚。康妮已经死了，能够解答他心中疑惑的，恐怕只有胡思瑶。

只是等他跑到诊疗室的时候，胡思瑶已经离开。于是他又转回行政楼，却得知胡思瑶把自己锁在院长办公室里，说要静一静，不希望有人打扰。不顾劝阻，顾子轩跑到办公室外面，疯狂砸门。持续了十多分钟之后，胡思瑶终于把门打开，劈面就是一句："你滚，我不想见到你。"

"告诉我究竟发生了什么，为什么康妮会死。"顾子轩哀求道。

"都是因为你，如果不是你康妮怎么会变成这样。"胡思瑶一边嘶哑着嗓子朝他怒吼，一边对着顾子轩拳打脚踢。状似一头发怒的母狮子。

"我不知道你为什么这么说，但我希望你能告诉我你所知道的一切。"顾子轩咬牙忍耐，只当胡思瑶是打在别人身上。

片刻之后，胡思瑶终于气喘吁吁地停了下来，恨声说道：

“好，既然你想听，我就告诉你。”拭去脸上的泪水，打开门放顾子轩进去，随后又把门关严。指着沙发：“你坐在那儿，我说你听，不要打断我。

“我认识妮妮的时候，是刚刚到 MIT（麻省理工学院）留学。MIT 和哈佛离得很近，当时妮妮在商学院读 MBA。在认识妮妮之前，我早就对她的大名如雷贯耳。你知道为什么吗？因为她有个绰号叫 black widow。翻译成中文就是黑寡妇。有一种剧毒的蜘蛛就叫这个名字。我第一次听这个名字的时候，还纳闷为什么一个女孩子会有这样的称呼。后来才了解到妮妮的一些事情。原来他曾经订过两次婚，但两任未婚夫都意外去世了。于是，慢慢地，这个绰号就被传开了，结果越传越夸张，到最后妮妮几乎成了会使用黑魔法的邪恶女巫。起初，我也曾很好奇妮妮会是什么样的一个人。结合那些夸张至极的故事，我下意识地把她想象成一个孤僻冷漠的怪女人。

“后来和妮妮熟悉之后，才切实感受到那些人的恶意。他们之所以那么无聊地在暗地里为妮妮编排各种各样的故事，无非是一种嫉妒心理作怪。因为对他们来说，康妮太出色了，出色到他们只能仰望。从小到大，妮妮几乎就是天才少女一样的人物。她是商学院的传奇，不仅人长得漂亮，还是当之无愧的学霸，又出身名门，而且在商业和金融方面都有着超高的天赋。有人说她读 MBA 之前，用了一年时间创建了一家公司，然后卖给 JAC 财团，转手就赚了上亿美元。还有人猜测，只要她一毕业，就有可能成为风尚集团的掌门人。

“当然，这些传闻对当时的我来说还太遥远。因为康妮是华裔，从小就在美国长大，接受的也是美国教育。可以说除了长着一副亚洲人的面孔外，彻彻底底地就是一个美国人。和我们这些留学生几乎不会发生任何交集。不过，没想到，新年联谊会上我会见到妮妮。这种联谊会，是专门为我们这些刚从国内出来的留学生举办的。结果聚会开到一半的时候，妮妮就出现了。负责举办联谊会的是哈佛的一位师兄，据说就在妮妮家的企业里实习，所以见到康妮就很兴奋地想要帮她介绍。谁知，还未等他开口，妮妮就直接用会场的麦克风问是不是有一个女孩子来自庆山市。我当时吓了一跳，因为我是这里唯一一个从庆山市出来的。而庆山市就算在国内也不过是一个没什么名气的小城市。为什么她这么一个天之骄女，会想要认识一个从不知名的小城市来的默默无名的平凡女孩？她在台上说完，认识我的人都转头看我，于是我站出来说，我来自庆山。不知道是不是幻觉，那一瞬间，我看到她的眼睛陡然亮了起来。从那之后我们就开始熟悉起来，她一有时间就来找我。不过很快，我就感觉到，她来找我，并不是对我感兴趣，而是对我来的地方——庆山感兴趣。至于为什么她会对庆山这么感兴趣，谁也不知道。她朋友很少，我朋友也不多。慢慢地我们变得越来越亲密。她有时候张扬跳脱，有时候内敛沉默。无论是哪一种都有着无法言说的魅力。她会给我讲她的梦想，她的童年。她说她要亲手缔造一个世界上最伟大的公司，那时候她整个人都好像有光从身体里照耀出来。然而好景不长，就在她从商学院毕业的一年后，被医生诊断出患有脑瘤，恶性的，生长在几乎无法用手术切除的部位。患有这样的肿瘤，患者通常最多只能活几年。

“得知自己的病情之后，妮妮把自己关在屋子里三天。三天之后，她从屋子里走出来，整个人都变得有些不一样。遭遇这样的厄运，恐怕没有什么人能扛过去，但妮妮却表现得很奇怪，她不但没有崩溃掉，反而神采奕奕。她和我说，以前自己背负很多责任，例如振兴家族的企业，证明自己的才能。其实那些都不是自己想要的。现在，她终于可以放弃一切，去做自己想做的事情了。然后忽然抱着我，问我可不可以陪她度过之后的日子。我大哭着说我愿意，无论多久都愿意。一周后，妮妮来到庆山。因为忙于毕业的一些事情，我延迟了一个月回庆山。等我回到庆山时，妮妮已经买下了这家疗养院。后来我才知道她为什么会突发奇想地买一家濒临破产的疗养院。你可能已经猜到了，对，是为了落落。她是妮妮的亲生姐姐，我不知道妮妮是如何找到落落的，她也从未和我说过自己还有个姐姐。她和我说，她非常开心，因为就算是她死了，起码落落还活着。那段时间她带着落落满世界去看医生，但结果却不太令人满意。妮妮为此郁闷了好久，不过很快就调整了过来，然后交给我一份疗养院的经营计划，在计划书里她打算为这家只在环境上能说得过去的疗养院投入大笔的资金，并高薪聘请了诸多国内外知名的医生。我一直都不太理解她为什么要这么做，如果说是为了让落落能够生活得更好，请一个专业的护理师就足够了。

“就这样过了一年多的时间，妮妮的病情控制得不错，疗养院也办得越来越好。很多达官显贵都慕名而来，财务状况转好，甚至开始盈利。我说过，妮妮有着卓绝的商业天赋，就算她目的不在于此，却依然能够创造一些奇迹出来。因为病情，妮妮不能太劳累，所以虽然她是院长，但具体的事务都是我在管理。她大多数时候都在看书，或者安静地坐着，或者在院子里散步。直到有一天，她忽然特别激动地跑来找我，说她遇到了一个很重要的人。”

说到这里，胡思瑶忽然停了下来，盯着顾子轩。

顾子轩有些莫名其妙，愣了几秒钟之后，指了指自己的鼻子，疑惑地问道：“难道是我？”

“除了你还能是谁？我不知道她为什么那么看重你，妮妮显然也不准备和我分享这些事情，既然她不说，我也不去追问。那段时间，康妮的情绪起伏非常大，时而欢欣时而忧郁，她有时候盯着你的画能够呆看一天，然后蓦然泪流满面。我一直以为我很了解妮妮，其实我错了，我所了解的妮妮，只是她想让我了解的。就像一座漂浮在海面上的冰山，你能看到的只是露在海面之上的一小部分。从你出现之后，妮妮开始变得不正常，我从没看到过她那么进退失据、惊惶不安的样子，忧虑、忐忑、担忧……你能想象得到都是因为你么？

“我一直厌恶你，其实并不是因为你有多差，只是因为我恨你的出现把妮妮推向深渊。这段时间她的病情开始恶化，头晕、耳鸣和时不时汹涌流出的鼻血令她痛苦不堪。我知道她活不了多久了，她自己也知道这点。早在一年之前，她就开始安排自己的身后事，不过你出现之后，好多已经安排好的计划又被她重新推翻，或者更改。她说你和落落是她生命中最重要的人，无论如何都要你们能够活得好一点。你不知道她有多么欣赏你的才华，说你的那些画，每一副都是天才之作。她说你应该把你的才华和天赋向世人展示，所以帮你办了芝加哥艺术学院的留学手续，为此还找了很多艺术领域的名人做推荐，甚至登门拜访芝加哥艺术学院的Tony Jones院长。护照、签证，还有其他的一些出国留学手续都已经办好，相关费用都由妮妮名下的基金会承担，我稍后会给你一份文件，你只需要签个字就可以。”

“不值得的，我不值得她这么做。”顾子轩抓着头发喃喃地说道。他的脑子里乱成一团。胡思瑶所说的一切都远远超出他的想象。有些事情直到此时他才豁然开朗，譬如落落的身世，譬如康妮对他的青睐。但心中的疑惑却一点都没有减少，反而铺天盖地席卷而来。

“值不值得，有时候不是你能说了算的。”胡思瑶颇为感慨地叹了口气。

“我想知道是不是康妮从看守所里把我救出来的，”顾子轩陡然抬起头来，直视胡思瑶，“她早就有那段视频，对吧？”

胡思瑶摇了摇头。“这点我并不清楚，妮妮并不是所有的事情都和我讲，我只知道她帮你找了辩护律师，不过，在那种情况下，也只有妮妮能帮你脱罪。讲句实话，你能够安然无恙地出来我和你一样惊讶。不过我倒是佩服你，为了君晓寒你竟然真能把自己豁出去。”顿了顿，胡思瑶继续说道，“你是怀疑妮妮一直在监视你？”胡思瑶忽然笑了，“不用怀疑，从你出现开始，妮妮就一直在关注你。所以别说是监视你，你所有接触到的人和要做的事儿，都在妮妮的监控中。她做事向来滴水不漏，几乎会把所有的可能都考虑到，并准备出诸般应对的措施。”

顾子轩打了个激灵，如果真如胡思瑶所说，那段拍摄到曹扬潜入曹家的视频和君晓寒与那个叫明宇男人的对话恐怕也都是康妮提供的。一想到自己的一举一动，都被一双隐在暗处的眼睛监视着，顾子轩就莫名地觉得后背发冷。康妮或许是好意，但换成任何人，遭到如此的对待想必都会觉得头皮发麻。

“妮妮爱你，可你却喜欢君晓寒。她知道自己将不久于人世，所以一直想着要成全你和君晓寒。谁曾料到君晓寒也只是拿你当一块垫脚石而已，而你这块垫脚石还很贱地将自己送到对方的脚下，心甘情愿地被她踩进泥里。”

“不要说了，求你不要说了。”顾子轩双手捂耳，痛苦地低语。

“你不是想听吗？为什么不让我说，不行，我必须要说。”胡思瑶歇斯底里地扑到顾子轩的身上，把他的手从耳朵上掰开，随后又对着他拳打脚踢，一边发泄一边大声咒骂，“我要让你知道妮妮为你做了多少事情。我要让你知道你是一个多么贱的人，竟然会喜欢上君晓寒。我恨不得你和君晓寒一起死掉才好，你为什么要出现呢，害得妮妮这么痛苦，原本这一段日子会是非常美好的，可全被你毁了。”

顾子轩硬挺着直到胡思瑶打累了骂累了才离开。关上办公室的门，他还能听到胡思瑶嘶哑悲切的哭声。在门口站了片刻，屋内哭声渐消，顾子轩长吐了一口气，这才转身下楼。脑子里乱成一锅粥，他只是想要知道康妮的一些情况，却完全没想到康妮之死的背后还隐藏着如此多的事情。

第二天，君晓寒出车祸身亡的新闻出现在了庆山的各大报纸上。和她一起被撞死的那个男人叫季明宇，是曹龙刚的私人法律顾问。随后更多的内幕消息被挖出来，什么季明宇和君晓寒通奸已久，两人早就想阴谋杀害曹龙刚霸占其财产；什么曹扬被两人陷害，实则清白无辜等等或真或假的传闻铺天盖地地充斥在街头巷尾。不过，令人惊讶的是警方在季明宇的办公室中确实找到了曹龙刚的遗嘱，不过是伪造的。于是，从曹扬大闹曹龙刚婚礼，打伤后妈，到曹龙刚暴毙家中，凶手是亲儿子；再到奸夫淫妇合谋前夫财产，终究天网恢恢疏而不漏，难逃一死为止。持续了几个月，具备狗血、悬疑、惊悚、情色多重因素的庆山市第一家族曹氏衰败事件终于告一段落。而最后造成君晓寒和季明宇死亡的责任人康妮却由始至终都没有被人提及。

顾子轩不清楚康妮家的人是如何做到这点的，但从胡思瑶的描述中可知，康氏家族那么强大，能做到这些顾子轩一点都不意外。转眼已经是一个月之后，康妮的葬礼已经举行完毕，遗体也被安葬进了家族墓地。顾子轩没有资格参加葬礼，就连胡思瑶也被隔离在外。

随后的一段时间，顾子轩一直在准备前往芝加哥艺术学院留学的一些事情。事实上，最初听胡思瑶说起这件事情的时候，他并没有想过要接受。但那几天里他总是想起康妮曾经对他说过的那些鼓励和赞赏的话。最后他才决定接受，因为他不想辜负康妮的心意。

动身前往美国之前，顾子轩专程去看了曹扬，他因故意杀人罪被判有期徒刑20年。同顾子轩想的不一样，曹扬的状态相当不错，虽然消瘦了很多，但整个人却显得很有精神。他告诉顾子轩，这段时间他想通很多事情，虽然在监狱里服刑，心里却很轻松，他并不后悔杀了曹龙刚，因为曹龙刚害死了他妈妈。这么多年他一直因为母亲的死而对曹龙刚耿耿于怀，直到杀死曹龙刚的前一刻才终于确定事情的真相。顾子轩不知道真相究竟是什么，不过曹扬曾经说过他妈妈是自杀，想必和曹龙刚有很大的关系。

三天后，顾子轩飞往美国。

第 14 章 原来如此

时光荏苒，转眼已是 4 年后。

地点是美国纽约，西 19 街 522 号的前波画廊。

原本空旷的展厅中，人头耸动，肤色各异的人们穿着礼服端着冒着气泡的香槟，驻足在一幅一幅的画作前静静欣赏，时而和同伴低低私语。俯瞰整个展厅，有一幅画的前面，站的人最多。那是一幅绚烂至极的油画，画的是一个女孩仰望星空，画的名字是《星空下的少女》，作者顾子轩。

一个月前，顾子轩的一幅画被拍出 180 万美元的天价，这对于一个还不到三十岁的年轻画家来说，可谓是得到了最大的认可。随后，他的作品开始在国际艺术品市场上大受欢迎。此刻，顾子轩正安静地站在展厅的一个角落，观察着走进画廊的人们。这些人中有国际艺术品掮客，有收藏家，也有媒体的记者。如果在两个月前办这个展览，他知道这里面的人数不会超过一一只手的手指数。而现在，这里挤得简直像中国的早市。

他正想着，电话忽然在口袋里震动起来，他掏出来看了看，是个陌生的号码。

“您好。”

“请问是顾子轩吗？”声音有些苍老。

“我是顾子轩，请问您是？”

“哈哈哈，我是吴乃文，不知道你还记不记得我，小时候给你治病的吴医生。一转眼已经快20年了。”

顾子轩怔了一下，脑中蓦然想起那位曾经帮他治好了眩晕症的脑科医生。

“吴医生，我当然记得您，当年多亏了您才把我的病治好。”

“过奖了过奖了，哈哈哈，这么多年没见，没想到你真的成了画家，当年我就看出来你在绘画方面很有天赋。对了，我给你姑姑打电话，听说你在纽约，我现在正好也在纽约，不知道有没有时间见一面，我有些事情想和你聊聊。”

“好啊，没问题，您在哪儿，什么时候有时间？我可以过去找您。”

“我在布鲁克林这边，如果可以的话今天晚上就想见见你，因为我明天可能就要回国了。”

“OK，我这边还有点事儿，忙完了就过去看望您。”

通话结束，顾子轩有些失神，如果没有记错的话吴乃文现在应该60多岁了，当年最后一别，距离现在已近20年，不知道他现在找他会有什么事情要说。他有些困惑，转念一想就释然了，反正晚上就会知道，现在挂心也是毫无用处。

转瞬就到了晚上，顾子轩推了一些应酬，驱车前往吴乃文说的咖啡厅。进去的时候，吴医生已经到了，正一个人翻看着什么。

顾子轩几乎没怎么费力就认出了他。和 20 年前相比，吴医生头发已经全白了，面相虽然苍老许多，但并没有特别大的改变。

两人坐定，各点了一杯咖啡和一些糕点。

吴乃文率先开口："如果不是你叫我，我说什么也认不出来你了。"

顾子轩笑了一下："当年我才 10 岁，您现在肯定认不出来我啊。"

"哈哈哈，是啊，你还真别说，这么多年，经过我手治疗的患者不计其数，要说能让我一直挂念的却只有你一个。"

"您这么说，我可真是深感荣幸。"

"你小时候很特别。"

"特别？"

"嗯，和一般的孩子不同，当然也很聪明。除此之外，你的那个病也是很古怪，我后来不止一次地打过电话给你姑姑，问你的一些情况，还好没有复发。"

"对了，您说有事情要和我说。"

"哎呀，对对对，"吴医生拍了拍额头，"人老了就是不行，说着说着就忘了自己要说什么了，丢三落四的，哈哈哈！我这次来美国是来参加一个医学会议。我在会场上结识了一个朋友，叫作欧文，他是纽约医学院的，也是脑科方面的专家。开会之余，我们就聊天嘛，当然了，医生与医生之间就算是聊天也大多是在说一些病例什么的。不知道怎么就谈起了行医过程中各自遇到的一些疑难怪病，我这么说你别往心里去，你当年患的那个无因性昏厥症，还真的就是这么多年中我遇到的最怪的病，实话说，虽然当时我是你的主治医生，但我并不认为是我把你的病治好的，说来惭愧，那个病我既不知道如何产生也不知道如何治疗的。当时也是稀里糊涂地就过去了，但却一直挂在心头。然后我就把这件事情讲了出来，当然不会说出你的真实情况，只是一些症状描述方面。你猜怎么着，我一说完，欧文就抓着我的手激动地说，实在是太巧了，因为他也遇到过这么一个患者，而且是一个华裔女孩，因为坠楼而进的医院，症状和你当年的一样，莫名其妙地就进入昏厥当中。你说是不是太巧了。”

顾子轩正往咖啡里加糖，等吴乃文讲完，半罐子糖几乎都倒进了咖啡杯里。

“您是说有个女孩患过和我一样的病？”

“是啊，后来我就旁敲侧击地问了一下那位患者的情况，欧文那个老东西虽然闭口不答，但有一天喝多了酒还是被我问了出来，那个女孩子名字似乎叫 Connie，姓什么就不清楚了。后来，治疗了一段时间之后，症状消失，女孩就出院了。不过，当时作为女孩的医生，凯文怀疑症状并没消失，只是那女孩似乎能够控制昏厥症状的出现。她不想再被研究，所以才不让昏厥症出现。”

“Connie？ Connie？”顾子轩念叨着那个女孩的名字，如果真的能找到这个女孩，真的有可能弄清楚自己的身体里究竟发生了什么，思及至此，他一把抓住吴医生的手，急问：“还有其他的信息吗？关于那个女孩的？”

吴乃文摇了摇头，喝了一口咖啡。“没有更多的信息了，毕竟已经过了这么多年，欧文的年龄比我还要大一些，记忆力也不太好，而且事关患者隐私，能问出这些已经是很了不得了。”顿了一下，吴乃文的语气忽然转低，“你知道我为什么要和你说这些吗？”

顾子轩摇了摇头。

吴乃文长叹了一口气，说：“你描述的那个梦境，简直太细致了，细致到就像是现实一样。我年轻的时候读医学院，是个纯粹的唯物主义者，但是随着年龄越来越大，经历的事情越来越多，我发现这个世界上很多东西没办法用科学来解释。例如人的灵魂，没人能证明它有，也没人能证明它无。我有时候会想，当年你和我描述过的那个梦境，有没有可能是你的灵魂真的穿越到那个老人的身体里？每个人的脑波都有各自的频率，如果两个人的脑波频率契合，就有可能出现这种意识交换的现象。哈哈哈，这些当然都是我的猜测，毕竟这么玄的东西根本没办法证明。但退一万步说，如果是真的，那么显然你并不是唯一。”

看着吴乃文熠熠闪光的眼睛，顾子轩心里“咯噔”了一下，他没想到面前这个满头银发的老人竟然能够猜到事情的真相。这一点倒没有必要担心，就像吴乃文说的那样，根本没办法证明。除此之外，他倒是更关心那个和他有相似症状，叫作 Connie 的华裔女孩。

在美国，Connie 这个名字很常见，单纯靠查找名字无异于大海捞针。就算知道对方的血统是华裔也不容易。那么想要找到这个女孩只有一个办法，就是从她曾经的主治医生——欧文身上做文章。

“您能把我介绍给欧文医生认识吗？”

“这个没问题，不过我明天就要回国，我会把他的电话给你，然后和他打个招呼，你到时可以直接去找他，不过我不确定他能帮你多少，那老头有时候挺倔的，不太好说话。但酷爱喝酒。”说到此处，吴乃文犹豫了一下，“我和你说这些，并没有别的企图。只是单纯地想让你知道，这个世界上可能有一个人和你有着相同的经历。”

顾子轩听得眼眶有些发热，感激道：“已经过去这么多年，您还挂念着我，我都不知道该怎样表达我的谢意。”

“不用不用，”吴乃文摆手说，忽地朝他眨了眨眼睛，“如果你接下来没什么事儿的话，可以陪我去喝几杯么？”

顾子轩陪吴乃文喝到凌晨时分，才把醉醺醺的吴医生送回酒店。回到自己住处时，已经快要凌晨 3:00，但顾子轩一点睡意都没有。脑子一直想着吴乃文说的那件事儿。他打算明天就去找那个叫欧文·麦克的医生。晚上在酒吧，吴乃文已经打过电话给对方，那老头并没有拒绝。不过也没有表示出太多的热情，顾子轩琢磨可能是碍于吴乃文的面子。如果是他打的话，恐怕会直接被挂断电话。虽然对方同意见他，但对于能否得到想要的信息他完全没有信心。

车刚停好，主人就从屋子里走了出来。欧文是一个身材高大的白人老先生，穿着松垮款蓝色条纹状睡衣，头顶光秃秃的只有周边还长着些头发，戴着一副老花镜，果然要比吴乃文老很多，且精神状态也不太好，睡眼惺忪的，好像是刚从沉睡中醒来。

“您就是欧文医生？”顾子轩用英语问。

“是的，我是。”欧文点了点头，“你是顾？”

“是，我之前给您打过电话。”

“进来吧，屋子里比较乱，不要介意，平时没什么人会来找我这个老头子。”欧文一边在前面带路，一边说。

显然，老人是自己独居。屋子里乱七八糟的，大多数是书和各种打印出来的材料，以及空空的酒瓶子。

“自从我妻子去世，就没人帮我收拾屋子了。要喝点什么吗？咖啡？茶？我知道你们中国人都爱喝茶，不过我家可没那玩意儿，我帮你做决定了，咖啡吧。”老人开始哆哆嗦嗦地烧水煮咖啡，根本不容顾子轩拒绝。不过他自己显然不打算喝咖啡，因为他正在拧开一个酒瓶子的盖子，往一个玻璃杯中倒酒。

“有人说酗酒不好，他们知道个屁，我这么老了，说不定什么时候就挂了，要是能直接醉死，我就能早点去见我的安娜贝尔了。你知道我最讨厌什么吗？每天闻着自己身上越来越浓的死亡味道，但却不知道死神什么时候来找我。哦，妈的，又扯远了。你找我来，是想要知道那个病人的情况，对吧？你在路上的时候，吴给我打了个电话，说起这个。我虽然老，但可不糊涂。我如果把病人的资料告诉你，就违反了我的职业道德。”

说到这里，欧文顿了一下，严肃地望着顾子轩，显然是要严词拒绝他了。这个结果，顾子轩并不觉得意外，只是稍微有些沮丧而已，然而这沮丧还未等涌上心头，那老头陡地放声大笑起来。

顾子轩从包里把那早已准备好的白瓷瓶装的茅台拿了出来。

“这是什么东西，中国酒？”

顾子轩没说话，他打开茅台的盖子，浓郁的酒香顿时四溢而出。欧文肥大的鼻子顿时抽动起来：“哦，我的天，我从没闻过这么美妙的味道。”

“尝尝？”顾子轩示意要倒一点给他尝尝。

欧文毫不犹豫地把杯子里的残酒倒进了下水道，眼巴巴地把杯子递给顾子轩。接过酒杯，欧文小口尝了一下，花白的眉毛瞬间都颤抖了起来。

“哦，我的上帝，顾，你们中国的酒鬼真是太幸福了。”

“如果你能给我想要的，”顾子轩把整瓶酒推向老凯文，“这瓶酒就都是你的了。”

“没问题，”欧文一把夺过酒瓶，宝贝一样抱在怀里，“只要是我知道的我都可以告诉你。”

“不用那么复杂，你只需要告诉我她住在哪儿就可以了。”

半个小时后，顾子轩从老欧文的家里出来，手里拿着一张纸，上面写着详细的地址。

他打电话预定了一张最快从纽约直飞西雅图的机票，飞机从肯尼迪国际机场起飞，用了将近 6 个小时，降落在西雅图塔科马国际机场。此时，已经是夜里八点多，顾子轩找了一家叫金普顿复古公园的酒店住下，打算第二天一早去拜访那个叫 Connie 的女人。不过他有点担心，时间已经过了那么多年，也不知道 Connie 是否还住在那里。

一夜无梦，第二天天未亮，顾子轩就醒了，因为位于东海岸的纽约和位于西海岸的西雅图之间有 3 个小时的时差。他最近一年多都在纽约，已经习惯了纽约的时间，而在西雅图，现在距离天亮还有一会儿。顾子轩躺在床上，瞪大双眼盯着天花板发呆，脑中不禁回想起老欧文跟他说的话。“那女孩的昏厥症是在从二楼的露台不慎跌落之后才出现的，已经持续了数月之久。我当时在脑科方面有一点名气，开了一家私人诊所，所以他家人带着她找到了我。说起来，我只见过她父亲，而且他也只有第一天来的时候露过一面，随后就一直是一个被小女孩称为徐伯的老人陪着她来。小女孩很内向，沉默寡言，却聪明得令人惊叹。不过，她身上那种突发的昏厥症，却让我束手无策。没有仪器能够找出病因，也没有任何相似的病症可供参考。就在我濒临绝望的时候，她的昏厥症忽然就消失了。几天之后，那女孩就离开了。他父亲以为是我治好了他女儿的病，除了支付不菲的诊费之外还开了一张大额的支票给我。我还记得那女孩离开的时候，回头冲我一笑，充满嘲讽，好像在说其实你只是个没用的家伙。”说到这里，老欧文苦笑着摇头，“坦率地讲，虽然对方只是一个小女孩，但我却备受打击，不过实事求是地说，出现在她身上的病症确实让我对奉为圭臬的科学常识产生了动摇，一种疾病不可能毫无来由地出现当然也不可能没有原因地消失，但那昏厥症来得诡异也去得荒谬，请原谅我用这个词，我本来想要请求她多留些时日，以便我继续观察，但她拒绝了。”

窗外天光渐明，顾子轩起床洗漱，在酒店的餐厅吃了点简单的早餐后就出了门。老欧文给他的地址是在皮吉特湾附近的滨海公路上。那条滨海公路以美国阿拉斯加州来命名，两边都是度假酒店和私人宅邸。

阿拉斯加路 1768 号，是一栋占地面积颇大的四层独栋别墅，有高大的围墙，面海而建，视野开阔。在两边高达几十层的海景酒店衬托下，不仅不显得矮小，反而独具一种豪放不羁的气势。

这显然不是一般家庭才能住得起的房子。顾子轩站在门口徘徊了许久，心里想着要以什么样的借口来求见。想了一会儿终于找到了一个似乎合适的借口，于是就鼓起勇气去按旁边的门铃。但是过了好久都不见有回音，他又按了几下，正当心里打起退堂鼓的时候，门上开了一个小窗口，一张布满皱纹的老人面孔出现在后面。

“你找谁？”

“请问，这里是不是住过一个叫作 Connie 的女孩？”

老人愣了一下，仔细地打量着顾子轩的脸，片刻之后，不答反问：“你是顾子轩？”

“没想到你真的会找来。”老人一边在前面引路，一边颇为感叹地说道，“四年前的时候，妮妮回来过一次，她交给我一些东西，说如果有一天你找到这里，就把那些东西交给你，如果你不来，等我死了的时候，就要把那些东西销毁掉。唉，这孩子总是让人搞不懂。我从小看着她长大，说实话，她和我之间的关系要比和她爷爷亲密很多，我把她当作自己的亲孙女一样看待，但有时候却觉得她就像一个从未见过的人一样陌生。我这一辈子，什么样的人都见过，无论是穷人还是富人，天才还是凡夫俗子，大多数人都能归到某一个类型中，然而那孩子却无法被归类。她身上有一种独特的气质，这并不是夸耀，而是残忍的事实。我也不知道该怎么形容，如果非要用一个词来概括，我想那应该是异类。也正因如此，她从小便显得孤僻，几乎没有朋友。所以，能被她称为朋友的必定是和她关系很密切的人。你知道她是怎么称呼你的吗？我还记得当时我问她，你是谁的时候，她怔了一会儿，才告诉我说，一个可以付出生命去保护的人。她说这句话的时候很平静，但语气中却有令人震惊的坚定。于是我开始好奇究竟是什么样的一个人能够值得她甘愿付出生命去守护。却没想到，隔这么久才见到你。”

顾子轩跟在老人后面，耳朵听着对方絮絮叨叨地说着，心神却还未从 Connie 就是康妮的事实中醒转过来。

“妮妮去世后，我以为你会很快找到这里。现在看来，当时妮妮根本就没和你说过这些事情，这个世界上知道妮妮叫过 Connie 的人非常少，我想你能找到这里，和那个曾经给妮妮看过病的医生有很大的关系，对吧？那么你和我说说为什么要找 Connie 吧！”

顾子轩沉吟了一下，把自己也曾患过和康妮类似病症的事情说了出来。

此时两人已经来到布置得古色古香的客厅，老人示意顾子轩坐在沙发上，然后倒了一杯茶给顾子轩。接着说道：“原来是这样。唉，妮妮患病的那段期间我一直在身边照顾她。说起来，那段期间的妮妮确实有些奇怪，经常一个人发呆。每天都精神恍惚的，好像失魂了一样。不过好在只是持续了一段时间就好了。病好之后，家里又出了一系列的变故。”说到这里，他忽然停下来，面露苦笑地摆了摆手，“不说了不说了，都是陈芝麻烂谷子的事儿，对了，你在这里等一下，我去把东西给你取来。”

顾子轩答应了一声，看着老人转身离开。手里握着茶杯，怔怔地看着面前的虚空，心里回想着老人刚刚说的那些话。“值得付出生命去守护的人”，顾子轩一遍又一遍地默念着这句话。他更糊涂了，由始至终，他都能感觉到康妮对他的青睐与关爱，但却从来不知道这好感是从何而来。都说没有无缘无故的恨，也没有无缘无故的爱。那么这算什么呢？他苦恼地揉了揉额头，如今佳人已逝，他可能永远也无法得知这一切背后的原因。

一杯茶的工夫，老人已经拿着一个木制的小箱子走了回来。他把小箱子放在茶几上推到顾子轩面前，又把一把钥匙摆在盒子上面。

“这是钥匙，里面究竟是什么东西我从来没看过。”

顾子轩看着面前的箱子，仿古风格，应该是红木的，木材的纹理清晰，长宽能放进去一本 16 开的书，高约 20 厘米，开口处挂着一把金黄色的小锁。顾子轩捡起钥匙，看了老人一眼：“可以吗？”

老人没说话，做了一个请自便的手势。

钥匙插进去，扭动，咔嗒一声，锁开了。顾子轩取下锁头，打开箱子，首先映入眼帘的是一个玫红色的 U 盘，下面是几本皮质封面的笔记本。他拿出笔记本翻了一下，里面应该是康妮的一些日记，那么厚的几大本子，想要翻完可能需要相当长的时间，于是他打算先看看 U 盘里会有什么东西。只是，老人表示家里没有电脑，所以没办法打开。

顾子轩的笔记本电脑放在酒店，想要打开 U 盘只能先回酒店。

“我可以带走这些吗？”

老人点头道：“当然可以，妮妮说让我交给你，这些便是你的东西。”

告别老人之后，顾子轩用最快的速度回到酒店。打开电脑，把 U 盘插上，点开，里面只有一个视频文件。他犹豫了一下，忽然有些忐忑，鼠标指针游移在文件上面，犹豫了良久，才下定决心双击。

画面摇动，大约持续了半分钟，才稳定住。空镜里面是一个露台，能通过露台看到外面的一些景致。画面右下角显示的时间是 4 年前 8 月份的某个下午的五点多，他正觉得露台外的景物有些眼熟，康妮忽然走进画面。

她穿着白色的丝质睡衣，手里端着一杯咖啡，没有看镜头，而是径直走到露台的躺椅上。喝了一口咖啡，接着把杯子捧在胸前，抬头看向镜头，幽幽叹息一声后说："子轩，你看到这段视频的时候想必我已经不在这个世界上了。你一定有很多疑问，不过请先听我讲一个故事，也许听完这个故事，你就能找到答案。故事很长，我想想该从哪里开始。嗯，就从二十多年前的那一天开始吧。"

"有一对夫妻从国外回来探亲，妻子已经怀有身孕，本来预产期在一个月之后，那时他们肯定已经回到美国，却没想到妻子突然发生早产现象，情况危急，仓促中他们就近找了一家小医院就住了进去。丈夫原本应该陪在妻子身边，但家里突然发生很重要的事情，必须要他赶回去处理，于是只留了一个一路随行的老仆人陪产。当天夜里那妻子生了两个女婴，最先出生的女婴又瘦又小，生下来没多久就停止了呼吸，还好后出生的比较健康。老仆人怕女人悲伤，就隐瞒了双胞胎的事实，悄悄地把死掉的女婴丢弃掉了。那妻子本就体弱，生产过后更是奄奄一息了。第二天，他们换了一家更好的医院，但也只是休养了几日就离开了。回到美国之后那妻子一直没恢复过来，不到一年就去世了，留下了一个不满周岁的小女婴。春秋轮转，女婴一点点长大。在女孩十岁那年，她父亲娶了个年轻貌美的女人。那女人却生就一副毒蝎心肠，虽然能骗过父亲，却骗不过天资聪颖的少女。在父亲面前，女人对女孩和颜悦色，反之则恶语相向，甚至扭掐推打，女孩饱受欺辱却束手无策，终于有一天女孩不堪欺辱，奋起反抗，但却哪里是成年女人的对手，推搡中，女孩被从二楼的露台推落。摔得很重，女孩当时就陷入了昏迷当中。不过这时却出现了一件怪事，因为昏迷中的女孩发现自己在做一个奇怪的梦。梦中她进入了别人的身体，那也是一个小女孩，但似乎智商有些问题。因为她听到有人骂她是傻子，但同时她也惊讶地发现对方说的并不是英语，而是汉语。她能听懂，因为家里人一直都用汉语交流。她待在陌生的身体中，通过另一双眼睛观察着外部的世界。慢慢地她发现梦境中的自己并不是在美国而是在一个陌生的国度，她知道那应该是中国。她所寄住的弱智女孩叫落落，父亲早亡，母亲一个人抚养她，生活清苦。起初的时候，她只是安静地待在那个身体中旁观着落落所遭遇的一切事情，比如被人欺负、被母亲责骂等。就像是在看电视，电视中人物的欢乐或悲伤，虽然会让你挂心，但毕竟隔着一层。她觉得这样也不错，就当自己是在看一个超级漫长的真人秀，就算剧情再怎样无聊，她都宁愿一直沉溺，因为醒了后要面对那个可恶的女人。只是没想到，那天下午，所有的一切都发生了变化。

“那时，天刚刚下过雨，落落被一群坏孩子围在巷子里，他们围成圈大声骂她是傻子。她捂着耳朵蹲在中间，可是，就算再怎样紧紧地捂着都会听到那些尖利的声音。她在身体中无声地嘲笑，嘲笑落落的软弱可欺，然而下一刻骂声忽然停了，她透过落落的眼睛惊愕地发现，巷子口一个男孩正沉默地向那些骂她的坏孩子扔石头，有人被击中，发出痛呼，然后那群孩子转身去追那男孩。叫骂声逐渐远去，她孤零零地站在巷子里，心中好像有什么东西骤然迸裂，发出清脆的响声。

“她发了一阵呆，想到那救了她的男孩可能会挨打便跟着跑了过去。结果找了半天连那男孩的影子都没找到，她沮丧得要死，低着头往家走。没想到，那男孩竟然奇迹一般出现在她的面前。当时已经临近黄昏，太阳从雨云的包围中闯出来，看着夕阳下男孩，女孩感觉到自己的心脏猛烈地跳动起来。”

“男孩叫顾子轩，来自庆山市。她好喜欢他，但他却嫌弃她的傻和呆。不过，她不伤心，因为她知道自己有办法让男孩喜欢上自己。很多天之后，机会来了，她在镇子里看到有几个坏孩子欺负子轩。于是挥舞着棍子把那些坏孩子打跑，救了子轩。果然从那之后子轩开始转变对她的看法。甚至在夜里从姑姑家的厨房偷红烧肉给她吃。那段时间，她沉溺在昏迷中不愿意醒来，因为醒来她就见不到子轩了。两个人之间的关系越来越好，虽然子轩似乎不能说话，但他想什么，女孩都能很清楚地感觉到。她暗想也许这就是心有灵犀的默契。然而好景不长，某次女孩和男孩一起出去玩的时候遇到了曾经被子轩打伤的坏孩子。那些孩子显然想要报复子轩，两个人在砖窑里东躲西藏，最终还是被坏孩子们抓到了。为了让男孩能够逃脱，女孩把坏孩子们引到另一个砖窑里，在那个砖窑里，坏孩子想要欺负她，结果在关键时刻，她的身体中莫名其妙地涌现出了无穷的力量，等她恢复神智的时候发现那些坏孩子都被打倒了，到处都是鲜血。至于究竟发生了什么，她也不得而知。自那之后她的昏迷症状就消失了，于她而言那简直是世界末日一般，因为回不到梦境，她就再也见不到子轩了。

“随着时间的推移，她在美国一天天地长大，并显露出令人叹为观止的天赋。她隐约感觉到自己脑子里像是有什么东西被开启了，领悟力和记忆力成倍提高，无论看什么都是过目不忘，彼此不相关的事情，她却能看出其中的联系。

“很多年过去了，但女孩却一直没有忘记那个奇怪梦境中的可爱男孩。她甚至开始怀疑自己所做的并不是梦，而是真实的灵魂穿越，落落和她之间或许有着神秘的联系。当然这只是她的猜测而已，在没有证据能够证明之前，那就是深埋在心底的迷离梦境。

“只是没想到若干年后，这个梦真的会照进现实。那已经是数年之后了。女孩被诊断出患有无法治疗的脑瘤，只能等死，于是她想到去验证一下那个梦。她找到那个小镇，同时也找到了真实的落落。她这才知道原来二十多年前，那个本来已经死掉的女婴被一名医院护理女工救活，那就是落落，就是她的亲姐姐。那这么说那个叫顾子轩的男孩也应该真实存在，想到这一点的时候，女孩也不知自己应该感到欣喜还是悲伤。欣喜的是子轩并不仅仅是梦中的人物，悲伤的是就算子轩是真实的，但自己却没有多少时日可活了。她犹豫了很久，最终决定不去找他。

“但冥冥之中似乎真的有天意存在，已经放弃寻找的女孩还是看到了已经长大成人的那个男孩。虽然容貌改变很多，但那双眼睛她却永远都无法忘记。然而不幸的是，子轩认识的是落落，而非她。这样也好，能够见到他已经了结了自己的最大心愿。女孩用这样的话安慰自己，告诫自己只要远远地看着就好，不要去干涉男孩的生活。只是她高估了自己的自制力，因为她见不得男孩受一丁点委屈。于是她偷偷在暗中帮助男孩，她希望男孩能过得快乐。为了这一点，她可以帮他安排工作，可以帮他报复那些欺负他的混蛋，甚至可以帮他去追求他喜欢的女人。可是她心知自己毕竟没有办法一辈子都站在背后帮助他，自己死了之后，他就只能靠他自己。想到这点，女孩很难过，但她知道自己已经做了应该做的一切，剩下的要靠男孩自己了。”

康妮讲完了，但视频却并未结束。她把头转向露台外，夕阳西下，落日的余晖洒在康妮身上，在那金灿灿的光晕之中，她开始哼唱一首曾几何时令顾子轩魂牵梦绕的旋律。那是一首童谣，康妮唱得那么空灵。如今，顾子轩终于听懂了那首歌的含义。

雪花儿飘落，冬天就来到，我知道，我知道，哦——哦——哦——

柳树发新芽，鸟儿叽喳叫，我知道，我知道，哦——哦——哦——

太阳落下去，星星会醒来，我知道，我知道，哦——哦——哦——

影子在跳舞，小熊哈哈笑，我知道，我知道，哦——哦——哦——

风儿吹雨落，闪电伴雷鸣，孤单哭泣时，只有我知道，哦——哦——哦——

我在你身后，永远看不到，我有多爱你，只有我知道，哦——哦——哦——

第 15 章

尾声

黑色的别克轿车在静谧的山路中穿行，早晨的阳光从右侧射来，透过枝丫交错的林木，将破碎的光斑投射在车窗上，车行甚速，像一尾矫捷的墨鱼，倏忽间便已从光影中滑过。时节已经是春末夏初，路两边的树林葱绿茂密，鸟鸣婉转，景色宜人。

顾子轩还记得他和康妮将车停在路边避雨，那已是四年多前的事情。如今山路依然还是那条山路，只是车中只剩下他孤零零一个人。

山路已至末尾，出了山路便是疗养院。

过去的几年中，疗养院一直在康妮基金会的管理之下，规模没有扩大，名气却日渐隆盛。

车子驶进院中的停车场，顾子轩走下来，看着周围的一草一木，和四年前自己离开的时候几乎没有什么变化，时间似乎在这里停滞了一般。来之前，他给胡思瑶打过一个电话，胡思瑶说已经帮他和现任院长打了招呼，顾子轩说了谢谢，便挂断了电话。康妮去世后，胡思瑶曾经代理过一年的院长职务，原本基金会计划让她继续管理疗养院，但胡思瑶坚辞不受，所以只能外聘了一个院长。

虽然只是四年时间，但原来认识的大多数人都已经离开了，方媛去了省内最好的一家医院做护士长，工作很忙，但每个月都会来疗养院看望落落，这是顾子轩离开时拜托她的事情。每次看望之后她都会给他打电话汇报情况。据说，落落现在变得非常乖巧，而且貌似懂事了很多。

顾子轩此次来的目的是要把落落接走，他已经决定要照顾她一辈子。就像康妮曾经想要照顾自己的那样。走进曾经无比熟悉的行政楼，向前台负责接待的人员说明了自己的来意。对方抱歉地告诉他院长因为有其他事情不能过来，但相关手续已经准备好，只要他来签字就可以办理落落的出院手续。

一应手续办完之后，顾子轩去接落落。落落还住在原来的房间，东西已经收拾好。他还记得以前他每次来找落落的时候，落落都会雀跃得像个孩子。可是此时她却只是安静地站着，呆呆地看着顾子轩。

“落落，子轩来看你了。”

顾子轩走到落落面前，哑着嗓子说出这句话时，眼泪险些夺眶而出。

落落还是呆呆地站着，但却攥住了顾子轩的手。

“走吧，我带你回家。”

已经有人把落落的东西送到了顾子轩的车上，顾子轩牵着落落的手一步步走下楼。走到车旁，打开车门，落落却没有立即进去，而是转身看了一眼自己住了好多年的地方。就在顾子轩以为落落会做些什么的时候，落落却毅然决然地钻进车子。顾子轩松了一口气，他之前一直担忧，怕落落不愿离开疗养院。

顾子轩走到驾驶一侧，打开门，向帮助他的人挥了挥手，然后进到车里，启动车子。当车子离开疗养院，驶上山路的时候，落落呆滞的眸子忽地灵动起来，嘴角一弯，转头看向他："子轩！"

后记

故事一直是我的最爱。

年少时听过很多故事，读书时也利用各种课余时间读小说，毕业后参加工作，因为工作原因阅读了更多的故事。故事读多了，就开始有写故事的冲动。然而因为对自己的不信任，一直迟迟未动笔，直到近两年，才真正地从心底涌出创作的欲望。

其实我一直想写一部关于我自己的故事，把自己放到一个紧张的关系当中，显示出自己的与众不同。从小我自认为我来到这个世界，就是和别人不一样，但懂事后发现，我也和别人一样感冒、发烧、流鼻涕时，我发现我没有什么不同，甚至比所有人更普通，我开始怀疑自己。

既然写不了自己，那就只能从我所处的这个世界出发。

毕竟有些时候真实比虚构更为精彩。

然而后来我无奈地发现我所想表达的真实，自己都感到索然无味，可现实一直表现着它的丑恶和冷酷，这时我就会感到无比难受，我想有所突破地设定一些紧张的节奏，反而被现实紧紧地控制。现实和虚构就像健康和疾病，当一个强大起来的时候，另一个将随波逐流，当现实无法拨动琴弦时，虚构将文字变得雀跃起来。

就像《梦醒后再见你》小说里描写的一样，人也是有潜能的，人都是一样的，只是思维控制的问题，人在自己头脑这个粉红色的物体中，做着多种组合，在现实和虚构当中，做着各种博弈。人的欲望和想象，会消解所有界限，想在他人的经历里感受到自己的命运。

就像我自己，本身并没有故事，那就让我真诚地讲述他们故事中的相互守护、相互仇恨吧，因为在我的设定中，他们无法抛弃对方，也无法抱怨彼此。

在这个现实和虚构中，他们有着各自的命运，你我都无法选择。因为，现实做不到的，可以让梦去完成。

二零一七年初秋于北京

图书在版编目（CIP）数据

梦醒后再见你 / 李铮著 .—北京：北京日报出版社，2018. 8
ISBN 978-7-5477-2905-2

Ⅰ . ①梦…　Ⅱ . ①李…　Ⅲ . ①长篇小说－中国－当代
Ⅳ . ①I247.5

中国版本图书馆 CIP 数据核字 (2018) 第 044728 号

梦醒后再见你

出版发行：北京日报出版社
地　　址：北京市东城区东单三条8-16号东方广场东配楼四层
邮　　编：100005
电　　话：发行部：（010）65255876
总编室：（010）65252135
印　　刷：北京宝昌彩色印刷有限公司
经　　销：各地新华书店
版　　次：2018年8月第1版
2018年8月第1次印刷
开　　本：880毫米×1230毫米　1/32
印　　张：9.25
字　　数：190千字
定　　价：35.00元
